月光不是光

陈仓 著

陈 仓

曾用名陈元喜，陕西省丹凤县人，70后诗人、作家、媒体人。种过地，放过牛，烧过炭，淘过金，吃过树皮草根，学过四年畜牧兽医，身怀刴猪骟牛之技，管过六十余位无冕之王……剃着光头，却无戒疤，未入佛门，却一心从善；最大的生存哲学是：自己受再大委屈，也要让别人舒服。

出版有"进城系列"小说集8本、长篇小说《后土寺》《止痛药》、长篇散文《预言家》《动物忧伤》、散文集《月光不是光》、小说集《地下三尺》《上海别录》《再见白素贞》《从前有座庙》、四千行长诗《醒神》、诗集《流浪无罪》《艾的门》《诗上海》等19部。曾获第八届鲁迅文学奖、第二届方志敏文学奖、第三届三毛散文奖大奖、第八届冰心散文奖散文集奖、首届陕西青年文学奖、《小说选刊》双年奖、北京文学奖、广西文学奖、第二届广州文艺都市小说双年奖、第三届中国星星诗歌奖、第三届中国红高粱诗歌奖、中国作家出版集团优秀作家贡献奖、中国小说学会年度好小说（排行榜）等各类文学奖项30余次。

曾参加《诗刊》社第二十八届青春诗会。小说、散文、诗歌等各类作品均以直指人心、催人泪下而见长，创作主题"献给我们回不去的故乡"已成为大移民时代的文化符号。

陈仓 著

月光不是光

安徽文艺出版社
时代出版传媒股份有限公司

图书在版编目（CIP）数据

月光不是光/陈仓著. —合肥：安徽文艺出版社,2021.12(2022.9重印)
ISBN 978-7-5396-7290-8

Ⅰ.①月… Ⅱ.①陈… Ⅲ.①散文集－中国－当代 Ⅳ.①I267

中国版本图书馆 CIP 数据核字(2021)第 175648 号

出 版 人：姚　巍
责任编辑：汪爱武　　　　　装帧设计：观止堂_未　泯

出版发行：安徽文艺出版社　　　www.awpub.com
地　　址：合肥市翡翠路 1118 号　　邮政编码：230071
营 销 部：(0551)63533889
印　　制：安徽新华印刷股份有限公司　(0551)65859551

开本：880×1230　1/32　印张：9.125　字数：220 千字
版次：2021 年 12 月第 1 版
印次：2022 年 9 月第 2 次印刷
定价：65.00 元(精装)

(如发现印装质量问题，影响阅读，请与出版社联系调换)
版权所有，侵权必究

目录

- 我有一棵树　　001
- 父亲的风月　　047
- 月光不是光　　115
- 哥哥的遗产　　142
- 喜鹊回来了　　156
- 老家是座庙　　198
- 拯救老父亲　　215
- 无根之病　　　247
- 后记　　　　　286

我有一棵树

以火净身

好几次,我回陕西老家的时候,我爹指着院子背后的一棵梨树问我,把这棵梨树给你,你想用它干什么?我告诉我爹,小时候嘴馋,最想让它长果子;后来没有衣服穿,最想拿它烧火;前几年喜欢看书,最想用它打几个书柜,梨木的书柜应该是最好的书柜;现在呀,好多事情都想开了,希望它什么都不干,就陪着老爹一直好好地活着。有一次,我反问我爹,你呢?你最想用它干什么?我爹说,那棵树是隔壁人家的,隔壁人家舍得吗?我说,我只是假设。我爹说,年轻的时候,看到什么树都想把它砍掉;如今老了,就想让它一直长在那里。

我说,长多久?

我爹说,两百年。

我说,为什么呀?我爹想了想说,不单为自己,也为了上边的老鸹。老鸹就是乌鸦。有几只老鸹哇哇地叫了起来。我爹说,你还认识吗?我说,老鸹怎么不认识?我爹说,上海没有老鸹吧,我上次去上海怎么没有看到老鸹?我说,或许有吧,它们可能躲起来了。

据我爹不久后传来的消息,那棵梨树被隔壁的男人砍掉了。我问,砍掉干什么了?我爹说,砍掉打棺材了。我说,梨树能打棺材吗?我爹说,有什么办法啊,他们家山上的树被砍光了,除了核桃树之外,只有这棵树可以打棺材了。怪不得我爹有些忧伤,因为那是村里最后一棵梨树。从屋顶上看过去,春天一树花,夏天一树白,还有一个老鸹窝,多么美又多么温暖,而且它没有变成女儿的嫁妆,竟然成了一副棺材,显得好不凄凉。

我的命运真正与树扯上关系,可能是在我十几岁的时候。

有一年冬天,吃完早饭,我爹把斧子磨了磨,笑着对我说,你跟我上山行不行?我说,上山干什么?我要放牛呀。我爹说,上山砍树呀。我说,砍树干什么?我爹说,给树洗澡呀。我说,爹,你哄人,人都洗不上澡,哪有给树洗澡的?而且树又不脏,怎么洗呢?我爹说,你看看,树是不是黑色的?我说,叶子是绿色的,树皮是黑色的。我爹说,树一烧是不是会冒烟?烟是不是很呛人?我说,是呀,都把人熏死了。我爹说,所以说,树比人脏多了。你今天跟我去山上,帮我给树洗洗澡吧!

听说要给树洗澡,我就心动了。我说,我不会呀。我爹说,边,炒起了苞谷花。不一会儿,山上就飘起了苞谷花的香味。旁边的树林子开始沙沙地响。我问我爹,那是什么呢?我爹说,可能是野猪,也可能是獐子,它们想吃苞谷花了。我说,它们会不会冲过来咬我们呀?我爹说,你别怕,它们最怕的就是火,这些木炭红通通的,刺得它们根本睁不开眼睛。四周黑漆漆的,那些动物围着转了几圈,有些可能是转晕了,或者被火光照花了眼睛,咕噜咕噜地滚下了山坡。

  动物似乎都怕火,也就是怕光。比如在柿子树比较多的时候,每到秋天柿子熟透了,天黑之后,大家就带着手电筒守在柿子树下边。果子狸太喜欢吃柿子了,每次它们刚爬上柿子树,还没有偷吃到柿子呢,大家就打开手电筒,直直地照着它们的眼睛。它们被手电筒一照,便趴在柿子树上不敢动弹了。树下的人端起猎枪,瞄着它们的脑袋,慢悠悠地一枪,就把它们给放翻了,命中率几乎是百分之九十。果子狸即使幸运地活着掉在地上,照样会被埋伏着的几只狗给抓住。

  柿子树必须嫁接才行,没有嫁接的柿子树是长不出柿子的。好在嫁接的时候,它们非常容易成活,用野海棠、野山楂和野李子树都能嫁接,还可以在一棵树上嫁接不同的品种,所以好多柿子树上边,既长火罐柿子,又长磨盘柿子。柿子吃法花样多。第一种是溇柿子,适合磨盘柿子。从夏天开始,如果想吃柿子了,就把青柿子摘下来,放在温水里泡着,水里撒上碱面子,两天左右柿子就脱涩了,变得又脆又甜。我们经常捡一些被雷雨打下来的小柿子,埋在河水中间的沙里,几天时间就可以吃了。第二种是软柿子,比如鸡蛋黄柿子。秋天把红柿子摘下来,可以堆放在阁楼上,等软了再吃。第三种是冻柿子,什么品种的柿子都可以,把它们堆在屋顶上,上边蒙一层苞谷秆,等冬天下几场雪,下几次霜,柿子被冻硬了,变成黑色的了,吃起来就非常非常甜。第四种是削柿饼,适合火罐柿子。先把柿子皮削掉,然后穿起来,挂在树上,经过风吹日晒,就形成了柿饼。最好吃的柿饼还应该放在瓮里,捂上几个月,捂出一层白霜——其实那不是霜,而是柿子凝结出来的糖。

按说柿子有这么多吃法,柿子树应该受到尊重,可惜柿子不能长久保存,只能勉强吃到春节。过了春节,天气转暖,柿子就全烂掉了。最关键的是,它属于寒性食物,平常人吃多了就胃胀,尤其吃了生柿子,大便都困难。肠胃病患者以及外感风寒咳嗽者也不宜食用,女人生理期来了也不能吃,孕妇更要忌用。柿子没有什么药用价值,也没有多少商业价值,加上它自身没有良性繁殖能力,天长日久,村里人就懒得嫁接它了。

柿子树渐渐消失,果子狸也好不容易熬成了保护动物,可以明目张胆地上树摘柿子吃了,可惜它已经莫名其妙地绝迹了。随之绝迹的还有狗。村里人也不养狗了,说是狗除了叫几声,其他什么用处都没有。别说养狗了,如今连牛也不养了。我放过几年牛,那时牛可以拉犁耕地,牛粪是最好的肥料。如今耕地不需要牛,施肥不需要牛粪,杀牛吃肉也不如杀猪吃肉——牛长得慢,没有肥肉;猪长得快,又有肥肉,大家养猪攀比的,是看谁家的猪膘厚。对于爱吃肥肉的村里人来说,再养牛自然是不划第一天，我爹砍倒了二十多棵大树，我修掉了二十多棵大树的枝丫。第二天，我爹提着一把斧子上山的时候，我把自己的那把小斧子也磨了磨，跟在了我爹的后边。有小伙伴问，你上山干什么呢？我说，我去给树洗澡呀。有小伙伴问，有女人的屁股看吗？我说，当然有了，每棵树都有一个白屁股。我想把他们一齐哄上山，但是被他们家的大人给挡住了，说树屁股就是树桩，有什么好看的。

我与我爹烧好的第一窑炭，正好赶在后半夜出炭。我们黑咕隆咚地赶到山上，用泥巴封住了烟囱，打开了窑门，把一个大铁耙子伸进窑里——铁耙子整个都是铁的，估计有三米长，有二十斤左右重。用铁耙子把木炭一截截钩出来，放入先前挖好的坑里，然后盖上一层泥巴，像埋人一样埋起来。

我看到过无数的树，有丝密树、椿苗树，有桃树、梨树、杏树，有漆树、橡树、栎树，有松树、白桦树、五倍子树，有柿子树、毛栗树、核桃树，却是第一次看到刚刚烧好的木炭。它只有火苗，没有烟，也没有一点黑色。它干净得真像刚刚洗过澡的女人。

我爹说，你来试试吧！我把大铁耙子伸进窑里，感觉自己靠近的，不是一截截木炭，而是刚刚洗完澡的女人。我爹笑眯眯地说，我没有哄你吧？我说，没有。我爹说，是不是洗得很干净？我说，比女人洗得还干净。我爹说，有没有闻到什么味道？我抽了抽鼻子说，有火苗的香味，木炭竟然也是香的。我爹说，等会儿还有更香的。

我爹摸出两个苞谷棒子，剥下放在一个铁锨上，架在木炭上我可以教你的。我在腰上别着一把小斧子，跟着我爹上山了。那座山在我们家背后，要爬六七里远的山坡。我和我爹爬到半山腰的时候，发现小河已经断流了，有些悬崖上还有水，但已经结成了冰溜子，像溶洞里边的钟乳石。我说，没有水，拿什么给树洗澡？而且也没有盆子呀。我爹说，人洗澡要用水和盆子，树洗澡就不需要了。

我看着满山的白雪说，你要拿雪给树擦身子吗？我爹说，那会把树冻死的，你跟着我，到时候你就晓得了。我跟着我爹爬上山顶，树大起来了，也茂密起来了。我爹抡起斧子，一边砍树一边说，你是不是想继续上学？我说，是呀，连小哑巴都在朝前念书。我爹说，家里油盐酱醋要钱，你上学也要钱，钱从哪里来？我没有哄你，我们是烧炭来了，烧炭不就是给树洗澡吗？我也哄了你，洗澡多舒服呀，这里摸摸那里搓搓。但是烧炭很辛苦，要砍树，要断树，要起窑，要装窑，要出炭，要埋炭，要背炭出山，还要背炭去卖，差不多有三十六道程序。

我说，烧炭就是烧炭，怎么会是洗澡呢？我爹说，给人洗澡用水，给树洗澡就得用火，我考考你吧，给蚯蚓洗澡用什么？我想了想说，也用火吗？我爹说，用火不就把它给烧焦了？给蚯蚓洗澡要用泥巴，蚯蚓在泥巴里一钻，浑身就干净了。

我说，我们上山给树洗澡，真的是为我上学？我爹说，那还有假？不然我拉你干什么！我爹说着，碗口粗的一棵大树就被他砍倒了。我心里有<u>一丝丝温暖</u>，像自己刚刚泡在温水里，给自己洗了一个澡似的。

算的。

　　出完炭，天就亮了。我爹装了一背篓热乎乎的木炭背回家，大部分堆在厨房里——新烧的木炭轻飘飘的，是舍不得立即卖出去的，会在厨房堆放一段时间，为了让它们回潮，在周围再浇点水，分量自然增加不少。木炭一冷下来，我就发现它又变黑了，比树皮还要黑，可以用来写字。我爹拿木炭给我制成了笔，让我在地板上写字。我们家大门上、外边墙壁上，至今还留着好多字，也有一些算术题，都是用木炭写的。还有几条留言，比如，饭在锅里，钥匙放在门头上，夏天谁家借镰刀一把，等等。这些字，不全是我写的，多数是我爹和大姐写的，还有我哥和我妈写的。我妈和我哥去世已经三十多年了，他们没有留下一张照片，唯一留给我的就是那些歪歪扭扭的字。每次见字如面，我都禁不住潸然泪下。

　　我记得非常清楚，我妈弥留之际，村里下着大雪。我爹问我妈想吃什么，我妈说想吃油条。我爹提着油壶赶到镇上，在供销社赊了两斤菜油，大姐提着盆子在村子里借了一升面粉，等我们把油条炸好，端到我妈面前的时候，我妈已经永远地离开了，她最后一个愿望竟然落空了。当时，大姐拿起木炭，一边哭着一边在厨房的墙上记了一句：在某某家借面粉一升，爹在供销社赊菜油两斤。

　　木炭写出来的那些字不会褪色，家里几次粉刷，我爹都没有擦掉它们，仍然保留着它们。它们清清楚楚的，一切宛如刚刚发生。

我问我爹,洗完澡的树为什么又黑了?是不是变得更脏了?我爹说,它不过是睡着了。我爹铲了一锨子木炭,引着了。平时大多数时候,烤火都用柴火,会冒出滚滚浓烟,熏得人直流眼泪。但是木炭不会冒烟,一旦烧着了,它会冒出蓝色的火苗,红通通地烧下去,直到变成一把灰烬。

村里通拖拉机路之前,木炭是要顺着一条羊肠小道,被背到二十里之外的车路边,卖给城里人拉回去过冬的。村里通拖拉机路之后,没有几年工夫,山上就没有多少树可以烧炭了。剩下的那点树,大家掰指头一算,也觉得烧炭是不划算的。在随后的好多年冬天,我爹又千方百计地烧过几次木炭,谁家需要熬中药的时候,我爹就送人家一些,剩下的一直堆在那里。等着我们这些儿女一回家,我爹就旺旺地烧一炉木炭火,在火灰里埋几个土豆,一家人围在一起,吃着烧土豆,坐到深更半夜,有时候也坐一个通宵。等我们前脚离开了家,我爹后脚就用水把木炭火浇灭了。他自己一个人是舍不得烤木炭火的。

一家人围着木炭火,多数时候什么都不说,少数时候聊聊庄稼,聊聊山山水水,聊聊谁谁去世了,聊聊谁谁发达了,当然还要聊聊外面的世界。每年也就聊那么一次,因为村里不久通了电话,大家偶尔找机会打个电话,彼此只是问候一声,报个平安而已,各自身上发生的灾灾难难,因为害怕对方担心,平时都瞒哄掉了,只有这时候才会暴露出来。

我爹瞒哄过两件事情,让人听了十分难受。有一次他感冒发烧,躺在床上起不来,想去厨房舀口水喝都动弹不了,想喊叫又喊不出声音。就那么躺了两天,迷迷糊糊之中,也许是该他大难不死,竟然有个疯子撞进了我们家,给我爹递了一碗凉水,又拿着我爹的几块钱,跑到小卖部买了两包饼干,把我爹给救活了。半年之后,我回家过年,别人告诉我说,你们把他一个人放在家里,以后死在家里,烂掉了都没有人晓得。另一次是他抽烟,不小心把一座山给烧着了,在灭火的时候,他的眉毛胡子被烧光了,耳朵几乎被烧焦了,眼睛珠子几乎被烤熟了。他按照治疗伤口的土办法,买了一瓶太白酒,天天用白酒清洗眼睛。大姐几次打电话给我,想让我回去看看,都被他阻止了。我接到的消息仍然是"爹的身体挺好的,每顿可以吃两碗饭呢"。

我大约有二十年没有见过木炭了。我对木炭的想念已经超过了对人的怀念。木炭的香味,木炭的透明,木炭的温暖,木炭永不褪色的痕迹,那是煤炭、电炉子和空调都无法相比的。当城里人与乡下人都不再用木炭取暖的时候,我还是一直相信我爹的说法:木炭是洗过澡的树。能用火洗澡的东西,它一定是无比干净的,干净得超过了这个世上的任何一个男人和女人。

命运起伏

原来,我们村里什么树都长得挺欢的。

房前屋后有梨树、桃树、杏树,边边沿沿长着漆树、柿子树;山下有核桃树,山上有松树;阴坡有栎树,阳坡有橡树。橡树上边结着稠稠的橡子,冬天滚得满山都是,是野猪非常喜欢的食物。但是我们那里不叫它橡树,而叫木耳树,因为不管枝呀干呀，砍下来一年半载就可以长木耳。

有一次回家，从一面山坡上经过，发现沿途的橡树皮被剥光了，树干白生生的。橡树与其他树不一样，皮是没有办法再生的，白骨森森的，看上去就非常悲惨。我问，为什么要剥它们的皮？有人说，卖钱。我以为橡树皮是什么药材，打听下来才明白，是被城里人收回去，加工成了红酒的瓶塞子。这让我非常吃惊，立即想到上海，想到酒吧，想到高脚杯，想到一群抿着大嘴小嘴的男男女女，想到那拔也拔不出来的瓶塞子。

在各种树中间，还夹杂着毛栗树、樱桃树、山楂树、海棠树、五倍子树。有许多叫不上名字的，我们就给它们起名字。大叶子树，叶子可以包粽子；臭虫树，可以把树皮埋在粮食中间除虫子；痒痒树，你挠挠它，它就使劲摇晃，是牛最爱吃的；狗叶树，有些像桑树，但是不能养蚕，是猪最爱吃的。它们都是野生的，每到春天，红红白白的花，把山山岭岭打扮得十分好看。

在我们村里，每一种树都有自己的命运。有用的树，就会越栽越多，越长越大；没有用处的树，就会遭到白眼和淘汰。

我刚刚进城那阵子，在公园里、河道边发现一种树，长得黑不溜秋的，多数是歪歪扭扭的，到了春天就开一树嫩嫩的白花，特别招惹蝴蝶与蜜蜂。我一问，人家告诉我那是槐树。因为槐树从来不结果子，所以我们村里从来没有一棵槐树，偶尔有些药方子里要用槐花，只好去县城采摘了。我跟着城里人，大把大把地吃过槐花。槐花吃起来很香，有一点奶腥味，像喂孩子的女人身上散发出来的。

在我的印象中,村里是有柳树的。柳树身姿婀娜,比其他树敏感,可以更早地感知春天,有些像潇湘馆里的林妹妹。但是生在农村,面对一帮农民,它弱不禁风的美有谁能懂呢?而且它的实用性不够,当柴火吧十分难烧,用来盖房子打家具吧又不成材。好在它有一个优点,就是非常皮实,枝干不容易折断。村里人聪明,就避其所短,扬其所长,用柳干来扳椅子:选择比较顺溜的不粗不细的柳干,把关键的几个部位稍微削一削,放在火上烤一烤,它就软了,不用打铆就可以扳成椅子。有一年小姐出嫁,我想和大姐一样,扳一对椅子送给她做嫁妆,突然发现村里死活找不到一棵柳树了,不晓得柳树在什么时候消失了。人们也不喜欢用椅子做嫁妆了,而兴起打沙发了。沙发外边用的是皮革,下边安着弹簧,里边塞着猪毛,坐在上边软绵绵的,多舒服啊。当然还可以用柳枝编簸箕,可惜的是,自从引入了大风车,簸箕同样被人抛弃了。

柳树长在城里,尤其长在河堤边、江水旁,真可谓"摇曳惹风吹,临堤软胜丝",在下边相个亲约个会,自然有着依依如丝的味道。也许因为长在村里百无一用了吧,少数柳树是自己抑郁而死的,多数是被大家给除掉的,所以无论在小河边还是院子前,仅仅剩下一些用柳树做椅子的记忆了。

在我们村里,大起大落的是漆树。有一阵子到处都是漆树,长得最粗的是漆树,最招人喜欢的也是漆树。漆树有个特点,皮肤长得细嫩的人,比如女人和一些孩子,哪怕只是从下边经过,浑身就会痒痒,严重的还会起红斑。脸皮再厚的人,一旦沾了漆树的汁水,浑身也肯定会浮肿。就那样一种脾气火暴的凶神恶煞的树,在饥荒年月全身上下净是宝贝,大家既要躲着它,又要捧着它。

漆树的作用主要有几个:

第一,是割漆。家里要打家具或者打嫁妆的时候,大家拿着菜刀在漆树的身上割出一道道口子——口子很快会痊愈,非常像人的伤疤,一点都不影响它生长。口子割成关云长的眉毛似的,在眉心处扎一个漏斗勺子,漏斗勺子下边再放一个碗,半天工夫就能接到一碗漆。漆刚从树里流出来,不是黑色的,而是乳白色的,一旦刷到家具上,干了之后才是黑色的,家具便可以照见人影子。在没有工业油漆的年代,村里的柜子、箱子、椅子,都是用那些树漆刷的,不仅好看,而且不怕潮湿霉烂。

第二,是打油。到秋天,把一串串漆籽摘下来,磨成粉放到锅里一蒸,拿到油房里一压就能榨出油,这油是村里人主要的食用油。村里有一个公用油坊,三间房子大小,屋里支了一口大锅,专门用来蒸漆籽的,支着的压榨设备,都是村民用木头和石头制成的。打油的时候,先把漆籽粉放在大锅里使劲地蒸,蒸好了热气腾腾地放进油闸,然后提起一个大油锤。大油锤一百多斤重,使劲地撞击加塞,油就被压榨出来了,顺着油槽汩汩地朝下流,流进盆子里就凝结成了油饼。漆油一热就化了,一冷就结成硬邦邦的大饼。当时,整个村里的人很少能吃到菜籽油或者猪油,基本上是吃漆油的。漆油颜色和样子都像白蜡,吃着的感觉和味道也像白蜡。在夏天吃,没有什么大毛病,而在冬天吃,饭还没有吞下去呢,就在嘴里结成了块,粘得牙缝里都是,弄也弄不干净。还有就是吃完饭不敢喝凉水,一喝凉水肚子就痛,恐怕是把肠子粘住了。

第三,漆树,尤其一些老漆树的根上,会长大树菇子,白里透红的,细细嫩嫩的,而且数量很多,一次能采半盆子。把它们一个个撕开,撒点盐放在锅里一炒,真是鲜美无比,嚼起来感觉像肉。不过也奇怪,我从来没有采到过大树菇子,但是我爹雨过天晴出去转一圈,多数时候是不会空手回来的。我问起来,我爹笑着说,它们都是我的耳朵,怎么能躲过我呀?有一年,我实在饿得慌,采了另外一种菇子,不是漆树身上长的,回来炒着一吃,全家人又是发烧又是呕吐。医生说是中毒了,让我们每人喝了十二碗开水,把肚子快撑破了,才保住了小命。

漆树慢慢消失的原因,我是非常清楚的。一是染家具不需要割漆了,因为有了工业油漆,红的、黄的、绿的、蓝的,什么颜色都有;二是大家生活改善了,慢慢不吃漆油了,开始有猪油,后来有黄豆油,再后来有菜籽油与芝麻油。人不吃漆油了,拿来喂猪应该可以吧?谁晓得,猪吃着吃着,嘴巴被粘住了,而且肚子也痛,像疯子一样转圈子,险些在猪圈里撞死了。我爹心有不甘,每年都把漆籽摘下来,打几个大油饼放着,后来彻底放弃了,随之油坊也关掉了。

漆树失去意义之后,受不了各种各样的冷落,身上开始长疤和腐烂,陆陆续续地死掉了。其他树死了,可以砍下来当柴火,但是漆树死了不能当柴火。漆树非常好烧,烧起来会发出噼里啪啦的响声,但是无论是闻到它的气味还是沾到它的汁水,都会导致人皮肤过敏。漆树发挥余热的机会都没有了,显得十分凄凉。没有人搭理它,没有人砍掉它,没有人让它躺下来安安静静地离开。它必须像活着的时候一样,站在风风雨雨之中一点一点地腐烂下去,直到化入泥土中变成泥土的一部分。

如今在村里只剩下三棵漆树了,是我爹特意留下来的。照着我爹的意思,什么家具都可以用工业油漆刷,只有棺材还得用割下来的树漆刷。我爹说,棺材是要装着尸骨埋到地下的,你看看油漆有那么黑吗?油漆能禁得住水浸虫子咬吗?我爹的理由还是很充分的。有一次河道改造,要把一位老太爷的坟迁走,大家把坟挖开,发现埋下去几十年了,棺材不仅没有散架,而且油光闪亮。把棺材板一揭,除了胡子、眉毛、头发落光了,尸体的其余部分竟然完整无缺。从棺材里爬出一条蟒蛇,闪了一道金光就不见了。据说那不是蟒蛇,而是龙。大家都说,老太爷已经化成一条龙了。当时我爹坚持说,什么都不是,而是用树漆染的棺材,潮气和水进不去,所以留下一个不腐之尸,里边比较舒服,蟒蛇才愿意在里边安家。

在我们村里,最苦的是桃树。桃树和女人一样,自古红颜多薄命,除了野生的桃树,如今一棵都没有了。原来最大的一棵桃树,比碗口粗,是我爹亲自嫁接的五月桃。每年五月收麦子的时候,甜甜蜜蜜的桃子就熟透了。它长在我家院子外边的墙根上。我家院子外边是隔壁人家的庄稼地,桃树下晒不到阳光,所以从来不长庄稼,按照隔壁人家的说法,连种子都捡不回来了。隔壁的男人与我爹谈过几次,让把桃树枝子修一修。我爹可以修松树枝子,也可以修橡树枝子,但是死活不修桃树枝子。我爹说,你修它的枝子,它会痛的。隔壁的男人说,你经常上山砍树,它们就不痛了?我爹说,橡树、松树和桃树是不好比的,我把橡树、松树砍下来,可以长木耳,可以打家具,我把桃树砍下来,能干什么?隔壁的男人说,可以打桃木梳子呀,也可以烧火呀。我爹说,小树枝子能打梳子?烧火半顿饭也煮不熟吧?隔壁的男人说,你不修也行,长了桃子应该一家一半。我爹说,除非这块地也一家一半。隔壁的男人一生气,拿起一把斧子把桃树砍了一道大口子。

两个人闹得不可开交,让几个人来评理。我爹说,很简单,树根长在谁家地里就是谁家的,他家老母鸡还跑到我家院子里找东西吃,是不是下了蛋也一家一半?虽然没有评出个理,第二年夏天,那棵桃树却死了。大家都明白是隔壁的男人害死的。因为那年春天,开过一树桃花之后,从四面八方爬来成群结队的蚂蚁。它们来了一拨又一拨,在树根下边欢天喜地地爬进爬出,开始搬一朵花瓣就走了,后来干脆赖着不走了,在树根下边打了洞,安了家,吃了睡,睡了吃,把树根当成了自己的家。到夏天,树根被蚂蚁掏空了,树上结了几个病歪歪的桃子,这棵桃树就干巴巴地死掉了。

我爹对我说,蚂蚁从哪来的?是隔壁的男人招来的。我说,他又不是蚂蚁王,哪有那么大本事?我爹说,你尝尝桃树下边的泥巴,是不是甜甜的?我捏了点泥巴放在舌尖上,果然甜丝丝的。我说，像放了红糖。我爹说，蚂蚁比小孩子更喜欢吃糖，他在桃树下边埋红糖了。我是相信我爹的，因为别说是红糖，吐一口唾沫星子在地上，都会马上招来一群蚂蚁。针对那事儿，隔壁的男人呵呵一笑，说蚂蚁是活的，谁能说清楚是从谁家跑出来的呢？

桃树不会长得太大，也不会长太长时间，是果树里最短命的，这是村里桃树绝种的根本原因。我家的那棵桃树死了之后，我爹并不砍掉它，让它一直竖在那里。有人问，树都死了，你还不砍掉呀？我爹说，那是蚂蚁的家，我不能把人家的家毁掉了。虽然那棵桃树枯干了，但确实还有蚂蚁和虫子跑来跑去，后来成了一群鸡的天下。一群鸡在那里扑着、刨着、啄着，吃完蚂蚁与虫子，再吃吃旁边地里的庄稼，所以那块庄稼地荒得更加厉害了。隔壁的男人无奈，天天扔石头撵鸡，多数时候一撵就飞，不撵就来，有一次真把人家一只老母鸡砸死了，赔了人家两只小鸡。

让人意外的是，那棵桃树虽说死了，却在墙根下边又站了几年，到隔壁的男人去世，根还没有完全腐烂。我懂我爹的意思，他不拔掉那棵桃树的根，是想拿它当地界，地界没有了，日子长了怎么办？

慢慢消失

大家说性格决定命运，这话在松树身上得到了很好的体现。在塔尔坪，生长得最普遍的恰恰就是松树，在生活中最司空见惯的也是松树。

第一,松树随遇而安。它在湿溜溜的南方长,在干巴巴的北方也长;在阴坡长,在阳坡也长;在高山上长,在大平地也长;在肥沃的泥巴里长,在悬崖峭壁上也长。塔尔坪有一棵松树就长在悬崖上边,大家一直没有砍掉它,可能是因为不好接近,也可能是因为它长得曲里拐弯的,根本没有任何用处,烧火吧,也破不开。其实,最主要的原因是它长在九龙山的龙头上,树下边埋着我们陈家的几位老先人。人因树而得福,树因人而得寿,所以那棵奇丑无比的松树,竟然成了塔尔坪年龄最大的树,大家并不把它当树看待,有几分成神成仙的意思。

第二,松树兼收并蓄。凡是其他树有的什么优点它几乎都有,它可以长果子,可以打家具,可以盖房子,可以当柴火,可以当成景观。我个人尤其主张用松树做景观树,因为它四季常青,站在哪里都很得体,加上叶子长得像针,树皮长得非常沧桑,所以威严得不容侵犯与亵玩,不仅适合长在烈士陵园里,就是长在大街两旁也是英姿飒爽,像上街巡逻的女警或者列队迎宾的礼兵。把松树作为景观树的,比如北京,比如东北,可惜都不是很普遍。有了松树站在两边,从这些街道上走过,常有一种神圣感油然而生。

在中国的城市,用杨树做景观树居多,虽然茅盾先生把白杨说得很不平凡,主要是把它放在黄土高原的民族解放战争的背景下来看的。他真正礼赞的不是杨树,而是在杨树下勤劳生活的人。每次回西安逛街,当我从杨树中穿过,丝毫没有作为汉唐子孙的底气,反而有些沮丧。因为杨树无论树干树叶,还是随风摇晃的声音,都没有抵抗风雨的经历,甚至是一副吊儿郎当的样子。我打听下来,主要因为杨树长得快,又无须经常去修剪,所以被急功近利的建设者选中。忽然想起来了,塔尔坪从来没有栽过杨树,即使曾经栽过恐怕也会夭折的。塔尔坪的土地多金贵呀,谁舍得养这么个不中用的"小白脸"呢?

第三,松树中立不依。一是它长得不疾不徐,十年可以成材,百年照样不腐;短则活十几年,长则活几千年。二是它的质地不硬不软,纹理不粗不细,打箱子、柜子很漂亮,做椽子、大梁有担当,做大门、打棺材也可以。三是它的性格宠辱不惊,踩在脚下做地板可以,放在头顶上当大梁也可以;雕花鸟鱼虫可以,素面朝天也可以;用油漆染染可以,不染的话,它本身就是淡黄色的,而且身上还有天然的花纹和香味。四是它的品格独立自主。塔尔坪有各种各样的藤蔓,最多的是葛条——我小时候穿的,多数是我爹用葛条打的草鞋,还有每次发热感冒、出麻疹和拉肚子,我爹就拿葛根熬水给我喝。但是葛条像妖精,也像地痞无赖,它见树就缠,缠上就没完没了,包括葛条在内的任何藤蔓,唯一不敢攀附的只有松树。五是它繁衍方式不同。其他树你把它砍掉了,它会从根上再发几枝出来,有点像有些官二代文二代富二代,是躺在父辈们的基础上活着的。但是松树不一样,它一旦死了,不管何种死法,它就真的死了,是从根子上死的,哪怕是砍掉它的头,它也不可能冒第二个头出来。它的繁衍全靠松子,松子落在地上,再发芽,再扎根,再生成小树苗子,统统从头再来一遍。

可以说,和我的命运密不可分的就是松树了。以至于我的样子,别人都说像一棵歪脖子松树。每次提到松树,我首先想到的是我哥哥。哥哥十九岁那年夏天,带着我去河南灵宝淘金,出车祸去世以后,我便得了坐车恐惧症。有一次,搭便车去学校,为了不让我恐惧,我爹送给卡车司机一棵非常粗的松树,让我坐在了驾驶室里。

可是半路上,司机说是路滑,把我给赶了下来。那天晚上雨非常大,我独自一人冒着大雨,走在漆黑而泥泞的小路上。那条路前不着村后不着店,吓得我浑身发抖,哇哇大哭。好在中间遇到一个人——确切地说,我并不晓得他是不是人。他提着一盏马灯照着我。我向前,那束光就向前;我向后,那束光就向后;我慢,那束光就慢;我快,那束光就快。他陪着我走了一程,在马灯熄灭之前,他把我带到一户人家门口,为我敲开门之后就走了。我在那户陌生人家借宿了一夜,等天亮的时候继续步行回到了学校。后来,我找过那户人家,想表示一点谢意,顺便打听一下那个为我照亮的人的下落,但是那户人家的房子已经倒掉了,变成了一片废墟,上边是连天的蒿草。多少年过去了,那束光,那张土炕,依然在我心里,不仅没有暗淡下去,反而越来越亮了,越来越温暖了。

另一个不解之谜是,我爹送给那个司机的松树,如今又在哪里呢?它是以一根木头、一件家具,还是以一堆火的方式活着呢?

松树的作用有很多。

第一，松树毛子，也就是松针，虽然长得绿油油的，但是落在地上黄亮亮的。大家经常背着背篓，去山上扒松针，背回家来引火。有了它，生火做饭就非常容易。我上中学的时候吃食堂，每天只有两顿糊汤，也就是苞谷粥，没有任何配菜，也不放任何油盐。我经常饿得眼冒金星，半夜三更跑到外边，偷吃人家地里的生菜，有时候也吃草根树皮。但是一旦到了冬天，草根、树皮也没有了，我就给我们班的一个同学叫爹，叫一句爹他就给我吃几口剩饭，不然他会把剩饭喂狗。后来我发现一家砖瓦厂，收购松树枝子用来烧窑，几毛钱一百斤。我在近处的山上不敢砍，就尽量跑到深山老林里去砍，然后背到砖瓦厂卖掉。砍松树枝子都在上完课之后，回来天已经黑了。从那条街上经过，必须背着松树枝子狂奔，因为经常有一个疯子，拿着刀子在背后追赶。每次卖几毛钱，就拿去买一碗清汤面。碗就巴掌那么大，面条只有五六根，汤里连葱花都不放，只放一点点油盐，而这竟成了我中学时期唯一的味道和油水。

第二，松树油子，也就是松脂，在很长一段时间，是我点灯照明的东西。因为塔尔坪通电非常晚，在我中学毕业那一年，才勉强用上了灯泡子。之前有煤油灯，但是煤油非常稀少，是要节省着用的。大家天一黑就睡觉，天亮了才起床。我爹整天嘟哝着，劝我少看点书，理由是家里的煤油不多了。为了节省煤油，我爹满山采松脂。松脂其实非常普遍，但是可以照明的比较稀罕。采松脂，其实就是从松树身上割肉，松树被采过松脂之后基本就废掉了。好松脂都是松树的伤疤,所以采松脂主要看松树有没有伤口,而辨别松脂好不好主要看颜色:如果颜色是黄色的,那就一般;如果颜色是红色的,那就是上等的,可以割下来点灯。

松脂再好,点起来也会冒烟。有好几年时间,我天天看书到半夜,有时候还是通宵,所以早晨起来,鼻子里全是黑的,吐出来的痰也是黑的,整个人几乎被熏成了腊肉。说实话,没有松脂,就没有我的光明;没有光明,我后边的人生都是黑夜。我爹提起这些事情,总唏嘘着说,你当年啊,把我们家十几棵松树都烧掉了。

第三,小料子,也就是小木板,必须是松树的。它一寸多厚,两寸多宽,一尺多长,是镇上木材厂两毛钱一个收购的。木材厂收购那种小料子,再请一帮木匠刨一刨,加工成非常漂亮的小木板,装在纸箱子里拉走。大家四处打听小料子被运出去干什么了,有人猜是做水桶了,有人猜是做尿桶了。参与其中的马铁匠从木材厂回来说,可能拿到部队制成了装手榴弹的箱子。我一听,像在支援前线部队打仗似的,感觉十分自豪,因此更加有劲头。每次放假之后,我便满山遍野找人家抛弃的树头树尾,弄回家,用墨斗打上线,踩在脚下一锛,积攒到二三十个的时候,背到木材厂去卖掉。第一批小料子卖了好几块钱,回家把钱交给我爹,我爹说,你自己留着继续念书吧。

那几年,我经济独立,供自己上完学之后,买了人生第一双皮鞋,还存了六十多块钱,成了一个小富翁。塔尔坪好几个小丫头,水溜溜地看上了我。她们看上的不是钱,而是我赚钱和念书的劲头。尤其马铁匠家的小女儿,比我大两岁的样子,死活要把自己许配给我。马铁匠很高兴,我爹也很高兴,但是我死活不同意。不是她长得不美——粗粗的大辫子,圆圆的大屁股,苹果一样的脸蛋子,只是那时我还不懂要女人有什么好处。

多年以后我才发现,我们做的小料子被运到城里,成了人家脚下的木地板,因此我写过一首诗——

  山上那一棵棵失踪的树
  带着一群麻雀和几个鸟巢
  早就跑到了城里
  我也是被父亲养育多年又砍伐的木头
  在城里同样做了一块地板
  只是它被涂上了油漆
  我被涂上了浓重的乡愁
  ……

第四,是卖床板,人家照样只收松树的。其实不是我卖床板,而是我爹在卖床板。我们家一年能卖出去三十多副床板,整个塔尔坪至少有几百副床板,需要几百棵松树吧?我当时觉得十分奇怪,世上哪有那么多人睡觉,要那么多床板干什么?到如今我也没有弄明白,我们的床板都跑到哪里去了。床板一般做成三四尺宽,六七尺长,然后被背到六十里外的一个集市。那个集市似乎在河南官坡,又似乎在河南卢氏。我爹鸡叫第一遍就起身,那是天最黑的时候,为什么那么早呢?我爹说,鸡一叫就把鬼吓跑了。其实不然,早点赶集市有许多好处:一是每副床板可多卖几毛钱;二是黑灯瞎火的,验收床板的时候容易蒙混过关;三是每天的收购量有限,去晚了人家一车装满了,就需要寄存下来了。

我爹从集市回来,顺便会带点吃的,不是糖果什么的,而是几个小苹果。去集市的路上有几个果园,人家把成熟的果子都摘走了,剩下核桃大小的几个青的。我爹从果园前边经过,总去人家家里讨水喝,趁机到人家果园里转转,似乎像是去学习学习的样子,其实是冲着几个被遗弃的小苹果去的。有一年冬天,我和我爹一起去集市,我偷偷钻到人家苹果园里拔了一棵苹果树,想带回家栽起来。我爹训我不应该,我说我偷人家一棵苹果树,你以后就不用再偷人家的苹果了。我爹很恼火地说,我那是偷吗?是捡好吧!

回家之后,我爹比我还上心,在院子中间挖了一个大坑,把苹果树栽了进去。我爹告诉我,之所以栽在院子中间,是因为等它长大了,在下边支一张桌子,可以乘凉,又可以吃饭。我说,如果长苹果了,我能随便摘吗?我爹说,当然可以,不过你要等它们熟透了,它们熟透了就变成红色的了。我爹天天都给苹果树浇水,或许是水土不服吧,塔尔坪历史上的第一棵苹果树,第二年春天发了几个芽子后就死翘翘了。

说起床板,为了节省树木,我爹有一个绝招。床板要求必须两寸厚,我爹做出来的床板,人家验收的时候拿尺子一量,尺寸是绰绰有余的。其实,除了两边的两块板子两寸厚,夹在中间的就一寸多厚,而且人家根本发现不了。有人说,你这不是哄人吗?我爹说,床板干什么用的?不就是睡觉吗?!有人说,这么薄,能睡人吗?我爹朝床板上一仰,闭着眼睛说,怎么不能睡人?两三个人睡在一张床上也压不断。有人说,人家要在床上瞎折腾呢?

床板卖了几年就没有人收购了。我爹问,是不是人人都有床板了?其实是人家已经用上席梦思了,可惜塔尔坪至今都是土炕,还没有一家是用席梦思的,也没有用床板的。

如果让我来比喻的话,我感觉无论是隐士、文人还是僧人,他们都不像松树。在这个世上唯一像松树的,让人感觉既舒服又朴实的,那就是我的农民父亲。

塔尔坪的树木遭到毁灭性的打击,是当地的香菇、木耳非常出名的时候。当时,我离开塔尔坪许多年了,从学校毕业也好多年了。有一次,在上海一家超市买东西,发现有"商山"牌的木耳、香菇,我拿起来一看,果然是商山四皓隐居的商山,而且那两个字还出自老家一位名人之手。我得意地告诉服务员,它是我们生产的。服务员说,那公司是你开的?我说,公司不是我开的,不过我家在商山那边。服务员问,为什么叫商山?我说,因为形状像一个"商"字。我告诉服务员,我们那边的香菇、木耳之所以好是因为:第一,基本是橡树上长的,储藏红酒的木桶都是橡树的;第二,不仅没有一点污染,而且都是浸着露水长出来的;第三,都是大姑娘小媳妇亲手采摘的,我们那里的大姑娘小媳妇的手,比上海的雪花片子还要洁白。

塔尔坪的香菇、木耳原本都是野生的,后来有人研究出了一种技术,把锯末子装在葡萄糖瓶子里,培养出了香菇菌、木耳菌。塔尔坪人把山上的树,包括橡树和一些杂木,连晾衣竿粗细的,都砍下来点上菌种,第二年夏天一下雨,就可以采摘香菇、木耳了。靠着香菇、木耳,塔尔坪人确实脱贫了,有些人还致富了,家里买了摩托车与拖拉机,有了摩托车与拖拉机,更加剧了那些树的悲剧。几年时间,像给山剃头一样,树被砍了一茬又一茬,大大小小全被砍光了,因此香菇、木耳更金贵了。尤其香菇,不论斤卖了,而是论个卖了,一个花菇十块钱。

我爹也点香菇、木耳,不过,每年就两个架,所以只有我爹手头有货。即使那个价钱,我爹仍然不卖。收购的贩子问,为什么?我爹说,生儿子呀。我爹留着不是生儿子,而是给我这个儿子吃的。我每次离开塔尔坪,我爹必定会装一些香菇、木耳,还有一袋子核桃。多数城里人晓得核桃是树上长的,不晓得外边还有一层青壳。有一次,一个上海朋友竟然问我,核桃是不是和土豆、红薯一样长在土里边?我一听就傻了,只好告诉对方,核桃不长在土里,也不长在树上,而是长在空气中。

有人抱怨我爹说,你这个人总是精明得很。我爹说,我不是精明,而是担心,担心你们再那样砍下去,别说盖房子用的橡子、大梁没有了,死人的时候用的棺材板没有了,恐怕连抬棺材的老杠都没有了。我爹的话应验了,不久之后有人去世,棺材倒是早先预备着的,但是下葬那天,在他家山上已经找不到一根老杠了。勉强砍了几棵胳膊粗的松树,但是刚砍的松树有些脆,抬到半路上就咯咯叭叭地断掉了。

作为棺木

村里的马铁匠,既会打铁,又会打家具。有一年正月初六,我爹预备了两包红糖去找马铁匠。我爹请马铁匠,不是让他去打铁,而是让他以木匠的名义去家里打一副棺材。马铁匠问,给谁呢?我爹说,还有谁?给我自己呀。马铁匠说,你几岁了?不是属虎的吗?刚过四十吧?我爹说,已经四十好几了,黄泉路上无老少,有时候喝口凉水命就没有了。马铁匠说,我看你起码还能再活四十年,四十年之后寿木也四十年了,还不让虫子给蛀掉了?我爹说,预备着总不会错的,山上好点的树越来越少了,谁晓得以后会是什么样子!

马铁匠提着斧子、刨子、凿子和墨斗等家伙,正月初八中午赶到了我家。马铁匠有点不情不愿,一是还在过年中,二是很少给这个年纪的人打棺材。但是马铁匠一进院子,看到房檐下堆着的几块棺材板,眼睛一下子就亮了。

我爹喜欢任何一种活着的树,只要看见那些树随风摇晃,他就很高兴。烧炭、打床板、做家具、点香菇、木耳,不过是被生活所逼。如果生活有着落的话,他肯定舍不得砍树。每次无论砍什么树,砍多大的树,砍树干什么,他心里都有说不出的疼痛,似乎砍在自己身上。马铁匠也喜欢树,只是与我爹的方式不同。马铁匠喜欢那些死了的树,看到那些树能在自己手下死得其所,他就十分高兴了。比如有人砍了桃树,让马铁匠打几把梳子,他就十分高兴。他认为桃树一旦被砍了,只有做成木梳子,给女人梳梳头,才是最好的归宿。比如有人砍了梨树,让他打几只箱子,他就十分高兴。他认为梨树无论是木纹、颜色还是味道,都适合打箱子,小媳妇小丫头拿来装一点针头线脑的尤其有意思。

我爹让马铁匠来打棺材,准备的木料既不是橡树的,也不是松树的,而是柏树的。柏树长得慢,木质比铁疙瘩还要硬,十年八年的木材根本打不成棺材。要想长到打棺材的时候,恐怕至少得等三四十年。柏树活着的时候,上边会结树籽,样子像大茴,味道也像大茴,所以大家经常用它煮肉。柏树被砍掉之后经过太阳一晒,便会散发出一股子大茴焖肉的味道。马铁匠笑眯眯地说,你终于把它们砍掉了。马铁匠欢快地架起了棺材板。对着柏树干活的时候,马铁匠才会感觉自己既是一个铁匠,又是一个木匠。

柏树除了长得慢之外,不好打家具,不长香菇、木耳,不长什么果子,不开任何花,当柴火烧吧,破不开,烧不烂。但是柏树寿命长,耐干旱,而且四季常青,在城市里是有用武之地的,主要用以象征万古长青。在烈士陵园,在黄帝陵,在孔子庙,必定会有柏树的,都是几十年几百年几千年地活着。

我们村的历史上有三棵柏树,全部长在老太奶的坟头上。我听我爹说,那三棵柏树是他五岁那年栽的。我爹在老太奶坟头上栽柏树的时候,他还是一个刚刚可以爬山的小毛孩子。那是春天,我爹随着我爷爷去给老太奶上坟,他不晓得从哪里弄来了三棵小树苗子,像三根草,扒开泥巴,栽在了坟头上。当时我爷爷问他栽树干什么呢?我爹说,陪老太奶玩呀。我爷爷说,为什么不栽几棵别的树?栽柏树有什么用呢?我爹当时的回答让我爷爷吃了一惊。我爹说,柏树长大了,可以打棺材。我爷爷说,给谁打棺材?我爹说,还有谁呀?给我自己。我爷爷说,你才五岁呢。我爹说,等我长大了,树就长大了,打棺材要好大好大的树对吧?

　　三棵柏树长到四十年的时候,已经有盆子那么粗了,足够打一副好棺材了。

　　我们县城有个当官的,据说是个副县长,家有八十多岁的父亲,本来想买一副水晶棺材——水晶棺材不会腐烂,而且非常好看。但是他父亲死活不同意,说水晶冷冰冰的,自己有风湿病,躺在里边腰腿不舒服,棺材既然要埋在土里,像种洋芋种苞谷一样,还是木头的比较好。所以副县长把方圆几百里都找遍了,烈士陵园里的那些柏树不敢砍,最后相中了我家的三棵柏树。副县长找到我爹,一开口就是两百块。我爹不作声。副县长又加到五百块,我爹还是不作声。副县长咬了咬牙,开出了三千块,说可以抵几两金子了。被副县长缠得不行,我爹说,你别说几两金子,就是几根金条,我也不能卖。副县长说,为什么?不就是三棵树吗?我爹说,你看它们是三棵树,确实是三棵树,但又不是三棵树。副县长说,别那么玄乎,不就是图钱吗?我给你六千块吧,平均一棵两千块。我爹还是摇摇头,说,你晓得它们是谁吗?它们是我自己!谁会把自己卖掉呢?副县长说,树就是树,就是长在坟头上的树。我爹说，我五岁的时候把它们栽在那里，它们的根已经扎到老太奶的身子里了，每次看到它们站在那里摇啊摇，我就把它们当成自己了。

多年之后，我爹告诉我，你想想，钱多少都是可以赚的，但是自己永远不可能回到五岁，从头再栽三棵柏树了。

我爹决定砍下三棵柏树，是下了很大决心的。原因是有一个瞎子，跑到我们家要饭，家里人都没有东西吃了，哪有东西给瞎子吃呀？瞎子很生气，掐着指头说，你过不了年。瞎子原来是一个算命的，当时人们的愿望就是有饭吃，所以每次瞎子一张口，人家就说，用得着你算吗？我自己的命自己就会算，明天照样吃不饱肚子。没有人算命，瞎子就沦为要饭的了。但是半年前，瞎子给一个人义务算了一次命，说人家吃不上当年的新麦子。那个人说，我家地里的麦子颗粒无收，当然吃不上新麦子了。说是这么说，那个人还是心发慌，在麦子刚刚壮浆的时候，就跑到县城从别人地里割了一捆麦子。麦子还没有熟透，磨粉擀面肯定是不行的，所以他打了半升麦粒子，煮了半锅麦子稀饭。他端着碗，一边从厨房向外走，一边得意地说，谁说我吃不上新麦子了！话音刚落，从房檐上掉下一片瓦，正好砸在他的脑门上，一下子把他给砸死了。

我爹明白，瞎子说的也许是气话，但是宁可信其有，不可信其无，于是决定给自己准备一副棺材，也算是冲冲霉头。

砍树前，我爹呼噜呼噜地抽着烟，坐在树下嘟哝了大半天。嘟哝的基本就是几句话，我对不住你们，我栽你们的时候有言在先,是要给自己打棺材的,我四十好几的人了,说大也不大,说小也不小,两颗牙齿掉了,半边头发也白了。那天下午,村里下了一场很大很大的雪,把整个山坡全部给盖住了。天冷的时候砍树是最好的,树比较结实,不会裂缝。我爹认为那是天意,回家把斧子反复磨了磨。我爹从来没有那样磨过斧子,一边磨一边用手试着锋刃,试着试着,大拇指被割出几道口子,血流下来,把磨刀石都染红了。我爹提着斧子来到树下,抬头看了看树梢,跪下来磕了几个头。不晓得我爹是在拜老太奶,还是在拜树。我爹说,我把斧子磨快了,砍得会利索一点。说着,扬起斧子,不到两个小时,我爹就把三棵柏树砍好了。

马铁匠为我爹打棺材那几天总是笑眯眯的,而且两眼放光,感觉他面对的不是几块棺材板,而是自己胸脯结实、屁股浑圆的女人。无论锛、刨还是打铆,他都非常体贴。马铁匠有时候啧啧地自言自语:太硬了!世上有这么硬的木头吗?会不会是一块铁疙瘩?有时候摇摇头自言自语:太过瘾了,真是太过瘾了,这辈子不枉为木匠,也不枉为铁匠了。

有一天,我爹挑水经过,马铁匠正在给棺材板刨光,他喊住我爹说,你站住让我看看!马铁匠像不认识我爹似的,死死地把我爹浑身上下扫了一圈。马铁匠对我爹说,我在想,你睡在这么好的棺材里,尸骨起码一百年是烂不掉的,恐怕要做神仙了,我这辈子还没有见过神仙,神仙原来就是你这个屁样子。

马铁匠平时打一副棺材,最多需要十天工夫,那次花了二十多天时间。年已经过完了,早到二月天了,冰雪开始融化了。我爹有些着急，总是不安地围着马铁匠。马铁匠说，你不要催我，一看到这些家伙，我的心就怦怦地跳，我跟自己媳妇睡觉也没有这样激动过。我爹说，说明什么？说明你是个好木匠。马铁匠说，我仅仅是个好木匠吗？应该还是个好铁匠吧！

棺材打好的那天，马铁匠有些恋恋不舍，这里摸摸，那里拍拍，叹着气说，以后再不会有了。我爹说，我们村里谁家没有棺材呀？马铁匠说，柏树棺材有吗？如果放在几十年前，我也栽几棵柏树，但是现在老了，来不及了。

我爹从几棵漆树身上割了一水桶的漆，把棺材里里外外地染了染。我爹每染一遍，放在太阳底下晒干一遍。总共染了五遍，晒了五遍。正是农历二三月间，天气十分好，棺材放在太阳底下一晒就散发出十分好闻的味道。在整个村里都能闻到那股味道。害得大家不停地流着口水说，谁家用茴香煮腊肉了——那可是家家吃了上顿没有下顿的年代啊。而且招来一群蝴蝶，朝我家的院子飞，有红的，有黑的，有蓝的，多数是白的，像一只只前世的精灵在房檐下翩翩起舞。蝴蝶在村里是不叫蝴蝶的，叫洋叶。它们趴在棺材上扇动翅膀的时候，真像一片片被风吹动的叶子，感觉木头又活过来了似的。

我爹看着完全打好的棺材，拍了拍，似乎拍了拍自己的肩膀。他呵呵地笑了。

我妈看我爹得意的样子，就说，是棺材，你以为是家呀。我爹说，它是这辈子的棺材，不就是下辈子的家吗？我妈气呼呼地说，那是你一个人的家，我们这些人哪有家呀！我爹明白我妈的意思,便笑着说,我们一起死,就一起装进去,下辈子还是一家人。我妈说,如果不一起死呢?我爹说,谁先死就归谁好了。那句话说完不到一年,我妈就去世了。我妈下葬的时候,马铁匠也来了,他拍了拍棺材,摸了摸棺材,又看了看我妈,然后抹着眼泪说,这个女人真有福气。

在柏树之下,最不容易腐烂又不容易裂缝的只有橡树了。我妈去世之后的某一年冬天,我爹去山上砍了几棵大点的橡树,依然在正月把马铁匠请了过来,准备重新给自己打一副棺材。马铁匠一副无精打采的样子,用了八天时间就把棺材打好了。我爹那时十分消极,经常坐到我妈的坟头嘟囔半天。我爹一会儿说,我在你的坟上栽了柏树,它们长得太慢了;一会儿说,我给自己又打棺材了,是橡树的。

也许又是天意吧,隔了几个月时间,有个远房的侄子放牛的时候遭到了雷劈,同时被劈掉的还有我家的核桃树。按照规矩,那么小的年纪,用席子卷起来随便埋在哪块庄稼地里就行了。但是他爹却拦着不让埋,一把鼻涕一把泪地说,我儿子十几岁,虽然没有成家立业,你看他都长胡子了,应该有一副棺材了。他爹那天晚上一身酒气,提着一把菜刀冲进我家院子,说我要杀猪,是你叫我来杀猪的吧?我爹说,你又不是杀猪佬,而且我家的猪还是猪娃子,怎么能杀呀?他爹说,我想杀的就是猪娃子。他爹趔趄着,朝自己手指头刺了一刀子。我爹看到血顺着刀子向外喷,说猪在圈里,你想杀就去杀吧。他爹说,谁说猪在圈里?猪明明在我手指上。他爹说着,又朝自己手指头刺了一刀子。

我爹说,你到底是真醉了,还是有别的想法？你家儿子是雷劈死的,又不是我劈死的,你缠着我干什么？他爹说,因为你有棺材,他是一个大人了,村里的大人谁没有一副棺材？我爹才明白,他爹是冲着那副棺材来的。我爹说,你别发疯了,要棺材你明天抬去吧。

拖了好长一段时间,我爹再没有打棺材了。一是我爹没有好心情,二是我爹实在找不到像样的树了。有一年大年三十下午,我爹把灯笼挂好的时候,刚刚转身呢,灯笼突然掉下来,把他的头砸出一条口子。我爹觉得太意外太不吉利了,意识到不预备棺材不行了,于是伤口还没好透,他就提着斧子上山了。没有太好的橡树可砍了,他只好准备砍两棵松树,但是跑到山上一看,秀了多年的两棵松树突然不见了。那些年,无论是做床板卖椽子,还是点香菇、木耳,树都是村里人的主要生活来源——孩子上学没钱了砍一棵树,没有油盐了砍一棵树,婚丧嫁娶再砍几棵树。所以,树不仅仅少了小了,有些一夜之间就失踪了。

我爹空着手回到村子,一进村子就骂：那是留着打棺材的,难道谁家死人了？马铁匠说,我们没有偷呀,我们没有上过山,不信你到我们家楼上楼下看看,有没有你们家的树？我看不是村里人干的,恐怕是城里人干的,有些城里人现在什么都偷,别说两棵棺材树了,连现成的棺材他们也会偷的。

我爹最后一次专门为棺材而栽的树,不是柏树,不是橡树,不是松树,而是泡桐树。他没有在山上栽,没有在坟头栽,没有在地边栽,而是在自己家院子里栽。马铁匠问,你栽那种树有什么用？烧柴太泡了，做椽子太脆了，点香菇、木耳根本就不长。我爹说，它有一身的毛病，但是它也有个长处。马铁匠问，树叶子可以擦屁股？我爹说，没有办法，只有它长得最快，长得太慢的话，我早就死了。

泡桐树当年就长到一人多高，五六年就长到盆子粗了。有了那些泡桐树，我爹并不急，又秀了好几年。因为泡桐树特别轻，特别软，刨起来容易，打铆也容易，马铁匠用了七天时间，就把棺材打完了。我爹割了两水桶的漆，总共染了五遍。那副棺材抬起来轻飘飘的，但是看上去是油光闪亮的，人往前边一站，能看到自己的影子；用手拍一拍，发出的声音十分柔和。马铁匠走的时候，我爹说，你不拍一拍？马铁匠说，又不是柏树棺材，有什么好拍的。马铁匠转回身，轻轻地拍了拍，又拍了拍，然后笑了。马铁匠说，拍着柏树棺材的时候，像拍着一个男人的肩膀；拍着泡桐树棺材的时候，有点像拍着一个女人的屁股。

我爹说，以后哪怕亲娘老子死了，这副棺材我也让不起了。

安心之方

我每次回家，大门多数是虚掩着的，那种虚掩着的感觉真好。每次推开大门，大门就吱咛一声。只有木门才有那样的声音。城里的防盗门全是钢板的，关上或者推开，哐当声冷冷的，而且十分刺耳。我家的大门纯粹是橡树的，一扇估计有三尺多宽，两寸多厚，而且是由一整块木板做成的。那么粗的树，除了在几座寺庙里遇到过，即使在一些原始森林也为数不多。

因为夜不闭户,什么门都是一种装饰,除非出远门的时候,才挂一把黄铜锁在上边。我提醒我爹,那种黄铜锁非常简单,随便拿铁丝捅一捅就开了,还是换一把大铁锁吧。我爹说,人家要偷你,换一把拳头那么大的锁都没有用处,什么锁都是锁君子不锁小人。所以塔尔坪的大门,用得最多的地方不是守家护院,而是被卸下来,平放在大木桶上边,杀猪。把猪按在大门上边,放血,刮猪毛。每一家大门上边多多少少都沾有猪血,据说沾一些猪血,反而是好事情,可以辟邪。

我小时候最喜欢的游戏,就是挨家挨户地从人家门缝中朝里看,大部分时候是什么也看不到的,少数时候会看到小媳妇喂孩子,偶尔也能看到一些大丫头在光天化日之下,脱光衣服坐在院子中间洗澡。塔尔坪每家每户的大门上都会有几条缝,两扇门中间的那条缝最宽,旁边还有一些裂开的小缝。每天放学之后,几个小伙伴要举行撒尿比赛,谁尿得最远,中间那条大缝就归谁。每次下课的时候,我就趴到小河边咕嘟咕嘟地喝水,喝完水一直憋着不上茅司,也就是厕所。我基本是第一,可以从小河这边尿到小河那边,每家每户最宽的门缝自然就归我了。所以,我看到的总比别人多,其他人只能看到一条白光,而我看到的是一道白一道黑,有时候还会看到一道红。

挨家挨户地看过去,日积月累,都是一清二楚的。唯独我家的大门是没有一条缝缝的,所以他们从来没有看到过什么。

我家大门为什么没有缝缝?我爹说,还能有什么原因,做门的树如果太小太嫩,经风经雨就容易裂开。我爹告诉我,兄弟几个分家的时候，我们分到两间房子，自己在边上续了一间，又在方圆几百里的山上跑了一遍，把最大的一棵树砍回来，为自己换了一副大门，算是另立了门户。

当年的塔尔坪，深山里都是合抱粗的大树，树林子中间有成群的锦鸡、老鹰、野羊、麂子、獐子、果子狸，当然还有大灰狼。在我上小学的时候，经常遇到老鹰抓锦鸡，老鹰自己吃不完就让给老鸹。老鸹容易嘚瑟，每次吃大餐的时候，大家一齐伏在地上哇哇大叫。我们循着它们激动的叫声，拿着棍子把它们赶走，就能捡回半只锦鸡。树林子里还有野猪，大得出奇，多得出奇，经常黑压压一片，像游行示威的队伍一样，明目张胆地从山上经过。每到秋天，县武装部会发枪让大家打猎，不然庄稼就被它们糟蹋光了。有一次，大家把七八头野猪围在山上，拿着几杆枪放了几枪，没有想到只是给野猪挠了痒痒。野猪又蠢又莽撞，一旦被逼急了，朝着人扑过来，比狼还要凶猛。当时我舅舅也在其中，来不及逃，只好爬上一棵碗口粗的树。没有想到野猪牙齿更厉害，三下五除二就把树给咬掉了大半边。舅舅幸好怀里抱着枪，里边还有一颗子弹。万分危急之时，舅舅顶着野猪的头，嘭地补了一枪，把野猪给放翻了。

舅舅死里逃生，就开始研究自制猎枪。舅舅家新中国成立前留下来几杆枪，陆陆续续拿出来之后，全部生锈了，枪栓拉不开，枪眼给堵住了。舅舅找来钢管子，自己摸索了两个月时间，制作出了第一杆猎枪。舅舅制作的猎枪和武装部的差不多，只是枪托枪栓十分大，枪膛十分深，枪管子也有擀面杖那么粗，像鸟枪那样，也是打散弹的。我没有见过正规的子弹，但是见过舅舅制作的散弹，除了火药之外还有钢珠和钢条。钢珠是从架子车上拆下来的，钢条是用钢丝截出来的。

舅舅扛着自制的猎枪到处吆喝，让人上山去打野猪。因为上次被吓着了，有人说，你造的枪能和国家的比吗？国家的枪是在军工厂制造的，是能上前线打鬼子的。舅舅说，国家的枪打仗比我的厉害，那是因为打人，上次你们看到了，对野猪来说不顶用。有人说，你的枪关键时候打不响怎么办？我们就要被野猪给啃掉了。舅舅装好火药，装好滚珠，又装了几根两寸长的钢条，说我可以试给你们看。

当时我被学校选为代表，要去县上参加珠算比赛。舅舅说，我们家出大人物了，我要为我外甥送行。他高兴地扛着一杆新枪，随着我走到村口，东瞄瞄，西瞄瞄，却迟迟不见他扣动扳机。我说，你这枪是玩具吧？会不会打不响啊？舅舅嘿嘿一笑，说怎么会呢，既然为你送行，你说打什么就打什么，保证百分之百命中。我说，你打野猪吧。舅舅说，打野猪要守半天，怕是来不及了。我说，你打喜鹊吧。舅舅说，喜鹊飞得太快了，怕是打不住的，而且喜鹊是好鸟，打死是不吉利的。我说，你就打树吧。舅舅说，打树有什么意思？树又不能煮着吃。我说，电影里为人送行，都是朝天上打的，那就朝天上的白云打一枪吧。舅舅说，这不是放空枪吗？火药、钢珠和钢条是很金贵的。

隔壁的男人正好追着一头猪窜了过来，对着我爹骂道，你家的畜生是野的吗？好好一块苟谷让它给啃光了，你得赔吧？我爹说,赔什么？隔壁的男人说,当然是赔苞谷,难道赔命吗？舅舅接过话说,它吃了你家的苞谷,肯定是长肉了,那就赔肉给你吧。舅舅说着,端起枪,轻轻一扣扳机,只听到嘭的一声,我们家那头猪翻了几个跟斗,哼都没有哼一声就死掉了。舅舅对我说,怎么样？厉害吧！赶紧去拿个奖状回来,我们煮一锅肉给你接风。

大雪封山是打猎的好时光,大家凭雪地上的脚印子很容易发现猎物的踪迹,然后几个人端着猎枪在关键的地方守着,几个人顺着脚印子一边吆喝一边朝前赶,就能把猎物直接赶到枪口上。开始几年,每年都能打一两头野猪,每家可以分一些野猪肉,后来大树一棵一棵地消失了,猎物也随之越来越稀少了,连野猪都变成了保护动物。如今锦鸡还有一些,老鹰没有了,野猪还有一些,珍稀动物不见了,都不知道跑到哪里去了。

我告诉我爹,我数过大门上的木纹,应该有一百多条,也就是有一百多年,说明我们家这块门板是用一百多年的大树做的。我爹说,所以呀,太阳能扳得过它？水能泡得软它？虫子能咬得动它？别说裂一条缝缝了,你用斧子试试,恐怕破也破不开吧？我确实数过我们家大门的木纹,最多的一次数出了一百二十多条,如果加上大门本身的岁数,可以断定,我们家的大门应该将近两百年了。我爹说,砍掉那棵树之后,肠子都悔青了,如果那棵树依然活着,差不多两百岁了,塔尔坪如果有一棵开枝散叶两百年的树那该多好啊。

在封闭的年代,无论是长果子,盖房子打家具,还是烧火做饭,够吃够用就行了。那时候树就是树,都能好好地活着。塔尔坪通车之后,树似乎已经不是树了,衡量的标准直接变成了钱,无论什么树有点利用价值的,都被陆续地砍掉了,最初是卖木炭,后来直接卖木头,再后来是卖木板,再再后来是卖香菇、木耳,慢慢就只有树孙子已经没有树儿子了,最后各种各样的树都慢慢地消失掉了。

如今,我们村里只剩下一种树还活得好好的,那就是显得无比孤单的核桃树了,原因是核桃越来越值钱了。

村口有一棵大核桃树,有什么事儿大家就聚集在树下。村口那棵核桃树长得又直又高又粗,枝丫够不着,爬又爬不上去,想摘儿个青壳核桃剐剐不行,想上去掏个喜鹊窝更不行。树上的喜鹊窝有筛子那么大,喜鹊跑出来黑压压一片。有一次,村里在核桃树下放电影,好像是《红高粱》,电影里唢呐一吹,喜鹊以为真有人在结婚,便一股脑儿地飞出来,喳喳地叫个不停,把电影里的声音都给遮住了,大家什么都没有听清,只晓得"我爷爷"在高粱地里把"我奶奶"的裤子给脱了。

最让我生气的,是每次往树下一站,头一抬,喜鹊就朝头上拉屎。所以我拿着竹竿子,想把那个喜鹊窝给捅掉,除了报仇,还想捅几个喜鹊蛋下来。我还没有跑到树下,我爹一把夺过竹竿子,朝我抽了过来。我爹说,喜鹊是专门给人报喜的,哪里是随便欺负的?我说,它朝我头上拉屎。我爹说,你不站在下边,屎能拉到你头上?我说,大家都站在下边,它就往我的头上拉屎。我爹说,你在下边都想干什么?人家畜生也灵醒着呢,那么大个喜鹊窝如果让你捅掉了,它们去哪里睡觉?我说,村里的树多着呢。我爹说,其他的树小,能承受得起吗?它们分到几个树上,那不就分家了吗?再说了,为什么这棵核桃树长得好,每年核桃结得稠?因为喜鹊的屎呀尿呀撒下来,在上肥料呀。我说,原来这样啊。我爹说,当然了,喜鹊把屎拉到你头上是你有福气。

有人准备烧红砖盖房子,把大核桃树四周掏空了,树根被挖断了,伤了元气,一蹶不振,枝丫慢慢地死了,树心烂出一个大洞,常有黄鼠狼出没,是我爹把它救活的。

我爹第一件事儿是从山上挖土,挑下去填那个大坑。有人说,我挖的坑关你什么事呀?用得着你来填?我爹说,下雨积了那么深的臭水,人掉进去淹死了你要负责的。我爹说过不久,真有一个孩子掉进去差点给淹死了。有人说,你不会是图大核桃树吧?你就是把它救活了,老枝老丫的也结不出核桃了。我爹说,大家都是它看着长大的,它好像还有一口气呀。我爹整整挑了半个月时间,把那个大坑给填平了,又和了一堆泥巴,里边加了牛粪,灌进了那个树洞。泥巴开始灌进去的时候,从里边逃出两只黄鼠狼,巴掌那么大小,是刚刚出生的。我爹还把大核桃树上有疤的、有缝的、烂了的地方,全用泥巴糊了一层。有人说,你这是干什么呀?我爹说,我这是给它包扎伤口。有人笑着说,你以为你是医生呀?

我爹的办法十分有效,第一年春上,风一吹,雨一下,大核桃树就抽出了新芽芽,不多,但是挺有生气的。第二年,第三年,芽芽开始疯长起来,不几年又长成了枝繁叶茂的大核桃树,自然慢慢开始长核桃了。起初能打十斤八斤的,后来就超过一百斤两百斤了,有两只喜鹊不晓得从哪里冒了出来,在上边搭了窝,开始生儿育女。

有人开始到村里收购核桃。核桃含有蛋白质、脂肪、维生素和碳水化合物,无论是生着吃、炒着吃、磨成粉冲着吃,都有十分高的营养价值,而且核桃还有固精强腰、温肺定喘、润肠通便等药用价值,经常吃的话可以补脑子。所以核桃一年比一年值钱,最高时一斤核桃仁子卖到了四十多块,足够我爹一个月的花销了。

我们那里的核桃个大、壳薄、仁子白,更加吃香。从七月份开始,核桃还是嫩泡泡的时候,核桃贩子就从四面八方吆喝起来了。核桃一值钱,人心就变了,不单纯了。原来串个门子,无论大人孩子,主人都会嘻嘻哈哈地抓几个核桃让大家吃;原来孩子放牛的时候,身上别着一把小弯刀,从青壳核桃剜着吃起,一直吃到光滑核桃,有时候还会摘一些,在山上挖个坑埋着,等冬天了再吃。如今再串门子,除非是亲儿孙亲爹妈,大家哪里舍得呀。别说核桃了,连瓜子也没有了,这恐怕是串门子少了的原因吧!甚至为了核桃树呀边角地呀的,大家闹出了不少矛盾,有骂人的,有打架的,有挖人坟的。

看到我爹救活的大核桃树每年卖了不少钱,有人就说,你又是填坑,又是糊洞,原来都是为了自己呀。我爹说,你们夏天是不是又可以乘凉了?放电影的时候是不是又有地方挂银幕了?

围着这棵核桃树,大家自然打得不可开交,有人说这棵核桃树是他们家栽的,有人说这棵核桃树长在他们家地里,我爹说这棵核桃树是我爹自己救活的。年年秋天在核桃成熟的时候,有的提着刀子,有的拿着棍子,在树下打成一片。最后有一户人家,男人让抢,女人不愿意抢,自己家里起了纠纷,男人把女人打了一顿,女人拿着一根绳子,干脆吊死在了那棵核桃树上。男人一气之下,拿着斧头,把那棵核桃树给砍掉了。

有一年夏天,我家的核桃挂在树上还没有熟透,半夜被人偷了。偷着干什么去了?卖光滑或者核桃仁子吧,里边是空瓢,根本没有人收。但是人家偷了,卖给贩子,贩子拿到西安卖青壳,像我小时候一样,让城里人剁着吃。城里人图个稀罕,一个青壳一块钱。我爹晓得小偷还会再来,便趁黑躲在核桃树下。小偷伸出竹竿敲打了几下,核桃就噼里啪啦地朝下掉,有几个还落在他自己头上,砸得他眼睛直冒金星。小偷感觉核桃有苹果那么大,拿到西安一个至少能卖五块钱。小偷正高兴呢,有个核桃砸在了他的脑门上,他像狠狠地挨了一拳头,被咂晕过去了。我爹说,想拿小石子吓吓他,哪晓得小石子一点用处也没有,只好扔了几个泥巴疙瘩。我爹很内疚,觉得自己出手太狠了,有一天,他路过小偷家门口,除了提着几斤红糖,还提了几斤核桃,专门去看了看那个小偷。

为了核桃树,隔壁的男人与我爹也动过刀子。惹事的那棵核桃树长在我家的房后,我家房后的山恰恰又是隔壁人家的自留山。核桃树还小的时候,夹杂在其他树木之间,根本没有被人发现,等长到了碗口粗,结了稠稠一树核桃,隔壁人家才醒悟过来,这时候已经晚了,我爹已经给这棵核桃树修了几年的枝丫,培了几年的土,说明树是有主人的了。有一年秋天天气非常好,我爹在院子里刮树皮,突然有一阵风吹过,把房后的核桃树一摇,两个光滑核桃落到了屋顶上,咕噜噜地滚到我家的院子里。隔壁的女人坐在门槛上,朝鞋底子上边绣花,一边穿针引线一边说,好美的光滑核桃呀。我爹说,你想吃吗?隔壁的女人说,你舍得呀?我爹说,不就两个核桃吗?我爹把两个核桃朝门缝里一夹,剥出核桃仁子递了进去。隔壁的女人在绣喜鹊,她腾不出手,就把嘴巴直接伸了过去。我爹喂了她一瓣,才发现隔壁的男人坐在门里边,正恶狠狠地看着他们。

隔壁的男人明显吃醋了,拿起竹竿子朝那棵核桃树一阵猛打,不仅打掉了核桃,还把树叶子打得乱飞。我爹说,你干什么啊?隔壁的男人说,你眼睛瞎了吗?我爹说,这是我家的。隔壁的男人说,你家的?你说过树要看根,树根明明长在我家山上。我爹说,这是我家房后,而且这树是我栽的。隔壁的男人说,你栽的?你在石头缝里栽树?你以为你是老鼠啊!隔壁的男人在树下打,我爹提着篮子在院子里捡。隔壁的男人一急,回家拿出一把刀子,直接朝着我爹冲了过来,第一刀抢空了,第二刀砍到石头上,把自己的胳膊震麻了。隔壁的女人看着要出人命,拾起刀子对着自己的脖子轻轻一抹,脖子就流血了。

我爹把拾起来的核桃朝地上一撒说,我不要了还不行吗?

隔壁的男人则坐在地上,龇牙咧嘴地捂着自己的胸口说,奶奶的,心都被震碎了。

近几年,我爹围绕着村子东看看西看看,总是唉声叹气地说,我一死呀,那几间房,那几块地,那几座山,不全归人家了?我安慰我爹说,你少种麦子苞谷洋芋,还是多栽一些核桃树吧。核桃树长大了,移不走,拔不动,别人想侵占就没有那么容易了。我爹说,家里没有人,长了核桃照样是人家的。我说,如果核桃多了,你还怕我不回来?我向你保证,万一你不在了,我每年八月回去收核桃,如果核桃卖的钱能养活自己,我就待在村里不走了。

我爹笑了,没有什么比儿子回去更重要的了。所以春天的时候,我爹跑到镇上,买了五十棵核桃树苗子,把原来种麦子种苞谷的庄稼地全部栽上了核桃树。几年下来,山上山下,房前屋后,甚至他自己的空墓边上,密密地都栽上了核桃树。他感觉一下子又有了寄托,农忙的时候种种庄稼,农闲无聊的时候就给核桃树松土,给核桃树施肥,把核桃树下边的草一根根拔掉,甚至给核桃树捉虫子。虫子如果落在上边,肯定是要被他一只只逮下来,扔到小河里让水冲走的。到了冬天,大雪落到核桃树上,他怕把它们给冻坏了,就一棵一棵地给核桃树扫雪。

前年我回家过年,发现与那些破败的房子相反,那些核桃树倒是枝繁叶茂地长了起来。我爹指着一棵棵核桃树对我说,你得答应我,在我百年之后,看在这些核桃树的面子上,即使不能常年住在村里,每年八月也得回家一次。我说,这些核桃树长得多好呀,我怎么舍得扔下不管呢?我爹说,回来不要光顾着收核桃,顺便也给我们死人上上坟。

我说,放心吧,爹。

核桃树对于我爹而言,除了长核桃还有另外一种用途,就是做烟斗。核桃树枝子天生长得像烟斗,而且中间天然有孔,挑一些样子好看的砍下来,用烧红的铁丝捅一捅,就成了非常漂亮的烟斗。我爹有好多好多烟斗,拳头那么大的、勺子那么大的、指头那么大的,L形的、S形的、V形的、C形的,抽烟丝的、抽过滤嘴的、抽水烟的,每天天亮,他穿好衣服后的第一件事情,就是坐在我们家的门枕上,用五花八门的烟斗抽烟。他的心情不同,用的烟斗就不同,吐出来的烟雾也不同。抽烟丝的时候,基本上是与几位老人在一起,每人按一锅子烟丝默默地吸着,听凭时光从他们的脸上静静地滑过;抽过滤嘴的时候,就是他想念儿子的时候,因为过滤嘴香烟是我买给他的,他会深深地吸一口烟,呆呆地看着门前的山头,似乎越过山头就能看到我一样;抽水烟的时候,他满脑子都是庄稼,都是树木,都是雨水,都是收成,那吧嗒吧嗒的声音,像是他与它们在交流。

我爹最后一次准备棺材的同时,还准备了一套老衣,意思是等他死了,不用麻烦我们了,自己钻进棺材,自己把自己埋掉。那套老衣筋拽拽地挂在阁楼上,每次回家吓得我都不敢上楼。我爹开始也挺忌讳,后来就不在乎了,经常把老衣拿出来,放在太阳下边晾晒晾晒。有一段时间,大姐告诉我,我爹经常失眠,肠胃不好,嘴苦,便秘,饭量减少,还可能有心肌梗死。大姐问我怎么办,我说,赶紧把他带到上海检查一下,需要好好地治一治。

但是没过多久,大姐又打电话来,说我爹不来上海了。我问,是不是又舍不得那些庄稼舍不得那些树?

大姐说,不全是这些原因,而是他把自己的病治好了。

我问怎么治的,吃了什么药?

大姐说,他这些天不睡床上,喜欢睡在棺材里,说一躺到棺材里,心里就踏实了,什么毛病都没有了。

父亲的风月

一滴水的革命

接我爹进城,这是 2012 年春节期间发生的一场革命。

我爹出生于 1938 年农历五月,一直生活在陕西省一个叫塔尔坪的村子里,我认为这是中国目前最为偏僻的山区。有这么几个关键词,可以说明我爹进城的特殊之处:第一,他是农民,最最纯正的中国农民,一日三餐吃的、喝的,全是自己一手种出来的。第二,他是文盲,虽然在身为地主崽子的时候读过两年私塾,但是经过几十年原始的农村生活,已经变得斗大的字不识了。所以,我爹没有读过一本书,没有看过一份报纸,也不看电视,原来放放收音机,听的也是老戏与天气。即使是天气,在他眼里,下雪下雨,天阴天晴,日出日落,都是神仙们控制的。他唯一掌握的知识,就是什么时候下种,什么时候收获,什么时候晾晒,什么药材长成什么样子,什么树木有什么可以利用的价值。第三,他没有手机,没有电话,没有网络,没有任何电器与机械,这个村子至今没有手机信号,可以这么说,他还处于"新"石器时代。第四,他从来没有进过城,曾经路过几个县城,他把县城叫作"大屋场",没有任何在城里过夜的经历,所以他不晓得什么是电梯、什么是抽水马桶,甚至不晓得煤气灶,他过着的生活与他心中储存的信息,绝对是与一个现代人格格不入的。第五,他不明白什么是地球、什么是国家、什么是世界,他与世界的关系是混沌的,与时代的联系是隔绝的,与外边的联系是单一的。说白了,他与外边的联系仅仅只有儿子,他联系不上儿子的时候,也就意味着联系不上全世界。第六,我爹耳朵聋了,眼睛花了,牙齿掉光了,而且他只会一种语言,那就是陕南方言的一种;懂这种方言的人,已经不到一千人了。随便举个例子,"瞎得着",你不要以为在说眼睛,也不要以为在骂人,其实就是自我埋怨"完蛋了"。

马尔克斯说,如果没有亲人埋在这里,这里就不算你的故乡。但我以为,如果没有父母长期生活在身边,和你一起吃饭,和你一起睡觉,这便不是故乡。所以,年年都有接老爹进城的动议,想让老爹把故乡带到一千三百公里之外。但是,我每次提起来上海的时候,他总有各种各样的借口,而迟迟不能动身。比如喂猪呀,晒粮食呀;比如麦子黄了呀,苞谷要薅草了呀。什么事儿都没有的时候,他会说,我要看门呀,你别看院子空落落的,每一根草人家都惦记着呢。

我爹近年身体状况异常糟糕,要么腰痛,要么腿肿,要么便秘,前不久还在砍柴的时候,从悬崖上摔下去了。我爹一辈子,只见过双层的戏台,遇到的人不到两三万,包括哥哥出车祸时得到的八百块赔偿,赚的钱全部加在一起也不过几万块。我害怕起来,如果有一天,他突然不在了,到死也不晓得上海是什么样子,几十层上百层的大楼人是怎么上去的,每平方米几万几十万的房子是怎么盖的,两千万人是怎么密密麻麻地住在一起的,几百万甚至上千万一辆的车子是怎么跑的。尤其在他有生之年,连他的儿子坐在哪里上班,晚上躺在什么地方睡觉,平时吃面条还是米饭,别人看他儿子的眼睛是直的还是弯的,统统都一无所知的话,那对我来说是多么遗憾和心痛啊。

突然接到大姐的通知,说爹死活不愿意出山。我听了十分恼火,想不通那么孤单的一个人,都到人生的最后时刻了,有什么比跟儿子一起过年更重要的事情呢?我让大姐告诉他,这次不坐火车,这次是坐飞机,机票全都买好了,花了好几千块,他不来的话就作废了;而且我的房子已经装修了,在上海正式安家了,儿子的家就是他的家,他凭什么不来看看他的家呢?三是他不来了,说明他根本不想儿子,儿子就可以安心地待在上海,一辈子再也不回塔尔坪了,有点要与老爹断绝关系的意思。

别说一辈子,就是一年两年不回去,还不晓得我爹会干出什么事情来。他真爬到秦岭头上,张望等待着儿子也不一定。最后通牒还是有效果的:他老泪纵横地决定,要来上海了。但是正月初三晚上,当我与爱人小青飞到西安,准备接他一程的时候,大姐再次传话(每传一次话,都得跑几十里路,赶到有手机信号的地方),说是故乡在下大雪,已经把几条路都封住了,根本没有办法出山。我估计,下雪又成了我爹的借口,便生气地说,路被封死了,让他飞过来不行吗?

正月初四早上,大姐终于把我爹送到了西安,送到了我的身边。等我一声"爹"喊出口,我们父子都哭了。

我爹住在长江发源地附近的深山老林,如今要来长江之尾的国际化大都市上海。他就像一滴水,先渗出一条小溪,进入一条至今都没有名字的小河,然后再并入丹江,流入汉江,汇入长江,抵达东海。我爹终于进城了,由此产生的震动,不亚于滚滚长江所掀起的波浪。

我爹终于进城了,如果说这是一场革命,那么它既是精神的,也是肉体的。

文盲的理解

我爹到西安后,我准备带着他先溜达一圈,也是为了做一个过渡,适应适应城市的生活,毕竟西安比起上海来说,在商业与交通方面,还是简单与单纯得多。

我们出门没有打出租,而是带着他去大街上乘坐公交车。这可是他人生中第一次乘坐公共交通工具。一出宾馆的门,我就感觉到了无限的吃力,因为在他单线条的眼中,根本没有任何的交通标志,就连基本的红绿灯,他也以为是城市里的一个装饰,甚至他对装饰什么也不明白。整个城市的一点一滴对他来说,都是无意识的,无任何意义的。

我们选择住在北大街,就在北门里边不远,这里的路还算宽阔而笔直,行人也相对规矩一些,这一切都是为我爹考虑的,希望让他进城后,尽量遇到的都是一些直线条、有秩序的生活。但是一来到街上,他就不晓得如何办了。我对着他的耳朵喊了半天,半条街的人都听到了,他也听见了,但唯独他不晓得这是什么意思,更不晓得为什么一定要过马路。我说这是斑马线,过马路一定要走斑马线。他就问什么是斑马线。我说,斑马是一种畜生,身上一道白一道黑,那种条纹就叫斑马线。他又问什么是马路。

我扶着我爹去对面坐车。我爹说,这么多车,为什么要去对面?我一直在解释,但是无论如何都解释不清。我不明白幼儿园的老师是怎么教那些懵懂的孩子的,小学生词典里有没有形象而生动的说法?我爹依然我行我素,从最中心的地方穿过,像走在苞谷地中间,不慌不忙地欣赏着苞谷林一般。当我们遇到红绿灯的时候,我告诉他红灯停绿灯行,但是他左看看右看看,问红绿灯在哪里,我指了半天,他依然十分迷茫地说,大白天开灯多费电呀。最后,他一次次地堵在人家的汽车前边。在他的概念中,所谓的灯就是那个在晚上发光的东西,大多数时候就是那个十五瓦的灯泡子。他的一生看到过黑太阳与蓝月亮,却从来没有遇见过这么丰富的光线。

当我们爬上一辆公交车,我爹的两个小动作让人十分头痛。

首先是抢座位,旁边有空位子的时候,他根本不晓得坐下来,以为每一个座位都不是自己的。爱人小青中途站起来,把座位让给一位白发苍苍的老太太,我爹不明白到底发生了什么,也站起来把座位让给了旁边的一位妇女。其次让人头痛的是人与人的接触,我爹站在拥挤的人群之中,总会有意无意地把手搭在别人的腰间。第一次,我爹搭着一个高个子男人,高个子男人回过头,看到屁股上晃来晃去的是一只老人的手,就毫无表情地向后边移了移。但是第二次,或许第三次,我爹扶着一个美丽优雅的少妇——她有着杨玉环一样的美感,腰身浑圆而不失线条,即使包裹着厚厚的衣服,依然像一块放射性元素,透射着杀伤性的光芒。我爹随着一次次摇晃,毫无顾忌地朝着杨玉环的腹部搭了上去,而且在一次次的颠簸中,又紧紧地抓住了杨玉环的衣服。

小青暗示我,这是十分危险的。我赶紧对着我爹的耳朵小声地说,爹,你的手。我爹似乎没有听见,似乎并不明白我是什么意思,他的手依然在杨玉环的腰间游移。我真担心杨玉环会转过身给我爹一个耳光,于是腾出一只手把我爹的手拉开了。但是随着公交车一再晃荡,他的手又扶了上去,而且比前一次更紧。庆幸的是,在半小时的行程里,杨玉环都没有回头,没有露出任何厌恶的态度,也许早就习惯了公交车上的生活,也许从上车的那一刻起已经发现身边的这位老人,因而还稳稳地站着,为他提供一些应有的依靠。

我们挑选的两个景点是大雁塔与陕西历史博物馆。那天天气不错,远远地就看到了大雁塔灰暗地掺杂在高楼之中,既没有什么光彩,也没有巍峨的气势。我说,大雁塔晓得吗?我爹说,怎么不晓得?我说,它干什么用的?我爹说,里边住着唐僧。我说,唐僧住在里边干什么?我爹说,在里边给观音菩萨念经。我说,念的是什么经?我爹说,我怎么晓得呀?我又不是观音菩萨。我说,里边还有谁?我爹说,还有孙悟空,唐僧对孙悟空念的是紧箍咒,唐僧一念紧箍咒孙悟空就在地上打滚。我笑了笑说,爹呀,你懂得还挺多嘛。

在上大雁塔的时候,我爹一直走在前边,显得轻松自如,倒是我与小青习惯了平坦的日子,早已经气喘吁吁,而且东瞅瞅,西摸摸,总想从那些经风历雨的建筑中发现某种超乎寻常的感觉和意义。一棵树长在十里意义是什么?雪花长成白色的意义是什么?蚂蚁长得十分弱小的意义是什么?老虎吃人和猫逮老鼠的意义又是什么?人们为了给世界赋予所谓的意义,造出了茂盛、洁白、渺小、善恶、苦乐等等,由一个意义生出无数的意义,同一个概念生出一堆概念,如果清除那些意义,就没有时间了,就没有空间了,就没有轮回了,恐怕就没有宗教了,就没有观音和诸菩萨了,就没有和尚与寺庙了,就更谈不上什么藏经楼和大雁塔了——连大雁塔的名字也都是缘于某种意义。比如说时间,如果时间不存在,就不存在远近,就不存在生死,就不存在三界轮回,像把一个瓶子打碎了,装在里边的水就消失了。

在爬上第七层的时候,我问我爹,这里好看吗?我爹说,你指什么?我爹确实不明白我所说的景色到底指什么。是指大雁塔下边的人呢,还是大雁塔四周的楼房以及毫无烟火气息的大雁塔本身？我说，大雁塔呀。我爹一语惊人，他说，这不就是爬山吗？仔细想一想，如果抛开历史的附会与人文的支撑，独立看这座塔、登这座塔，这与登山有什么差别呢？我爹一生被困于山中，时时刻刻都在爬山，难道除了背回一些山货之外，还要他思考登高的意义吗？我想，如果没有一千三百多年以来人们不停地强加在大雁塔上边的各种意义，没有唐僧，没有经文，没有佛教，没有西方极乐，仅仅只看大雁塔建筑本身，甚至连"大雁塔"这个词都没有什么含义，那么大雁塔与外边的一棵树一只鸟有什么差别呢？那么爬大雁塔与上山有什么差别呢？对一个农民、一个文盲而言，大雁塔在他的眼里是怎么存在的呢？大雁塔上有什么东西是他看重的呢？也许大雁塔就是一座山，甚至还不如一座山。山起码是绿色的，是延绵起伏的，药材是挖不完的，树木是烧不尽的。

对于陕西历史博物馆，我选择逛一圈的目的，纯粹是为了爱人小青。小青是纯粹的城市人，我带着小青去博物馆，有点狐假虎威的意思，想通过对陕西悠久历史的介绍，用秦始皇、唐明皇、武则天做我的亲友团，告诉小青我也是有几千年文化血脉的，以此消除一点内心的自卑。

我对小青说，如果唐朝不被灭掉，西安就是长安，长安就是首都，首都长安必定是世界的心脏，塔尔坪就是心脏里的一小块肉，我就成了那块肉上的一个细胞。小青说，如果真是那样的话，塔尔坪那块肉肯定要被割下来喂狗的。我说，我们塔尔坪归丹凤县，丹凤县归商洛市，商洛的"商"就是商鞅的商，曾经是商鞅的封邑,没有商鞅变法,就不可能有秦国的壮大,不可能在后来统一六国。小青说,都是哪朝哪代的事儿,关你什么事呀?我说,怎么没有关系?没有商鞅的话,我们这次来西安,说不定还要办护照,还要换外汇,甚至语言不通,还得请翻译。小青说,还有别的吗?你继续吹吧。我说,李枣儿就是从商洛起兵的,一直打到了北京城,晓得李枣儿是谁不?小青说,管他是枣子还是栗子,最后还不照样让人给杀了?

我并不气馁,接着说,我们丹凤有条丹江,流下去一直通向上海,在没有飞机、汽车的时候,你们从东边来长安,无论骑马还是坐船,都是要经过我们丹凤县的,船帮会馆和马帮会馆如今还在那里,雕梁画栋都是证据。最牛的是什么你晓得吗?近几年有人考证发现,当年的林妹妹有可能就在我们丹凤"弃舟登岸",坐着荣国府打发来的轿子,一路东进才进了贾府的。小青说,那你说说,这次回上海,我们是骑马呢,还是坐船呀?

最后一句话,把我给问得两眼一翻,再也没有什么好显摆的了。我的家乡就那几样值得拉出来说说,而且那几样放在丹凤县城还算个事儿。因为县志里有记载,地图上有标明,但是放在塔尔坪身上那绝对是牵强,和什么商鞅什么枣儿八竿子打不着,和船帮呀马帮呀也没有一根毛的关系。塔尔坪的小河别说行船了,连一群鸭子浮过去也要侧着身子;塔尔坪的多数地势是呈现六十度倾斜的,稍微陡峭一点的地方就是九十度垂直的,如果骑马肯定会人仰马翻,所以在塔尔坪从不养马,也不养毛驴和骡子。塔尔坪有没有进入县志不清楚,至今没有上过地图是千真万确的,我分析塔尔坪没有被绘入地图的原因,恐怕不是它太小了,而是地理位置太奇怪,不是一个必经之地,也不是一个尽头,走到塔尔坪之后,似乎路就走绝了,又似乎是走不绝的,绘到地图上不仅给人指路的意义不大,说不定还把人给引入了一个迷宫。

看我情绪有点低落,参观历代陶俑的时候,小青拍了拍我的肩膀说,故意打击打击你,其实陕西太伟大了,任意挖出一块砖头,都可能是给秦始皇砌过坟墓的,或者是给汉武帝砌过宫殿的,上海的楼再高有什么用,把秦砖汉瓦拿过去,就是金茂大厦、东方明珠的老祖宗!

我们排了一个多小时的队,进入博物馆参观的时候,感受最深的不是小青。按照小青一贯的说法,网上什么没有?随时百度一下,连武则天的卧室都有,那情景比博物馆更清楚更立体,像受到邀请进去喝酒聊天一样,而且可以随便摸,随便碰,甚至可以在床上躺一会儿。至于一些瓶瓶罐罐,即使不看虚拟的,哪里看不到呢?整天这个展览那个拍卖,好多人还收藏那么几件摆在家里。

无论青铜器还是铜车马,我们衡量的标准,是如果把它们卖掉的话,如今的价格是多少。看到一枚西汉皇后的玉印,小青说,要值几十万吧?我说,你手上的镯子多少钱?小青说,三千多块,还不一定是玉的。我说,所以呀,光这么一块玉,价格已经不低了,何况是皇后用过的,我看至少一百多万。旁边有一个中年男人,留着一脸络腮胡子,穿着一身唐装,戴着一副黑边眼镜,手上拿着一个放大镜,别人参观的时候是直接看的,他参观的时候是通过放大镜看的。他从眼镜片上边看过来,笑眯眯地说,一百万?谁有多少我收多少。小青说,那大概值多少呢?放大镜说,至少八百万,放在外边拍卖的话,一两千万都打发不了。

我问小青,我们有这样一件宝贝的话怎么办?小青说,还能怎么办?勇敢地卖掉!藏在你的出租屋和我家里那都是不配的,关键是放在我们普通人手里仅仅是个摆设,如果我是那个皇后,在西汉就把它卖掉了,哪有耐心等到现在呀?我说,如果卖掉了,你拿这些钱干什么?小青说,给我们家换一套大房子住住。

我爹并没有听见我们嘻嘻哈哈的议论,即使听见了也跟不上我们的思路。看到一件青釉刻花瓷瓶,我爹自言自语地问,这瓶子有什么用呀?我还是按照一个农民的思维,告诉他瓶子是装水的。我爹说,是水缸吗?这么小个水缸,喂一次猪都不够。我说,是打水用的,像水桶一样。我爹说,没有耳朵,挑都挑不起来。我说,扛着,有些地方的人,喜欢把水扛在肩膀上。我发现,自己被老爹这么推着,越说越扭曲了,越说越离谱了,还不如干脆告诉他是个摆设而已。

小青上来帮忙说,还可以插花。

我说,我们乡下人插过花吗?用得着插花吗?

我不知道怎么继续交流下去,我爹恐怕连插花也是陌生的。于是我告诉我爹,如果他有这样一个瓶子的话,可以用它去小卖部打酱油。我爹说,摔一跤不就碎掉了?而且没有瓶塞子,酱油还不跑光了？我爹看到两个碗，嘟哝着说，可以拿来盛饭吧？我爹之所以想拿碗回家吃饭，是因为碗对于我爹来说，意义是非同小可的。我爹另立门户的时候，分到的家当少得可怜，尤其是吃饭的碗，仅仅只有两个半。为什么会有半个呢？我爹的解释是，有一个是烂的，只有半边。那时候我还没有出生，半边碗平时用来喂猫，两个碗我爹我妈各自一个，如果家里来客人了，只能让客人先吃。

我爹哪里明白，两个碗都是金子的，再过五百年或者一千年，即使我爹当上了皇帝，也无法用它们来盛饭。它们只能盛装时光，随着时光的流逝，会在离开饭桌的路上越走越远，以至于永远没有被人捧在手中吃饭的那一天。如果真有一个农民端着一个金碗，蹲在塔尔坪的院墙下边吃饭，那将是一个什么样的世界呢？

通过一整天的闲走，我爹对城市生活还是一无所知，但是对基本常识似乎有所领悟了。正是那些基本常识形成了城市文明的一部分，比如说不能当着人挖鼻孔，比如说不能向整洁的大街上吐痰，比如说不能随手把垃圾扔出去。当天晚上，吃过晚饭，我们去北大街溜达，我远远地扔出去的餐巾纸，飘到了垃圾桶之外，让我羞愧的是，在一群人当中，竟然是我爹跑过去捡了起来。

爱人小青说，你看看，你还不如爹呢。

这些只有城市生活才有的细节，我爹开始有意识地学习接纳了。在教我爹生活习惯的同时，我爹有意无意中，也改变了我对事物固有的思想。面对一个无知的、无欲的、纯洁的老人，我们似乎才是最大的受益者。

零食的寂寞

在西安等待出发的几十个小时里,我抽空出去见了一些朋友。这之间,小青独自看管着我爹,因为怕出意外,决定除了吃饭之外,一律待在宾馆里,不得出门。他们其中的一顿饭,是在钟楼旁边的同盛祥吃的,这里是羊肉泡馍的经典老店,应该算是最纯正的陕西小吃了。

我没有在场的几个小时里,发生的事情却出乎了我的意料。我爹是第一次吃这种外来的食物,有着太多的不适应,因为他一生中的食谱,我足可以背出来:早餐是糊汤(有时候会加一些土豆、红薯,或者红小豆),午餐基本是面条(有时候是手擀面,或者是挂面),晚餐基本是馒头再加糊汤;而一年四季都有的菜,是腌白菜、土豆丝、腊猪肉,春天会有一些野菜,夏天会有一些青菜,秋天会有一些西红柿,冬天就只有萝卜了。过年过节的时候会磨一些豆腐、长一些豆芽。除此之外我再也想象不到别的蔬菜与食物了。

小青带着我爹坐在同盛祥里,服务人员给了一个大白碗,里边放着两个烧饼。小青笑着说,就吃两个烧饼行吗?我爹说,怎么不行,吃烧饼还耐饿一些,只是跑这么远干什么?小青说,这边环境好呀。我爹说,有什么好不好的,又吃不到肚子里去,这里的烧饼很贵吧?小青说,你猜猜。我爹说,起码要一块。小青说,你再猜猜。我爹说,一块五?小青说,你放开胆子再猜猜。

我爹说，两块到顶了。小青说，你说的是美元还差不多，折合下来是二十块人民币。我爹张着嘴说，多少钱一个?！小青说，二十块呀，怎么了？我爹眼泪都要出来了，说你们这些孩子都忘记老先人是谁了，哪里吃不到烧饼呀，花这个冤枉钱干什么？

小青见我爹不高兴，赶紧解释说，我开玩笑的，这叫羊肉泡馍，不光两个烧饼，还有羊肉和羊汤。我爹说，羊肉、羊汤在哪里？小青说，我们把烧饼掰碎了，他们就会用羊汤羊肉帮我们煮的。我爹显得手足无措，他怎么也不能理解，为什么要把饼掰碎，为什么还要自己动手。小青说，你就照着我做吧，于是小青掰一下，他就掰一下，小青拌一下，他就拌一下，小青吃一个糖蒜，他就吃一个糖蒜，他尽量与小青的动作保持一致。好像这不是吃饭，而是做体操一样。

我能理解我爹的感受。那是十几年前，我在一家杂志社工作的时候，按说已经在城市里生活了很久，比起我爹来说，应该懂得很多了吧。但是有一次，一帮同事中午出去吃羊肉泡馍，因为是别人埋单，所以我过意不去，执意要做点什么。吃完了后，同事说，那就买点蓝箭吧。于是我就买了一包分给他们，看到一帮女人一人一片，扔进嘴里嚼着，而另外一个男人没有动嘴，我便无所适从了。我便问，蓝箭男人能吃吗？她们众口一词，这是女人专用。我心想，这可能与卫生巾是同类的东西，于是没有敢动。下午的时候，一帮女人一齐哈哈大笑起来，问她们笑什么，才晓得我上了无知的当。

等羊肉泡馍煮好端上来，我爹说，这不就是懒人吃的疙瘩汤吗?

从同盛祥回到宾馆,我爹的胆子已经相当大了。趁着小青休息,他便把我们随身带着的行李,一点一点翻了个遍,一边翻一边吃。果然,他还真吃了许多他一辈子没有吃过的小东西,比如说葡萄干、巧克力、奶糖、开心果。等小青醒来时,发现他正在啃着一包牛肉干。这里所有的小零食,他都是平生第一次享用,他一边吃一边问,这个是什么?那个是什么?小青说,你不管它是什么,先说好吃吗?他点点头说,好吃。小青害怕他把一些不相干的东西翻出来,比如自己带来的感冒药、化妆品和洗头液,或者一些干燥剂什么的,也吃下去了,便把零食都分成一小包一小包的,给他装在身上。

也许是吃零食的原因吧,第一天到西安的时候,我爹吃下了一碗稀饭,竟然还吃了七个肉包子,等第二天的时候,竟然连三个包子也很勉强了。随后,他来到上海,无论在岳母家,还是在我的家里,他都要趁着人不在的时候,翻出各种各样的零食来,各尝那么一点。

我爹从此以后,嘴里经常含着零食,有时候是一块饼干,有时候是一颗糖果。随着时间的推移,我爹吃零食的频率越来越高。我发现,在他感觉太急人,也就是太无聊的时候,就从身上掏出糖果饼干什么的,花半天时间反复地辨认着包装纸,花半天时间把包装纸小心翼翼地撕开,再花很长很长的时间把一个小零食放在嘴里吃下去。有一次,小青准备了一堆新零食,我爹像刚刚上学的孩子,眯着眼睛仔细地辨认着,先自言自语地念道——"小头",然后又自言自语地念道——"园小饼"。小青觉得那些食品的名字十分奇怪,连忙跑过去一看,发现第一包的全称是"小馒头",第二包的全称是"菜园小饼"。小青笑着问我爹,"园小饼"前边还有一个字怎么认?我爹摇摇头并不吱声。他之所以认出三个字来,恐怕因为"园"的中间有一个"元",一元两元的元,我名字中间的那个"元"。至于"小"与"饼",是怎么认识的,再也无法追究了。

我爹开始的时候,吃零食是为了充饥,为了尝尝新鲜。那是食品存在的意义,也是食品存在的本质。但是慢慢地,我爹改变了零食的本质,不是为了充实自己的胃,而是用来充实内心的空洞与茫然。我爹因为耳朵的问题,不能和人顺畅地交流;因为不识字,不能看书读报;因为不熟悉城市生活,不能独自出去逛街逛公园。其实他对逛街逛公园毫无兴趣,因为大街上和公园里并没有他需要的东西。虽然我爹的牙齿是假的,消化系统也不正常,但是唯一可以正常运行下去的,就是吃。只有吃是天性使然的,是会伴随一生的,等到丧失吃的能力的时候,也就是生命结束的时候。所以,我爹来到城市,面对寂寞,面对陌生,面对不适应,他只能用吃来安慰自己。

我爹到城市才刚刚几天,已经开始唠叨着,想回家了。每每看着他嘴里含着糖果或者牛肉干,望着窗外奔驰的火车,或者斜躺在沙发上睡去,我的心里就十分难过。我为找不到留住我爹的方法而苦恼。留不住我爹,也就意味着,在上海这样的城市里,我还没有找到让自己灵魂扎根的生活方式。

后背的孤独

在陕西老家,左一条小河,右一条小溪,随便在地下一挖,便会汩汩地流出清泉来。这里不像陕北,是不缺水的,也不缺少烧水的柴火。但是至今我也不明白,为什么老家的人都不太洗澡?

我在故乡生活了好多年,天天一身汗,日日两脚泥,但是洗澡的次数,数也能数清,一是每学期入学前洗一次,然后就是大年三十再洗一次,那些不上学、不嫁娶的人,除了每年夏天晚上,偷偷地跑到小河里打一次江水之外,真正烧开水洗澡每年也就那么一次。

从上海出发去西安之前,包括我爹的线衣线裤袜子围巾,我与小青统统准备了一套新的。接到我爹之后,我扯住我爹的袖子闻了闻,并没有闻到想象中的什么异味。我爹说,嫌我臭吗?我说,你不但不臭,还挺香的。我说得不错,那是庄稼的香味,我爹的床上铺着麦草,长时间睡在麦草上边,确实带着麦草的气息。

我爹告诉我,为了不让人嫌弃,来西安的前一天晚上,他在家里烧水洗过澡了,而且用了洗衣粉——在塔尔坪洗衣服与洗澡、洗头所用的都是一样的,并没有洗头液、沐浴液与洗衣粉之分。他不但把内内外外彻底地洗了一遍,还换上了一套有些破旧却浆洗干净的衣服。

我还是打开宾馆的水龙头,调好水温,准备好毛巾,把我爹关进了浴室,让他再好好地冲洗一下。我说,你不要误会,冲一个热水澡是可以解乏的。

在我爹进入浴室的时候,我与小青在外边聊天。听着浴室哗哗啦啦的流水声,我想,在过去,我爹见过的水都是从地下冒出来的,如今第一次站在水龙头下边,体会水从头顶倾泻下来的那种感觉一定是十分好奇的。他应该闭着眼睛,撩着温暖的水雾,搓着自己,泡着自己。

过了十几分钟,当我打开浴室门的时候,面前的场景让我既生气又好笑。我爹并没有如我想象的那样赤身裸体,也没有扬起脸摆出一副享受的样子。他仍然好好地穿着衣服,把裤腿挽到膝盖,光着一双脚丫子,像蹚在一条小河里。

我说,赶紧脱掉衣服吧!我爹不好意思地朝四周看了看,慢腾腾地脱掉上边的棉袄和毛衣。我说,还有裤子。我爹低下头,慢腾腾地脱掉裤子,还是留下了一条内裤。我说,除了你儿子,又没有别人,也没有女的,你怕什么?

无论我怎么劝说,我爹死活不答应了,像洞房里顶着红盖头的新娘子。我想去帮忙,被我爹躲开了。我说,你是不是不好意思?那这样吧,我把灯关掉吧。

浴室没有窗户,关上灯之后,比晚上还要黑暗。我听到一阵窸窸窣窣的声音,再次把灯打开的时候,灯光猛烈地照在我爹的身上,似乎射向他的不是灯光,而是一股冲击力强大的水柱。我爹一时没有站稳,摇摇晃晃地摔倒了。他干脆坐在地上,紧紧地夹着双腿。

我第一次看到我爹的裸体。在这个世上,连去世多年的我妈,恐怕也没有完全看到过他的裸体。我心里有着说不清的羞涩、喜悦和亲切。我打开洗头液和沐浴液放在我爹的手边。在撤出浴室之前,我笑着告诉我爹,别害怕,好好搓一搓吧,用蓝色瓶子的洗头,用白色瓶子的洗身上。

回到上海,我爹入乡随俗,第一件事儿还是洗澡换衣服。我爹有了在西安宾馆里的经历,除了不适应在人面前脱衣服之外,已经不再怎么扭扭捏捏的了。但是他不会用热水器,也不会调节水温,更重要的是,我妈去世后的三十年中,没有人给他搓过一次背,他最为孤单的就是后背了。他内心孤单的时候,还可以想想远方的儿子,或者面对鸡呀猪呀嘟哝几声,但是背心痒痒的时候,如果不让别人帮忙,自己是永远摸不到的。我们这些游子与老爹一样,在外漂泊这么多年了,有谁给自己搓过背呢?每次一个人洗澡的时候,每个人都会十分悲凉地把手伸向背心,可是永远也触摸不到那个奇痒无比的地方。

我放好了水,对我爹说,爹呀,我给你搓搓背吧。我爹依然躲了躲,夹着双腿把自己深深地藏在水中。如我想象的一样,在我爹的背心,结了一层厚厚的痂,那是汗水不断地流出来又不断地晾干之后形成的。它是黑色的,是椭圆形的,是巴掌那么大的,像贴上去的一张膏药。

我撩起温水,滴在我爹的背心,把那块痂慢慢地软化,但是毕竟积累的时间太久了,那块痂像伤疤一样与皮肉紧紧地连在了一起。它与伤疤又不一样,伤疤是永远也搓不掉的,但是随着我一遍遍地搓着,那块痂越来越薄了,慢慢地露出了通红的皮肤。

在给我爹搓去孤单的同时,我细细地打量了我爹的身体。我爹的肩膀由于扛过太多的重量,呈现出两个"V"字;我爹的脖子由于长期暴晒,已经变成了黑褐色;我爹的胸骨一根根翘起,像在皮肤里埋着一把把刀子,似乎稍微一用力就会刺出来,显得那么触目惊心;还有他的腹部、胸部、背部和腿部,几乎布满形状不一的伤疤:有采药的时候被树枝子刮的,有砍树的时候被刀子砍的,有挖地的时候被锹子铲的,有收割的时候被庄稼茬子扎的。

伤疤是白色的,与磨出来的茧子纵横交织在一起,最后在我爹的身体上绘成了一幅神秘的图案。

我说,你身上像文身。

我爹说,什么是文身?

我说,也像一幅地图。

我爹说,哪里的地图?

我一边给我爹搓背一边想,那确实是一幅地图,不是陕西地图,也不是上海地图。它是一幅只属于我爹一个人的塔尔坪的地图,是上天用各种各样的生活工具以文身的方式,在我爹的身心上绘出了一幅苍凉的人生地图。

指头大的远方

我爹坐过的交通工具,多数是拖拉机。除此之外,他一生的路都在地上,基本是靠着双脚行走的。这次接我爹进城,其中最重要的一项内容便是坐飞机,让我爹离地飞行一次。

因为小时候与我爹一起在地里干活,如果我爹抬起头对着天空发呆时,那肯定是有飞机从天空飞过。对于一个从没有走出大山的农民来说,这就是远方的全部内涵了。

有一年清明前夕,我到西安开会,趁机回了一次塔尔坪,想给我妈和哥哥上上坟扫扫墓。我好多年都没有回家扫过墓了,所以我爹十分意外地问,哪来的时间呀?我说,是顺便的,在西安出差。我爹说,坐汽车回来的吗?大姐告诉他,我是坐飞机回来的。我爹高兴地说,难怪了,上午有一架飞机飞过去了。我说,天上有很多飞机,能坐飞机的人更多了,又不止我一个人。我爹说,你是从上海回来的吧?从东边朝西边飞的,我就看到一架,不是你还有谁?按照我爹的口气,整个世界只有他儿子是从东朝西飞的,只有他儿子才有资格坐飞机,而且坐的是专机。我真想告诉我爹,自己是几天前坐的飞机,即使坐了当天的飞机也不见得会从塔尔坪上边经过。但是为了维护我爹的美好想象,我只是笑了笑,再也没有吱声了。

我爹又问了一些有关坐飞机的情况,包括飞一次多少钱,需要多长时间,在飞机上边会不会头晕,等等。我告诉我爹,有机会让他也坐一次飞机。我爹说,如果能坐一次飞机,就不白来世上一趟了,塔尔坪多少有本事的人,临死也没有坐过一次飞机。

好几年前,我去西安转车的时候,想顺便带着我爹去咸阳机场远远地看一看飞机。但是我爹晕车,刚刚坐上车还没有走多远呢,又是恶心又是呕吐,死活不愿意走了。我爹说,飞机就那样子,你有心就行了。我说,你觉得飞机像什么样子?我爹说,从塔尔坪看,像小小的犁铧。我说,实际上差远了。我爹说,那是不是像羊?我说,颜色差不多像羊,都是白色的。我爹说,那是不是像老鹰?我说,样子差不多像老鹰,但是老鹰是黑的。在塔尔坪能飞的,有锦鸡、喜鹊、老鸹和老鹰,我爹齐齐地问了一遍。我说,除了都能飞,其他什么都不像。因为锦鸡与喜鹊是花的,老鸹与老鹰是黑的,塔尔坪并没有一种鸟儿是白的,关键是十万只鸟儿也顶不了一架飞机。我爹说,有那么大吗?我说,当然了,不然怎么坐人?我爹说,我看到的,为什么是指头蛋子那么大?我说,那是因为你离它太远了,我们塔尔坪离它太远了。

对于回上海乘坐的那趟飞机,我与小青提前做了一些选择:根据天气预报,必须是晴天,在阴天坐飞机还不如坐拖拉机;飞行过程不能在晚上,不然只能看到星星而看不见脚下的土地;座位必须靠着窗子,而且外边不能是飞机的大翅膀。老天爷很帮忙,我们选择的那天下午,天气十分晴朗,不仅没有一片乌云,也没有一丝白云。唯一遗憾的是,当我们赶到咸阳机场的时候,已经没有三个座位连在一起的,而且没有一个是靠窗子的。

登上飞机之后,我问身边的那个男人,我爹是第一次坐飞机,麻烦换一下座位可以吗?那个男人说,是第一次吗?我说,是的,是第一次,所以想靠着窗子。那个男人迅速地理解了我的意思,非常乐意地让开了。

我爹登机的手续都是我帮着办理的,这之中发生了几个小花絮,不得不说出来听听,这样你才能真实地理解,什么是小鸟的第一次飞翔。

第一,在办理登机牌的时候,我把购买的红枣、核桃和其他所有的行李都进行了托运。在登上飞机的时候,我爹很着急地问,你们的箱子哪里去了?我装作慌张的样子说,哎呀,丢掉了,怎么办呀?我爹说,那还不赶紧回去找?小青看着我爹很害怕的样子,就实话实说,行李已经搬上飞机了,就在大家屁股底下。

第二,在安检的时候,我突然问我爹,你身上是不是装着打火机?这是要没收的。我爹说,为什么要没收?我说,人家怕你放火。我爹说,飞机上又不能种地,我放火干什么?我不好解释,就说人家还怕你抽烟。我爹说,为什么不让抽烟?我说,抽烟会有污染。我爹狡猾地说,那我藏到鞋子里去吧?但是他还来不及脱下鞋子,就已经被安检员给叫住了。我爹通过安检门的时候,报警系统依然叫了起来。安检员问,裤子里是不是装有钥匙?胸前的口袋里是不是装有烟斗?这一问,我爹一下子慌了。直到现在,我爹还经常问,那些人的眼睛为什么那么毒,竟然一下子就把他看透了。

第三,空姐上前帮忙系安全带的时候,被我爹给拒绝了。他说不用系了,系着拘卡人。空姐不明白什么意思,一时迟疑不定起来。我只好解围说,让我来吧。我把我爹老老实实地捆在座位上,我爹嘟哝着说,像绑犯人一样的。

第四,我爹说是想上茅司,我正想让他体验一下在空中上厕所的感觉,就把他带进了飞机后边的小房子。我爹在小房子里憋了半天,无论如何也尿不出来。我说,怎么了?我爹说,这样不行吧？我说，这是茅司，有什么不行的？我爹说，我们是从西朝东飞的吗？我说，是呀。我爹说，是不是要从塔尔坪上边经过？我说，有可能吧。我爹说，我一泡尿下去，不就尿在人家头上了吗？其实，飞机上的大小便流到哪里去了，我也无法给出一个满意的解释。

从咸阳机场起飞后，飞机拍打着翅膀，就冲上了天空。这一次天气绝佳，地面上的景物虽然变小了，但是正如一张地图一样，那么清晰可见。我爹看到地面上的人流，第一句话是"跟蚂蚁一样"。随着飞机向前，窗外清清楚楚地映现出了脚下的群山，群山上覆盖着一层白雪。我爹问我，这是什么山？我因为刚刚拜访过长安城里的大作家方英文先生，在他的书房里可以看到层峦叠嶂的秦岭，以及秦岭顶上的山岚与白雪，所以我明白，这身下正是秦岭。于是我告诉我爹，这是秦岭，我们家就在秦岭山中，过去的几十年，他就在身下的山中，种庄稼、养牲畜、看飞机、想儿子。等一会儿，我们将从自己家的上空飞过。

我爹本来已经有些晕机，听我这么一说，他立马打起精神，直直地朝窗外看着。他说，他想看看自家的房子、自家的几亩地，还有，说不定还能看见邻居家的那条可恶的老黄狗。虽然窗外的江河大树，随着飞机的拉升，慢慢地被距离忽略掉了，除了山头与白雪，什么也看不清了，连蚂蚁也不是了，但我爹还是一直坚守着，直到整个行程结束。

下飞机的时候，我问我爹看到什么没有。我爹说，没看到，不过，飞机从头顶飞过的时候，老家的人肯定看到了。

我明白,老家人看到的,只是指头蛋子大小的一个亮点,一个指头蛋子大小的远方。

在这小小的远方之中,却有父老乡亲。

大海的边界

我爹问,上海在海上吗?我说,不在海上,而是在海边。

我爹来到上海后,唯一主动提出的要求,便是去看海。他对我说,临走时,大家告诉他,到上海后一定要去看看海。大家和我爹一样,还不晓得上海具体在哪里,海到底有多大,但是他们从上海的名字中很浅显地明白了,这是一个有海的城市。老家那边山多,水少,河很窄,没有江湖,只有县城那边有个巴掌大的水库,人一生下来就在山上,撒尿拉屎也在山上。即使是已经迁到镇上县上省城的那帮子年轻人,真正看到海的也是相当有限的,据我了解,也就是混到大城市的几个人而已。从这种角度看,带我爹看海是多么重要的一件事情。

有一天,我起了一个大早,开着车向东海大桥那边驶去。在前往海边的路上,我爹一直在问,还有多远?他的心情似乎有些急切,也似乎不太相信有这么远,因为从我们家去小河挑水仅仅需要五分钟。在离东海大桥还有五公里的时候,车子嘭的一声爆胎了,我爹非常内疚地说,还是不去了吧?我安慰我爹,大不了我们走过去,反正已经不远了。

可惜备用胎也是坏的,我一时束手无策了,最后我自己爬到车下,卸掉几块损坏的挡板,才勉强开着车,慢慢地移动了几公里,找到一家修理厂换了胎,重新走上了高速路。经历了磨难重重之后的我爹便格外地开心,他终于发出一句感慨:好美的地方啊。我问,到底美在哪里?我爹说,我几眼都望不到山。

我爹的审美标准,确实是以山与水来衡量的。他这辈子所有的苦乐都是山水造成的,他羡慕那些看不见山的地方,更羡慕那些河水汪的地方。没有山就有更多的土地来种庄稼,水汪的话就不会出现旱灾,就可以把庄稼、树木和牲畜养得更加肥壮。

这就是美,令他心动的美。

东海大桥起始于芦潮港,南跨杭州湾北部海域,直达洋山港。当我把车开上单程近四十公里的东海大桥时,我爹的目光一下子被白茫茫的大海吸引住了,他不停地把头伸出去,向远处张望。他问的第一个问题是"海有没有边"。我想告诉他,海也是有边的,不过已经非常非常远了。如果这样回答,恐怕会影响我爹对海的理解,因为在我爹的心目中,远方是模糊不清的。从塔尔坪到县城几十里是远方,到上海一千多公里也是远方——对于我爹来说,陌生的地方就是远方,儿子所在的地方就是远方。

所以我说,海是没有边的。

广播反复提醒,在东海大桥上边禁止停留,我还是不顾一切地停了下来。巡逻的警察赶了过来,对我们喊话让我们尽快离开。我指着轮胎说,车坏了。警察说,哪里坏了?我说,爆胎了。警察说,需要救援吗?我说,暂时不需要。我爹抓住机会下了车,扶着桥边的栅栏,看着波光粼粼的海面,他的嘴张开了——

遇到让他无法想象的事情的时候,他的嘴巴就会张开,并且半天无法合拢。

车不停地向海的深处开去,格外地超出了我爹的想象。在洋山深水港的小岛上,俯视着脚下的大海时,他提出了第二个问题:这里是上海,什么地方是下海? 我没有任何的思想准备,一时不晓得如何回答。在我爹的心目中,儿子如大海一般超出了他的视线,所以不回答他的问题,在他看来,就是对他的轻慢。于是我说,只有上海,没有下海,不过这里叫东海,其他地方还有南海、黄海等。我爹似懂非懂地不吱声了。

我想给我爹拍几张照片。当一只小渔船靠近小岛的时候,我爹说,那是船吧? 我说,是的,我给你拍一张船吧? 我爹说,我还是第一次见到船,原来以为船是木头的呢。我说,有些船就是木头的,说不定就是用我们那里的木头做出来的。

也许我爹想看海,不仅想看看水的多少和有没有尽头,还想看看船是怎么从水面上驶过的。因为在他过去的体会中,什么东西都是长在地上的,都是走在地上的。我明白了我爹的心意,便把车开到了海边。这里有一个码头,展现在我爹眼前的,都是巨大无比的轮船,带着轰鸣声在来来去去。我爹背着双手,严肃地抿着嘴,平视着前方,以这样的姿势拍了一张照片。

我爹是对的,海之所以是海,就因为它用自己的力气撑起了船。船和人不一样,船是漂浮在海上的,而人是站在地上的。船的力气是海给的,而人的力气在空中,有时候显得力不从心。我爹指着停靠在码头上的邮轮说,那些也是船吗? 我说,是呀,这些船是运货的。我爹说,把货运到海上来干什么?我说,这里水深,力气大,才能把货轮浮起来。

我告诉我爹,塔尔坪天上下的雨水,泉眼里冒出来的溪水,他淌下来的汗水、尿水和血水,都流到这里来了。我爹无法想象,老家那几条时隐时现、时干时汪的小河竟然比他更早地跑到海里来了。我爹用手摸了摸海水说,难怪这么深了,我们那里一发洪水,海也会涨起来吧?

我还没有想好怎么说,我爹又提出了一个新问题:家里的水流到海里来了,那海里的水流到哪里去了?我如果面对一个小学生,只要指着天空告诉他,海水被蒸发掉了,变成云呀雾呀跑到天上去了,马上就解释得明明白白了。但是面对一个农民,能够满足他的,不是知识,也不是科学,而是浅显的生活。他即使明白海水流回天上去了,又怎么明白是如何从天上流回地上来的呢?

我说,这儿的水,就不再流了。我爹再一次表示出一脸似懂非懂的样子,我明白他由此可能产生一堆问题,其中一个便是:如果海里的水不流了,怎么装得下从小河里日夜流来的水呢?我觉得没有必要再做解释,我爹想要的、所能承受的,对他而言最为准确的答案只有一个——所有的水流到海里之后,就停下来了,不再奔波了,像一个人终于回家了。

我有两点不敢告诉我爹:第一,这里的海水不是真正的水,与塔尔坪的水有着本质的区别——它是不能直接喝的。如果明白海水是咸的,过去总是缺盐的我爹肯定会问,用海水做饭是不是就不用放盐了？第二，东海的水太浑浊了，这不是海本来的面貌。像青岛、大连和厦门那边的海，韩国和俄罗斯那边的海，甚至马尔代夫那边的海，波涛都是蓝色的，沙滩都是柔软的，有许多人在沙滩上散步，有许多白色的帆船从海面上驶过，而且可以清晰地看到水中的鱼儿和红色的珊瑚。我不晓得这里的海过去是什么样子，起码现在是看不到底的，是看不见鱼的，是看不到云的影子的，是除了海浪什么都没有的，在风平浪静的时候远远看上去像一片沙漠。

可以说，这不是我爹想看的海；可以说，我爹其实根本没有看到真正的海！为了留住我爹内心的那一份美好，直到最后，我也没有戳穿东海的面目。

看完海返回的路上，他还问我，这桥有多长？我告诉他，来回近八十公里。他感叹，真长啊，可以从家里一直铺到县城了。塔尔坪离县城的距离，不到五十公里，这之中要翻过好几座大山，全是在悬崖上行走的盘山公路。我爹没有问这么长的桥是如何修到海里的，是有他的逻辑的。跨过大桥、看过大海之后，他会不会这么想，在老家修一座大桥，一下连接到县城，甚至连接到更远的山外，该有多好啊！

而现在的桥呢？只能在他时时牵挂的心中存在了。

生活的魔术

农村的原始生活与城市的机械化生活，对于我爹来说，如果有差别的话，最大的差别便在于上楼与蹲坑了。

城里人觉得,有手机联系起来方便,喜欢什么牌子的就买一个揣在怀里用用;城里人认为汽车速度快,宝马奔驰奥迪福特,有多少钱就买哪种牌子开开;万一买不起汽车,可以买一个电动车自行车,也可以坐地铁大巴出租车。在生活之中,不管你在哪里,很多东西是可以选择的。

在塔尔坪,原来有一台手扶拖拉机,有一台磨面机,有几台收音机和电视机,现在的年轻人还有几辆摩托车,除此之外,再没有什么机械化,更别说是数字化的生活了。塔尔坪与城市之所以产生巨大差别,开始是因为太穷太偏僻,后来不再那么穷了,便在于选择的问题了,也就是观念的问题了。县上曾经多次派人去塔尔坪解决通讯问题,想给当地拉根电话线。上边介绍说,安装费两百块,一个月座机费十块,打电话要按时间长短另收,国内长途每六秒七分钱。大家说,安电话,不就一根铁丝和一个电话机吗?为什么要两百块啊?而且我们掏钱安装的,那电话就是我们的,我们打我们自己的电话,为什么还要给你们交钱?上边解释了半天,怎么也解释不清。有人还噼里啪啦地算了一笔账,如果每月打一次,每次打五分钟,电话费是三块五毛钱,加上十块钱的座机费,每年总共要花一百六十二块,和家里的盐钱差不多了,要是不小心拨到国外去了,那怎么得了?于是大家都说,我们根本用不起,也根本用不着。上边说,不装电话,万一发生地震怎么办?大家说,这么大的山压着,震得起来吗?上边说,万一出土匪了,或者有人生病了,报警呀叫救护车呀怎么办?大家说,报警?这么远,土匪会等着你警察来抓呀?救护车就更不需要了,生个病什么的,你把我们抬到医院去,我们还不愿意去呢,一是出不起药费,二是死在外边就麻烦了。

有人把要安装电话的消息通知了我,说你爹一个人在家,你想他了,他有急事儿了,传来传去的多麻烦呀,你给他安个电话放在枕头边上,他打个呼噜磨个牙,你随时都是可以听到的。我就劝我爹,在家里安装一部电话,费用多少全由我来掏。可是我爹说,你掏的就不是钱吗?而且我一个聋子,电话能听见我,我听不见它呀。再后来,手机普及了,上边又去问,要不要安装一个信号塔?大家说,除非你们给山上的天麻柴胡大树、地里的麦子苞谷洋芋、家里的小猫小狗小猪,都发一部手机。大家还是拒绝了,意思是,拉根线的电话都那么贵,没有线的手机还不晓得要花多少钱,关键是他们一帮子农民要手机用处不大。塔尔坪就这样成了方圆几百里,唯一没有电话没有手机信号的地方。对于我爹这些与庄稼打交道的老人,其实生活一点都没有改变,相反还清静了许多。比如,外边那些药材贩子木材贩子,甚至是江湖骗子,当他们走到塔尔坪的时候,不能打电话就有一些绝望。他们一绝望,去的次数就少了,塔尔坪就自在了。

我无法想象,塔尔坪如果有了手机,人人脖子上都挂着一部手机,无论上山或者下地,时不时地嘀溜那么一阵子,山上的锦鸡呀野猪呀,地里的瓢虫呀蛐蛐呀,听到了会有什么反应。而且有些信息是来诈骗的和推销的,通知他们某某公司四十周年大庆,他们的手机号码中大奖了,奖品是一部二十八万块的奥迪,限定半个月之内与某某公司某某人联系,免费办理领奖手续;或者告诉他们北京三环、上海中环有个楼盘,优惠价每平方米八万八千块,目前正在预订中。塔尔坪的这些农民,连奥迪是什么都不清楚,也没有见过那么多的钱,没有见过那么贵的房子,他们半夜三更接到那样的电话,被天上掉下来的金疙瘩砸醒之后,还能安安心心地睡觉吗?

我庆幸自己有这样的老家。每次回到塔尔坪,我想和外边联系,手机没有信号;外边想联系我,我不在服务区。天黑不久,大家吃完饭早早就睡了,整个村子没有一盏灯,没有任何机器的轰鸣与街市的嘈杂,只有青蛙和虫子小小的叫声,还有"月出惊山鸟"的静谧。那种心安理得的与世隔绝的日子,真有一种当了神仙的感觉。

但是进入城市,有些生活方式是无法选择的。首先是上楼。随着楼房越盖越高,十层,二十层,五十层,一百层,你不乘电梯的话飞都飞不上去。虽然每一座楼房盖起来的时候,另外都有台阶,十层楼的台阶爬爬也就算了,如果五十层、一百层的话,谁有心情有力气爬上去呢?何况那些台阶十有八九被堵塞了。其次是上厕所,我爹叫上茅司,你必须先找到茅司,不能像在塔尔坪那样,随便找个地方蹲一蹲,对着一棵树冲一冲,就把问题解决了。在城市,那样一定会尿不出来,因为到处都是人,花前月下是游玩的人,垃圾堆上是拾垃圾的人,即使真有一块荒地,还有龇牙咧嘴的觅食的流浪狗,文明人根本过不了自己的心理关。最后是吃水。在塔尔坪,可以在院子里打口井,也可以去外边挑水。挑水的话,可以到门前的小河里舀水,也可以到东边的泉眼里舀水。有时候懒得挑水,就在房檐下接雨水,这里没有任何污染,空气特别清新,雨水和泉水一样干净。而城市呢,只有一根管子,只有一个出口,什么样的水你都必须吃。超市有瓶装的纯净水,纯净水做几顿饭可以,如果洗澡洗衣服的话怎么办?城市也有雨水,尤其在南方,降雨量特别大,不仅到处积水,有些地方还经常被淹,但是汽车尾气呀,扬尘呀,各种污染比较大,别说吃雨水了,有时候淋一淋也会生病的。

先说说我爹乘电梯吧。前几次都是我按好电梯,再把我爹拉进去拉出来。每次乘电梯的时候,我爹都紧张得合不拢嘴,仰着头看着天花板。我问他怎么了,他说晕乎乎的。每次电梯门打开之后,他都要把头伸出去,先紧张地瞄一瞄,像进入了时光隧道似的,被那些奇怪的情景吓得不轻。我爹的意思似乎是,一个丫头从一楼进去再从十四楼出来,一会儿就变成了一个老太太,自己一下电梯也变成了老太太怎么办?

我为了让他自己下楼上楼,在急了闷了的时候到小区的花园里溜达溜达,便想尽办法让他认识电梯。我问,我们住几楼?我爹说,住十四楼呀。我问,地面是几楼?我爹反问,地面是二楼还是一楼?我说,一楼就是地面,地面就是一楼,只有地面才会长草长树。我爹点点头说,晓得了。但他还是无法把虚拟的数字与具体的楼层联系在一起,有时候我们本来就在十四楼,他还是按了14;有时候我们本来就在地面,他还是按了向下的箭头。

有一次,我与我爹从外边回来,刚刚走到楼下,发现把钥匙落在了超市,我便让我爹自己上楼。过了半天,小青着急地打电话问,爹呢?我说,回家了呀。小青说,什么时候回家的?我说,半个小时了吧。小青说,你恐怕把爹给弄丢了。我返回电梯口的时候,我爹还在一下一下地按着,电梯则一张一合地重复着。扫地的阿姨说,他是不是神经病?我恼火地说,你说谁呢?谁有神经病呀!阿姨尴尬地说,他把电梯当成游戏机了。

我把我爹拉进电梯,然后指着电梯上边的数字说,数字都认识吗?我爹委屈地点点头说,怎么不认识?我说,你看看这里最大的数字是18,说明我们住的这座楼有十八层,最小的数字是1,指的就是一楼,一楼就是地面。给你打个比方,电梯就是一台拖拉机,你坐拖拉机的时候,要告诉人家在哪里下车,现在你想去几层就按几层的数字,拖拉机就会在几层停下来。

我以为解释得相当形象了,但是我爹更加糊涂地问,拖拉机在哪里?我怎么没有看到呢?

在我爹的眼里,城市全部都是错乱的。在他的世界里,每一个坎,每一道弯,每一次上或者下,都是需要一脚一脚地走过去的。比如有一座山,山峰就是山峰,深谷就是深谷,你想翻过去是一回事儿,真正翻过去又是一回事儿。我没有办法改变我爹的认识,上山的时候按几个数字就可以爬上山顶,下山的时候虚拟一下高度就可以降到深谷。

因为生活并不是魔术。

我爹内疚地说,这么一个小房子,怎么像变魔术一样?

我爹最熟悉的机器是收音机。我最后一次说,你听收音机的时候,想听河南台或者中央台怎么办?我爹说,每个台都有一个波段,把指针拨过去就行了。我说,坐电梯和听收音机一样,你想听哪个台就调哪个台,比如我们要回十四楼,你把指针拨到14就可以了。我爹似乎懂了,按了一下14,眨眼之间,电梯就停在了十四楼。

再说说我爹上厕所吧。在塔尔坪,家家都在房前或者院子旁边挖一个坑,上边铺上一层木板,在木板上边挖一个窟窿,就成了所谓的茅司。那种厕所有许多优越性,也有许多不舒服。优越性是,在蹲坑的时候可以透风,可以看景,能尽情地发挥,还有利于淘出大粪给庄稼施肥;不舒服的是脚底下一目了然,在夏季的时候,蛆虫爬得到处都是的,在冬天的时候木板上经常会结冰,不小心就会滑入粪池,许多人都有掉到茅司里的经历,被淹死的也大有人在。

对于我爹来说,几十年已经习惯了,舒服不舒服已经不算什么了。如今来到城里,大坑没有了,肮脏的氛围没有了,取而代之的是屁股大的抽水马桶与雪白洁净的墙壁和大理石地板。我爹在家里第一次用抽水马桶的时候,憋得满脸通红,吓得不敢坐在上边,整个屁股是悬空的,而且一半在内一半在外,像练习武术时的蹲马步。我又好笑又同情,拍着我爹的肩膀安慰他说,坐下去,舒舒服服地上吧。我爹勉强地对准了那个窟窿,惊慌失措地又坐了半天,还是没有拉出来。

接下来的几天,我爹出现便秘、腹胀,属于消化不良。小青以为是水土不服,给他吃牛黄解毒丸,还吃香蕉、喝蜂蜜水,依然不起效果。我爹的饭量开始逐步减小,脸色也变得十分苍白。我问他哪里不舒服,是不是要去医院看看。我爹说,按说生活比农村好一百倍,但是心里没有一点捞摸,就是空落落的意思。

我分析,我爹过去在巴掌大的地方待着,四处都是山,山上都是树,眼睛被塞得满满的。如今山没有了,树也少得可怜,又一眼看不到尽头。而且原来住在地面上,每一步都踩在地面上,脚下边即使有人,也是埋在地下的死人。如今住在楼上,不仅下边有人,上边还有人,睡在半空中,吃在半空中,拉屎撒尿还在半空中。住在半空中其实也没有什么不好,神仙就是住在空中的,但是神仙不吃不睡不拉屎撒尿。无论人还是屎尿,想要回到地面上,得经过一层层的人头,这也许是我爹感到空落落的原因吧!

但是小青说,是不是不喜欢吃这里的东西?我爹被问了几次后说,这里大鱼大肉的,进嘴的时候倒是蛮好的,只是下边拉不出来。我爹的意思是,厕所里流着矿泉水,抽水马桶比家里的碗还要白,地板干净得可以和面切菜,哪里是厕所呀?简直比厨房还要好。每次裤子一脱,眼睛里全是锅碗瓢盆,怎么敢在锅碗瓢盆里拉屎撒尿啊?

我想,有的人有洁癖,在不干净的地方睡不着觉。我爹这是习惯,在太干净的地方拉不下来,道理都是一样的,说白了都是心理问题。我一时束手无策,真想把花盆里的泥巴铲过来撒在厕所里,再弄一盆子脏水泼在地板上。

每天晚上,我爹不停地起床,折腾七八回的样子。有几天早上,我在厕所的地面上发现一摊黄黄的臭臭的小便,抽水马桶的外套也被淋湿了。小青把地板拖了三遍,把马桶的外套换了一个新的,把窗户统统打开通风透气。我有些生气,说爹你再急也不能尿在地板上。小青说,是他上厕所的时候不晓得开灯。我问,上厕所怎么不开灯?小青问,是找不到开关还是为了省电?我爹只是委屈地笑了笑。

我猜测,我爹要的就是黑灯瞎火,要的就是眼不见为"臭"。

后来,我爹提出一个要求,想到楼下的花园去转转。我以为我爹适应了城市里的情调,要去欣赏一下花花草草,或者透透气吹吹风。但是在小区的花圃里,我爹不像城市人那样,悠闲自得地散散步,跑跑步,打打拳。我爹像做贼似的,东瞅瞅西看看,一会儿钻进树丛中,一会儿拐到围墙边上。我问,你找什么呢?我爹无奈地说,我想找个坑。我说,你想上厕所?我爹说,瞎得着,到处都是人。我笑着说,我帮你遮着吧,不然就要尿裤子了。

自那天起,我爹基本不在家里上厕所,即使半夜三更也会摸索着下楼,找一棵树或者找一个僻静的角落。我爹的身体自然顺畅了,但是他有一些内疚地说,人家城里多干净呀,被自己给弄脏了。好在每次结束的时候,他都会用泥巴把粪便埋起来。我安慰他说,有专人打扫的,你看看那些小猫小狗比人还多,不都是拉在外边吗?而且你看看那些花草树木,从来没有人施肥,都是病歪歪的,你是在给它们施肥呢。我爹安心了,在塔尔坪,确实是这样给庄稼施肥的。

其实,文明的进步要与生活的进步相匹配,这才是人道的。

相互的蔑视

凡有朋友来上海,我必定要推荐东方明珠,因为上海除了高度——钢筋水泥的高度之外,似乎再没有其他什么可以炫耀的了。

我上中学的时候,每星期从学校回家都会经过一个大峡谷。有一年夏天,我突然发现大峡谷里在盖房子,那房子越砌越高,好几个月都没有封顶。我怀疑那不是在盖房子。我与一位同学进行过反复争论,我认为那是在盖监狱,同学说,为什么是监狱?我说,监狱是关坏人的,盖高一些可以防止坏人逃跑。同学认为那是在盖牛棚。我说,牛又不像老鸹会飞,不需要那么高。同学说,牛棚难道非要养牛吗?人家有可能是养长颈鹿的,你没有见过长颈鹿吧?我说,我们这里又没有长颈鹿。同学说,正因为没有才要养啊,只有长颈鹿的脖子才有那么高。我一直坚持那是要关坏人的,同学一直坚持那是要养长颈鹿的。后来一打听,人家说要盖楼房。我当时还没有见过两层以上的房子,也不明白什么叫楼房。再问人家,人家说,盖起来你就晓得了。暑假过后,我再次从下边经过,发现房子已经盖好了,当时的心情比初次看到东方明珠还要兴奋。我进去看了看,那座所谓的楼房,除了是两层之外,与大瓦房并没有差别,依然是用土坯子砌成的,里外依然刷着石灰,前边有几根柱子撑着,楼板是由木头铺成的,房顶上盖着瓦。几年之后,我从中学毕业了,再从那里经过的时候,看到那房子已经漏水,又过两年就塌掉了。

塔尔坪至今都是平房。在我爹进城之前,他与我小时候一样是没有见过高楼大厦的,而且根本没有在两层之上的房子里睡过觉。我在带我爹去登东方明珠之前,心里暗暗地得意了一番,心想,我爹肯定会大吃一惊,觉得自己儿子与东方明珠一样高大。果然如我所料,前来登高的人已经排起了长龙,绕了好几个弯子。我爹说,要排那么长,还是算了吧。我说有朋友在里边,我们不会排队的。于是,我给朋友打了一个电话,立即有一位穿着旗袍的少女亭亭玉立地走过来,打开一条特殊通道,一鞠躬,一伸手,说了一个"请"字,就把我们直接送进了超速电梯。

登上东方明珠的时候,正处于下午四点左右,阳光反射来反射去,把上海全部镀成了金色,连那穿城而过的黄浦江与苏州河,流动的也像是熔化的金水。看到玻璃幕墙外边的高楼大厦,我的心潮更加澎湃,总以为那一座座在我爹面前竖起的根本不是楼房,而是我这个儿子的纪念碑。我指着脚下的金茂大厦,指着环球金融中心,以四舍五入的计算方式告诉我爹,它们都是一百层以上。

我爹的眼睛并没有被"一百层"拉直,嘴巴也没有因为吃惊而张开。我爹说,一百层有多高?我说,差一点点就是五百米。我爹说,我们门前的那座山是多少米?我说,这没有量过,不清楚。我爹说,两个相比哪个高?我家门前的山是我们那里相对比较低的,即使如此,如果把那尖尖的山嘴子搬到上海来,也足以把上海的天空戳一个大大的窟窿。

我犯了一个天大的错误,与我爹比什么不好,为什么偏偏要比高度呢？我想，还是与我爹比比文化吧，于是带着我爹在东方明珠上边转了一圈，找到黄浦江对面的那一排老洋房，指着那些显得低矮的沧桑的建筑，依然用四舍五入的计算方式告诉我爹，那些房子是外国人盖的，全部有一百年了。

我爹的眼睛依然耷拉着，嘟哝着说，应该拆掉翻修了。

祖先建起来的那个叫塔尔坪的小村子，算起来可能远远超出一百年了，但是最先盖起来的房子在哪里呢？其实在老家，人的一生也就三件大事情：盖房，成家，生子。所以，我们那里的房子，每隔几年都是要翻修的。谁家翻修的次数越多，那就算他家本事越大，能用青砖换掉泥砖，用琉璃瓦换掉青瓦，那更是了不起的。那些不成器的、懒得翻修的，岁月的风风雨雨也要替你拆掉重来的。

我真想告诉我爹，那些带着耻辱的建筑为什么成了上海人炫耀的资本，那些年代久远的沧桑的建筑为什么成了人们争相参观的风景，城市的建筑为什么不能像塔尔坪的房子一样拆掉重修，但是我还是把话咽回了肚子里。对于一个不明白时间是什么历史是什么，只晓得什么是活着的老人而言，别人的任何说法都是毫无意义的。

我的目光落在了黄浦江边上的汤臣一品身上。那个小区曾经因为非同寻常的价格，成为上海人对外来朋友张扬的标本。我指着像火柴盒一样随意码在一起的几座房子问我爹，前边那些白色的，爹你认识吗？我爹说，怎么不认识？也是房子，上海除了房子还有什么呀？！我说，那是房子，又不是房子，你明白有多贵吗？我爹说，有多贵？我说，你猜猜吧。我爹说，我猜它有什么用？我说，我们打个赌，你猜错了的话，你就告诉我你一辈子存了多少钱。我爹嘟哝着说，赌就赌，我猜对了你明天就买一张票把我送回去。

我爹怎么可能赢呢？但是我爹的赌注让我心里一凉。我爹说，六七十万到底了。我说，你是指一间还是一座？我爹说，当然是一座呀。我想，我爹能猜出这个数字，肯定是综合了这些天的经验，把说破天的胆子都用上了。我说，你想想那些房子不是水泥的，也不是砖头的，更不是钢筋的，而是用真金白银盖起来的，再猜一次吧。我爹嘟哝着说，一两百万一座撑死了。

在过去，我只晓得我爹与这个世界之间有落差，但落差具体是多少我是模糊不清的。我现在终于明白了，我爹像一个绕着地球旋转的小行星，他与地球之间的距离应该在三十八万公里左右。

我再一次犹豫了。面对我爹，我一次又一次地犹豫，是因为有些事儿看着像真相，对我爹而言就成了谎言。我不晓得要不要告诉我爹，面前那座白色的房子一平方米十几万元，每套房子的价格都在一亿元以上，保守地估计一座楼应该值一两百亿元。如果我爹说的不是一两百万元人民币，而是一两百万两黄金，似乎离答案就接近了。

我说，上海的房子是按平方米计算的。我爹说，要拿尺子量吗？曲里拐弯的，哪里量得清呀？！我说，太金贵的东西都是这样的，你养的猪是论斤的，去河南灵宝淘出来的金子是论克的，那房子前几年一平方米是五万,这几年应该涨了几倍了。小青瞪着我说,什么时候有过五万?人家一开盘就是十二万好吧!目前已经涨到二十多万了。

我爹过了半天才问,你说的是平方米吗?

小青说,当然是平方米,你难道以为是平方公里吗?

我爹的眼睛直了那么一下,更多的不是吃惊,而是怀疑。

我说,不管是五万还是二十万,爹你都输了,你说说你现在有多少钱吧。

我爹有多少钱,除他自己可以精确到十块之外,其他人是不清楚的。我爹的一生,最大的快乐就是存钱,因此养成了一个习惯,当手上的钱达到五十、一百的时候,就会拿到信用社存成定期。如果离一个整数相差不多,他会凑一个整数存起来。为了凑钱,我爹能想出无数的花招,比如把香菇、木耳卖掉一点,比如去山上砍一根椽子,甚至把我们送他的烟酒拿到小卖部里兑现。有一次,我带回去两包软"中华",我爹便宜卖给了小卖部。小卖部告诉我,他不是想占我爹便宜,但是我爹缠了他好几回,软"中华"一包六十块,非得十块钱卖给他,他花二十块买下那两包烟,放在小卖部大半年,死活都卖不出去。小卖部说,二十块两包,一根就是五毛,塔尔坪有谁抽得起?最后实在没有办法,我拿出来自己抽,每抽一根呀,都心痛得直抽筋,老实说,还不如"黄果树"有劲。

我爹说,我死了,那些钱终归是你的,我就给你透个底,大概有五万吧。

我有些心酸,指着前面的汤臣一品说,你一辈子受那么多苦图什么?全部拿出来在人家那里只能买三个巴掌大的地方,在我们小区也不够两平方米,两平方米放不下一个浴缸。所以呀,那些钱你自己留着,该吃的吃,该穿的穿,该送的送,别太小气了。你现在都多大年纪了,再怎么吃吃喝喝的,还有几年的光景?

我不是看不起我爹的那五万块钱,我只是想让他明白一个道理,一辈子别总为了存钱。为了存那五万块钱,耳朵聋了,眼睛花了,牙齿掉光了,头发胡子全白了,手上全是茧子没有一点肉了,整整一条命几乎都花光了。但是,我爹如果没有那五万块钱,还有什么可以代表他流逝的一生呢?

我爹的意志并没有被上海的房子所摧毁,他的目光又弯曲了。他对我说,上海的五万块哪里能和我那五万块比呀?!

确实如此,我爹的五万块,每一块都是血汗,而上海的五万块呢,只能是对生活的一种蔑视。

农民的羞涩

我与我爹在上海的大街上并肩而行的时候,小青则在后边大笑,说是单看衣着与处事方式,基本看不出我们是父子,这种反差简直就是天地之别;但是看看走路的动作,就会发现我们像是系统一致的机器人,抬手投足,像一个模子刻出来的。也许历经了岁月与水土的不同吧,所以与我爹相处的这段日子,格外让我感觉到,我爹与我,现在已经走到了两个极端。比如在我爹的眼里,只有猪马牛羊,而我的眼里全是一块块肉;在我爹的眼里只有苞谷小麦,而我的眼里却是面粉与馒头。这种落差就是整个长江的落差。

在我很小的时候,我就常常听到关于我爹的风言风语,牵扯到村里好几位有点姿色的女人。但是到目前为止,我只看到我爹的两个镜头:一是我爹见到这帮女人时,最多只有嘿嘿地傻笑;二是我爹有时会出现在别人的庄稼地里,替没有靠头的女人拉牛耕地。她们有的是男人坐牢了,有的是男人常年卧床,有的是男人常年在外,有的是男人生性懒惰。我可以负责地告诉大家,我爹之所以这么做,不是取悦谁,不是什么交易,完全是出于道义,出于乐善好施。小时候与我爹同床,半夜三更发现被窝里的我爹不见了,天亮的时候他又回到了被窝。我也曾经无限地疑惑过,最后总是发现,他并没有其他的花头,他要么是照料出生的母牛,要么是查看干旱的庄稼。我从来没有见过,村里人也没有见过,我爹拉过别人的手,勾过别人的肩,搭过别人的背,就是对男人也是如此。这样说吧,要说我爹有什么风月的话,也只能是与庄稼和牲口了。

在接下来遇到的事情中,再次从侧面印证,他在单纯的一边,我在复杂的一边,甚至是肮脏的一边。

当我伸手去牵老爹的时候,他很不高兴地拒绝了我。要让我爹听到说话的声音,必须对着他的耳朵大声地喊叫。所以无论是走在拥挤的大街上,还是在杂乱的旅游场所,看到我爹掉队了,或者发现新的景色,常常叫了好几声,他都没有任何的反应,所以我们外出的时候想步调一致,还是相当吃力的。比如那天去海底捞吃饭,因为饭店里的服务比较独特,就连上厕所,也是如上帝在上厕所,有专人给你开热水,给你递纸巾,给你涂抹护手霜。我爹在农村蹲了一辈子坑,如果有谁伺候的话,就是那只吃屎的狗;如果有辅助用品的话,那只有土疙瘩或者苞谷芯,擦屁股用的。我爹没有听见我的喊叫,直接冲进了女厕所,出来的时候一边提着裤带,还一边抖动着!当服务员热情地把护手霜挤到他手上时,他竟然不晓得涂在哪里为好,干脆一把抹在了裤子上。这期间,我喊叫了好多遍,他却一句也没有听见。

很快,我发现了一个好办法,就是随时牵着我爹的手。但是,每到关键时候,我伸出手刚刚抓住他,就被他甩掉了。

我抱怨我爹,我是你的儿子,牵牵手又有什么关系?你看看大街上,男的女的,老的少的,不都牵着手吗?那树与树之间,也会勾勾搭搭的。我爹听了,竟然一脸的别扭。此后再上街的时候,他干脆就一个人落在后边,如果我再去拉他,他就把手藏在袖筒里了。现在还有多少人,会把牵手当成皮肉之亲而耿耿于怀,这是不得而知的。但我爹还是把这个动作,坚决地排除在单纯的范围之外。

接下来,又出现了与在西安时一样的尴尬。在登东方明珠的超速电梯里,因为人挤人,加上我爹头晕,所以他的手毫无感觉地碰到了别人的敏感部位。我小声地提醒着,小青也发现了,悄悄地拉了他一下,他还是没有一点意识。感谢超速电梯,以每秒七米的速度,结束了这让人心惊胆战的一幕。说实在的,这位少妇皮肤白净、丰满，穿着一件乳白色的上衣，着实有些诱惑力。正如佛言，你所看到的就是你自己。只有我们这些粗俗的内心不单纯的人，才会把这个电梯里的少妇当成欲望之源。而我爹根本不晓得自己接触到了什么，在他摇摇欲坠的时候，他觉得自己能抓住的都是救命稻草，或者他的内心里什么都没有，空空洞洞，干干净净。

也许世上不单纯的人占多数，特别是在欲望横流的地方。有些人可能相信真有上帝，也绝对不会相信有这么一位将拉手视为不纯的老人。所以再不看管好老爹的话，可能会出大事的。

由于小青刚失去亲生父亲，加上她本来就具有的美德，所以对我的老爹她的公公，格外亲切与照料。从我遭到老爹冷落之后，每次出门，小青就强行挽着我爹的胳膊寸步不离了，要向东就把他扯向东，要向西就把他扯向西，这样就让人放心多了。

对于小青的搀扶，我爹开始也是拒绝的，而且路都不会走了，昂着头，抬着腿，每一步都如父亲陪着女儿走进婚礼现场一样，大义凛然，不情不愿。为了缓解我爹的不快，每走几步，小青就会对着我爹的耳朵喊"爹呀！"。等我爹竖着耳朵，想听下文的时候，小青却闭嘴了，只是嘿嘿地笑，我爹也是一脸迷茫。

这种情景没有维持太久，我爹还是找出各种各样的机会，挣脱小青的"魔爪"，如一截无荷的莲藕，远远地杵着。

在欲望横流的今天，我真羡慕我爹，真想如我爹一样去坚守，但是最后得到的是无力与无奈。因为我们缺少的，是灵魂深处那种强大的道德支撑。其实，亲人之间那种应有的亲近是非常正常的,更别说有一个美女主动投怀送抱的话,我不敢保证我是否能做到坐怀不乱。

那天要去百联中环购物,我爹说超市跟迷宫似的,不愿意下车。于是小青一个人进去,而我陪着老爹在门外等着。这时,从商场里走出一对男女,二十多岁的样子吧,他们先是站在门洞里,旁若无人地搂抱着,然后又走过来,靠在我们的车头上,再一次黏在一起,亲热着,可以说他们搅动的红舌头都能看得很清楚。这一幕,在上海是常见的,并不怎么稀奇。但是,如此近距离的、清晰的镜头,我还是第一次看到。你可以想象,我爹被吓成什么样子了!

我转脸看老爹时,我爹的眼睛是直的,锥子一样,直直地扭向相反的方向。相反的方向是一个巨大无比的垃圾场,成群的绿头苍蝇乱飞着。

儿子与猪

对于我爹的这次上海之旅,我称之为老爹的一场革命,这自然就有革命的步骤。基本上分为三个阶段:第一个阶段主要是看景,把上海及周边的景色,让我爹彻底地游玩一遍;第二个阶段主要是吃,要让我爹吃遍他这辈子没有吃过的东西,比如说日本生鱼片,比如说西餐牛排,比如说港式小点心,比如说鱼翅燕窝,等等;第三个阶段主要是玩,要让我爹去蒸桑拿,去洗脚,去按摩。我妈已经去世多年,如果我爹有需求的话,我心想,不排除给他找个"后妈"。这三个阶段,一是转变目光,二是清洗脑子,三是灵魂再造。把一块泥巴,通过水与火的洗礼,最后加工成精美的瓷器。

前两个阶段我实施得扬扬得意,已经带他登上了东方明珠,在半夜三更还偷偷带他钻进外滩工地,欣赏了还未开放的浦江夜景,也带他去动物园看了大熊猫与长颈鹿,去长风公园的海底世界看了美人鱼与一千两百斤的大白鲸,中间穿插着带他吃了日本寿司与四川火锅,还有冰激凌这样的小玩意儿。甚至还带他去洗了人生中的第一次牙,让别人给他掏了人生中的第一次耳朵。这一切无论大小,都是我爹的第一次,我心想这些项目,应该已经打开了我爹那双封闭的眼睛。就连小青也说,说不定他一高兴,就不回去了,和我们待在一起了。

老爹与儿子能够待在一起,这将是人生的幸运,对一名游子而言,意味着灵魂与血肉的相聚。但是事情并不是我们想象的那样。在左一句右一句"好看吧"的追问中,我爹简短地总结了这几天的时光,给眼睛过生日。意思相当明白,眼福是饱了,但是相当的虚幻。

我爹是什么人?他是一个实实在在的农民,他的精神享受与物质享受是合而为一的,他一辈子所做的任何一件事情,哪怕就是拔一根草,摘一滴露水,都是要开花结果的;下几颗种子,就要收获几把粮食,栽一棵树,就要摘几篮果子。山里不缺少小桥流水,不缺少山岚与彩虹,不缺少红叶与黄花,这都是世上绝美的风景,但是在一个农民的眼里,这一切又有什么用呢?他们春去秋来,早出晚归,一身泥,两身汗,图的是什么呢?什么才是景色呢？

在我爹的心里，你城里的景色再好，就是看一百遍，也长不出一颗芝麻。有一天外出，回到楼下，我爹不走了，蹲在路边开始一根一根地拔着荒草，花了好几个小时把路边的杂草拔得光光的。我说，这又不是咱们家的麦地，拔这些草有什么用呢？我爹说，不拔草闲得人心慌啊。

我苦恼于对老爹理解的浅薄，于是赶紧调整下一步的计划。但是已经晚了，正月十三这天，再让老爹出去玩的时候，他称自己头晕，不想出门了。他坐在阳台上抽着烟，望着远方问我，这里离火车站有多远？他说刚刚看到火车了，就是跑得太快了，没有看清里边坐着的人。我心里十分吃惊，我在这个家里，少说已经住了一年吧，从来没有发现坐在家里可以看到火车，却被刚刚待了几天的老爹发现了。

我爹发现的不是火车，而是他自己的心思，他的心思已经不在上海了。果然，我爹说，他想回去了，就这几天，越快越好，飞机是从天上走的，他一个人不踏实，所以想坐火车。

我问他，为什么？难道这里不好吗？饿了就吃，冰箱里装满了各种各样的小零嘴，大瓶小瓶的可乐、橙汁、冰红茶。困了就睡，冷了热了有空调。嫌硬了，就睡席梦思；嫌软了，就睡羊皮沙发；不软不硬的，还可以坐在大阳台的太阳光下，打个盹。无聊了，咱就出去玩，想跑远点的，两部小车随叫随到，指哪里开哪里，想就近，那咱就去公园绿地，与老头老太跳舞下棋看热闹，还可以哼哼黄梅戏；不想跑，咱就在家里看大大小小的电视，有老戏小品韩剧，还有吵闹的购物频道。

我说，看看你满手的茧子，掐灭一个烟头都不晓得痛，但不让你干点事情就心慌。那你大不了给我拖拖地板擦擦窗子，这样还不行的话，你从老家带来的一袋子核桃，不是还没有砸吗，你就把核桃仁子砸出来吧。我说，万一不行，我给你弄一堆麻绳子，你给我们打几双草鞋，我们穿不完就拿出去卖钱。我爹说，你尽糊弄我，上海有一个穿草鞋的人吗？

我爹一点都不松口，说你不给我买票的话，我就一步一步走回去。我爹不是讲笑话，一千多公里，对我们是不可能的，对没有距离感的我爹来说，算得了什么呢？他一生走过的路，如果不是原地踏步或者围着村子绕着小圆圈，早就绕地球半圈子了。我说，我不是不让你回去，只是现在过年期间，火车票比当年的粮票都紧张。

我爹的眼泪在眼眶里打转，他嘟哝着说，瞎得着，早晓得回不去，就不应该来。

我爹的这句话，把我的心刺痛了，我明白回家对他而言，现在比什么都重要。

我爹说，你记得村上的朱金堂吗？他死了。我说，怎么不记得？听说得的是肺癌。我爹说，他不是因为肺癌死的，他儿子朱崇春记得吧？我说，原来是石门镇的邮递员，后来自己做生意了。我说，在西安贩卖香菇、木耳，生意做大了，全家搬到了西安，住在城墙里边。我说，在北门那边，离我们这次住的宾馆不远。我爹说，朱崇春把他爹也接到了西安。我说，应该的，一家人住在一起多享福呀。我爹说,享什么福?种了一辈子庄稼,这城里的福消受不起,朱金堂死活要回塔尔坪,朱崇春又死活不答应,要把他留在西安做手术,朱金堂干脆从楼上跳下去,摔死了。

我站在十四楼的窗口向下望,因为太高有些晕。

我缓和了一下口气,问,家里到底有什么放不下的?我爹说,年过了,打春了,家里有很多要忙的,一是有几架香菇要点菌;二是马上要种洋芋,洋芋种还在窖里,得赶快扒出来,不然长了芽子,就坏掉了;三是麦子也快返青了,要早点薅草了。我爹最后说,关键槽里有一头猪,让人家帮忙养几天,再不回去就饿死了。

我说,不是说好了,不养猪了吗?我爹说,不养猪油水从哪里来?我说,你儿子难道没有一头猪重要吗?

话还没有说完,两个人都伤心起来。我要我爹把所有的收成都摆出来,大家好好算一笔账。我爹掰着指头告诉我,家里有几亩地,两座自留山,一年可以挖洋芋四千斤,每斤五毛钱;收麦子一千斤,每斤一块钱;打黄豆五百斤,每斤两块钱;收苞谷两千斤,每斤八毛钱;收杂粮五百斤,每斤两块钱。还有几棵核桃树,可以打几百斤核桃,几个架的香菇、木耳,可以摘几十斤香菇、木耳。我明白,我爹所说的,都是风调雨顺时的理想数字,一旦遇到旱涝灾害是颗粒无收的。

我用手机上的计算器,按照那个理想的数字给我爹算了算,结果是全部加在一起,一颗不剩地卖掉,也就值八千块钱。

我问,你卖过那些粮食吗?我爹说,早几年还要饿肚子,如今除够一年吃喝之外,存了一点以防饥荒。我问,那你图什么呢?不就是图吃吗?你看看,城里人种庄稼吗?我爹疑惑地问,上海这么多人,整天急火火的,看不到一棵庄稼,路边种几棵树吧,又都不结果子,这不是瞎忙吗?我想不通,他们吃的东西都是从哪里来的呢?我说,你不管他们吃的粮食从哪里来的,你先说说,他们吃的比你平时吃的,好还是不好?我爹说,当然比我们好,顿顿都是大米大肉的,还有苹果呀香蕉呀。我说,这不就对了?既然不种庄稼吃得更好,你为什么要认死理呢?这样吧,你一年不就八千块的收成吗?八千块我全部补给你,你就不回去了怎么样?这次到西安接你一趟,花掉的远远不止八千块,你年轻的时候家里有负担,不种地不赚钱不行,如今我一个月工资比你一年还多,你还吃那个苦干什么?

我再一次错了。我以为自己已经把账算得很清楚了,我爹再回去的话,是不划算的,甚至是赔本的。

如果面对生意人,也许很好理解,但是我面对的,是一个和庄稼、牲畜和大山都算不清账的农民。我爹心中那点点滴滴的牵挂,那几代人逝去的岁月,那生养他的土地,那唯一的故乡,有谁能够帮忙把一笔笔账目算清楚呢?所以我爹听完了,依然嘟哝着说,再怎么说,我还是一个农民,农民不种地不养牲口,哪能说得过去呢?我不种地不养牲口,那地不就荒掉了吗?那猪不就饿死了吗?

在上海,我曾经多少次梦见故乡,曾经多少次因为想念故乡而悄悄地流泪。难道说,我思念故乡,就真是思念我的亲人吗?

答案是错的,我同时还牵挂着,我逝去的童年岁月,以及生我养我的那片土地上的一草一木,甚至是年年被杀年年在养的猪。

灵魂的故乡是不可更改的,是无价的,也永远只有一个。

我只能叹着气,开始给我爹预订返乡的火车票。

老家有着"三十晚上火,十五晚上灯"的做法。记得小时候过年,最热闹的,也就是这两天了。三十晚上,家家都会烧一炉旺旺的木炭火,十五晚上每家每户除了要挂着大红灯笼,小孩子每人提着一个灯笼外,村里还会组织玩灯。兔子灯、鲤鱼灯,各种各样的灯浩浩荡荡地,在村子前的大路上耍来耍去。这可能就是小时候,唯一看到的"动画片"了。

我爹当年,可是玩灯的主角,不是他能扎灯,而是他会耍灯。别人耍灯的时候,不小心就灭掉了,而我爹在空中把龙灯舞来舞去,就是不会熄灭。我爹凭着这一手,就着实给自己带来过不少好处。每到谁家门前,我爹就狂舞起来,人家看着起劲,也有着好兆头,所以总会塞给他一两袋烟叶子。没有烟叶子的小妇人呀,就会对着我爹嘻嘻地笑着,算是奖赏了。

与我爹在一起过元宵,怕已经是几十年前的事情了。正月十五的晚上,心想吃完元宵,便要带我爹去豫园赏赏灯,让我爹开心一下,或者寻找一下当年的感觉。但是怎么央求,我爹还是说自己头晕。正当万般无奈的时候,我站在阳台上,望着窗外喊叫说,你们快来看看,好大的月亮啊。

别人对月亮也许没有太多的感觉,但是我不一样。就说在上海这儿年吧,由于对故乡的思念无法排解,于是便犯了老毛病,喜欢看月亮。而上海的月亮,在霓虹灯与灰蒙蒙的天空污染下,像患上了黄疸肝炎似的,是那么无精打采。所以我常有的办法,就是偷偷地翻过大铁门,爬进西郊的动物园,在乌漆麻黑的树林子里,就能看到健康一点的月亮了。

因而,我一眼就看出了,当晚的月亮确实比平时要胖一圈。小青带着我爹一齐跑到阳台上来了。她说,报纸上已经讲了,面前的这轮月亮,是五十三年来最大最圆的月亮。也就是说,在场的人中,除了我爹外,我们都是第一次看到这样的月亮,而且谁也不敢肯定,在剩下的生命中,还能看到第二次。多么难得的一次大团聚啊。我甚至在想,上天也许在几十年前,就调整好了自己运转的速度与角度,要在 21 世纪的某一个元宵节,为我与我爹安排这么一次,也许一生中仅有的一次大团聚。

这轮月亮,刚刚从东方的天边升起,一会儿挂在树梢上,一会儿挂在楼顶上,一会儿挂在半空中,它好像在徐徐地踮起脚尖,想把千里之外的山山水水,与上海的街街巷巷,纳入自己的视野中,想把昨天与今天的时时刻刻,全部浓缩在自己的怀抱中。

我爹与我们一起站在窗口,欣赏着外面的景色。此时璀璨的烟花不时地在天空炸响,家家户户的窗户都亮起了灯。我爹问我,这些楼里住了多少户人家?我大略计算了一下,光是建华城小区,怕就有一万多家吧。我爹若有所悟地说,一户人家怕有三四个窗子吧?难怪有那么多窗户都亮着,这景致,真好看呵。

当我在欣赏大月亮的时候,我爹欣赏的却是万家灯火,而这些便是我爹进城后,第一次觉得好看的景色了。

其实,月亮代表的,并不是团聚,而是缺憾。人们在不能团聚时,借着共赏这轮圆月的机会,让目光与灵魂在月亮中,来一次无奈的相遇。这是我们这些自称为风雅之士的幻想罢了。作为凡夫俗子的老爹,他并不懂得在思念之时,举头望明月,低头想儿子。他只晓得在夜深人静的时候,撑起一盏油灯,照亮一扇窗子,等待着游子的归来。故乡不灭,这盏灯就不能灭,那扇窗户就不能灭。

我爹吵着回家,时时不忘回家,不就是急着回去点亮那盏灯,点亮一个不灭的故乡吗?

正月十五元宵节过,我要上班了,爱人小青也要到泰国出差。原以为我爹通过一场革命,能够在城市里寻找到自己新的归宿,但是这场革命却以失败而告终了。看着窗外的灯火在慢慢地减少,我爹又突然地问,火车票买好了吗?

我从身上掏出一张纸说,已经订了,就在三天之后。

父亲的风月

我爹放弃飞行选择坐火车回家,而上海直达故乡又没有火车。为了我爹不至于迷路,我选择了 K466 次从宁波始发,所以必须先把他送至宁波。中学的一位女同学,恰恰在宁波地区教书,听说我爹在上海,叮咛要去她家住一夜,也算是顺道走走亲戚吧。既然如此,就应该有走亲戚的样子,必须把我爹弄得干干净净的。

我正好收到几张优惠券,于是决定带我爹去泡一次桑拿。当我们出门的时候,因为马上要回家了,我爹的情绪不再那么低落,问我们去哪里?我说,去大浴场。我爹问,大浴场是干什么的?我其实也没有洗过桑拿,只好告诉他,是大家一起洗澡的地方。我爹竟然开始抵制起来,说要花钱吧?在家里洗澡多方便啊。我说,在家里洗澡,不彻底,也没有意思,加上他有些伤风感冒,万一着凉了怎么办?去大浴场蒸一蒸、泡一泡,感冒也许就好了。我爹还是一句话,不去。我有些生气地说,要去别人家里过夜,脏兮兮的,多不好呀。我爹不情不愿地跟着,开了好几十公里,走错了好几条路,好不容易才找到那家名叫四海龙王的大浴场。

这家大浴场位于浦东一条并不繁华的大街上,有一座金碧辉煌的大楼,楼前有一对金黄色的狮子,脖子上各系着一朵大红花,走廊上竖着四根合抱粗的柱子,柱子上缠着金黄色的龙,楼顶上装着巨大的霓虹灯,随着颜色的转换像汹涌的海浪。单看门前的那条马路,行人稀稀落落的,甚至清清冷冷的,但是那种萧条其实是一种表象,靠近大门之后,我发现广场上浩浩荡荡地停满了车,进入一楼大厅之后,立即尽显了人间的繁华与喧嚣。

我和我爹一走进大厅,刚刚找到沙发坐下来,便有一名身穿长袍的服务员走过来,拿出两个手环套在我们两个人的手腕上,把两双拖鞋放在我们两个人的脚下,跪着替我们换掉了皮鞋和袜子,带着我们的皮鞋和袜子离开了。我爹不明白他要干什么,我也不明白他要干什么,两个人都木然地接受着。我朝四周看了看,看不出一个所以然,便问一位服务员,我们的皮鞋怎么办?服务员说,等你们出来的时候,凭着手环会还给你们的。我问,那埋单呢?什么时候埋单?服务员说,一样的,出来的时候。

我装作悠闲的样子观察着。我终于从人流中发现了异样,大厅左边的门头上标着"女宾部",右边的门头上标着"男宾部",才恍然大悟,和上厕所一样,也和进澡堂子一样,还是要分男女的。我突然觉得自己有些可笑,在商业如此发达的社会,哪有不分男女那么便宜的事儿呢?我对我爹说,走,我们换衣服去。走进男宾部之后,一切更加一目了然,里边有一个大大的更衣室,里面摆放着几排编有号码的衣柜。从更衣室继续向里走,是一个个形状各异的池子,有的像月亮,有的像太极;有的是方的,有的是扁的,还有扇形的。

在塔尔坪的时候,只有孩子们才会光着屁股在河里玩水。进入更衣室,我爹第一次面对生人,与第一次和我洗澡一样,有些为难地问,都在一起吗?我说,都不认识,怕什么?我爹朝四周看了看,终于脱下棉袄和毛衣,又朝四周看了看,再脱下裤子和棉裤。这时候,走进来一个男人,不分青红皂白地把自己脱光,像大猩猩一样拍打着自己的胸脯,他的胸脯和腹部长着浓密的毛发。他似乎意识到有个受了委屈的老头站在旁边,于是在离开的时候安慰我爹说,大爷,赶紧脱吧。

我说,赶紧脱吧,外边冷。

我爹慢腾腾地脱下线衣线裤,与我讨价还价地说,裤衩子能不脱吗?我爹的意思是,想留下最后一道防线,穿着内裤去洗澡。我想,如果提前准备一台照相机,在一个越穿越少的时代,拍下这样一幅害羞的照片,或许能成为传世佳作。我说,你看看,在这里有人穿着裤衩子吗?人家脱光了,你不脱光的话,人家会有意见的。我爹说,我又不认识他,他有什么意见?

我忍不住笑了笑,开始给他示范,从从容容地把自己脱光了。

这是我成人之后,第一次在我爹面前完整地露出自己的身体。我感觉身体里有着某种难以言说的动静,像一把苞谷落进火灰之中发出噼里啪啦的爆裂声。我爹低下了头,一边嘟哝着什么,一边脱下了内裤。这一刻,我也不敢正视我爹,怕引起彼此间的尴尬。

我们两人都不吱声,先后躲进一个月牙似的池子。我们以为躲进水里什么都看不见了,其实不然,水是遮不住任何东西的,而且在水里什么都会被放大,像一条鱼,在水里的时候感觉很大,从水里捞出来之后就变小了,那是光在水里折射给人们的错觉。池子里的水是蓝色的,像一块蓝色玻璃,蓝得那么透彻,蓝得让人不可思议。我爹说,这是水吗?我明白,是加入一种叫孔雀石绿的染料的原因,但我还是说,当然是水了。我爹说,感觉像假的。我说,水又不贵,造假不划算。

我借着讨论真假的机会,偷偷地向我爹瞟了一眼。进入水中之后,我爹似乎放松了许多,开始好奇地打量着周围的人。但是出于一种本能,当他抬起左手撩水的时候,必然要放下右手,抬起右手搓澡的时候,必然要先放下左手,两只手轮换着捂住下身。

我提醒他说,大家都是一样的。

我泡了一会儿,就走出池子。我觉得它之所以叫大浴场而不叫澡堂子,肯定不是我的大名与小名那么简单。我在外边转了一圈,果然发现不一样的地方,除中间的几个大池子和四周的淋浴房之外,还有一排圆顶的小木屋。小木屋是用木板搭起来的,屋顶上冒着蒸气,像一个个还未开锅的蒸笼。

我壮着胆子推开了小木屋。小木屋里边云遮雾罩,中间支着一个火炉子,煤块在红通通地燃烧着。围着火炉子四周放着几条长椅,几个人汗流浃背地坐着,像一个个被蒸熟了的馒头。火炉子旁边放着一个木桶,有人从木桶里舀起一瓢水,一下子泼在炉子里,炉子不但不会熄灭,煤块反而烧得更旺,只听到轰的一声,随之升起一股水汽。

原来这就是桑拿。桑拿天原来就是这个意思。我赶紧跑过去,把我爹带进了小木屋。我爹被蒸得大汗淋漓,迷茫地说,这是干什么?我说,这叫蒸桑拿。我爹说,像蒸馒头一样的。我说,其实就是蒸馒头。我爹说,比夏天还热,汗都出光了,不是找罪受吗?我说,可以治病,比如关节炎和腰酸背痛。我爹说,都是瞎话吧?我没有其他要求,把我的耳朵蒸好就行了。

我舀了一瓢凉水,将一半浇向火炉子,另一半冷不丁地泼向我爹。我爹一激灵,双手下意识地抬了起来,抱住了自己的膀子。下半身就这样暴露无遗,许多人趁机看过去,把他看得有些慌张,很严肃地对我说,这会要人命的!这句话,真把我给吓住了,只能再次允许他遮挡着自己。我也趁机看过去,发现这个七八十岁的老人,他的某部分身体并没有因为苍老而萎缩,并没有想象的那么疲软,更像一只睡意蒙眬的老鼠,仍然透出与生俱来的生命力与敏锐。

我曾经有一个想法,我爹到上海之后,是否给他找一个伴。我和朋友们闲聊过,有人说,还是免了吧,这就等于在雪地里撒尿,脏了我爹的本色;有人说,暂时享受一下没有关系,你要考虑长远一点,山里没有女人,他回去了怎么办?有一位女性朋友,出于女性的本能,开始是强烈反对的,但是不几天又回话说,左想右想,觉得是非常有必要的。在城市,单身男女渠道很多,谈恋爱呀,这样那样的,而他一个农民,没有任何一种排解方式,简直是太残忍了。有一位前辈用过来人的口气说,人生往往是有牙的时候没有馍,有馍的时候没有牙,都这样一把年纪了,你想尽一点孝心是可以的,如果他没有那个能力,那就是另外一回事情。

不管大家的意见如何,我觉得还是可以试一试,带着他捏个脚呀、按摩按摩呀,应该是不会错的。

泡完澡,蒸完桑拿,刮了胡子,我准备带我爹再深入地看一看。因为优惠券上标出的项目远远不止这些,而且从四海龙王外边气派的装饰,判断这个桑拿城应该别有洞天。当我们准备去更衣室的时候,在更衣室与浴池之间,被一名服务员给拦住了。服务员递来一件袍子和一条内裤,请我们换上之后再上二楼。袍子是雪白雪白的,款式其实就是睡衣,内裤是一次性的,透明得像一个幌子。

我十分不安,不明白这些服务要不要收费,如果糊里糊涂地消费完了,人家说那条内裤是皇帝的新衣怎么办?我于是问,二楼是干什么的?服务员说,二楼是休息室。我说,还有别的吗?服务员说,什么都有,两位上去看看吧。

二楼果然非同凡响,从门牌上看,棋牌室、健身房、演艺大厅、用途不明的包厢,都是样样齐全的。多数的门神秘兮兮地紧闭着,服务员一只手背在身后,一只手举着托盘在走廊上来回穿过。二楼左边的演艺大厅是敞开的,舞台上有个女人在摇首弄姿地跳着钢管舞。大厅里满满地摆着桌子,上边铺着惨白的台布,放着各种各样的酒水、高脚杯和奇异的食品,无论男女老少都穿着一件雪白雪白的袍子和让人想入非非的半透明内裤,三三两两地围着桌子一边喝酒吃饭一边欣赏节目。

按照我的胡思乱想,如果仅仅是吃饭喝酒的话,为什么不穿着自己的衣服,而要提供那样一套便于脱来脱去的服装呢?我挑了一个地方让我爹坐下来。我爹说,有老戏吗?我说,应该有吧。服务员递来一张单子,恭敬地说,请问需要什么?我说,你们这里都有什么?服务员说,红酒白酒啤酒,烤肉龙虾果盘,还可以跟喜欢的演员点歌,也可以让模特下来陪大哥喝两杯。

舞台上的钢管舞结束了,随之上场的是一群女人,她们穿着三点式的比基尼,昂着头,侧着身子,双手叉着腰,骄傲地摆成S形状,每个人腰间挂着一个牌子,牌子上标着号码。我接过单子扫了一眼,单子上醒目地标着:人均最低消费288元。我心里咯噔一下,连忙问,你们有老戏吗? 服务员说,你说的是戏曲吧? 这个没有,但是有本山大叔和伟哥。我说,是赵本山和范伟吗? 服务员说,我们这里是钱本山和李伟,比赵本山与范伟好笑多了。

我爹嘟哝了一句,耍猴一样的,有什么看头。

我爹退出了演艺大厅,无所适从地催着我说,乱糟糟的,赶紧换衣服走吧。

我把我爹带进了二楼右边的一间公共休息室,里边灯光昏暗,几乎分不清哪里有人。我爹怀疑地问,那么多床,是旅馆吗? 我说,是休息室。我在澡堂子里是见过的,类似于一个旅馆与按摩房的结合体,客人洗完澡之后既可以躺下来休息,也可以在这里过夜,费用远远低于外边的旅馆,所以生意一直不错。

我找了一个沙发床刚一坐下,立即走上来一个服务员,问要不要保健按摩。我想,大家提起桑拿就神秘兮兮的,恐怕这里就是秘密之一了。于是说,先给我爹捏个脚吧。服务员说,你爹? 这年头还有叫爹的吗? 我说,香港人全都叫爹地妈咪。服务员说,你又不是香港人。我说,别多话了,我爹地的脚,除我妈咪,还没有人摸过呢,所以你就给他叫个最漂亮的吧。服务员笑嘻嘻地说,我们这里个个都是林黛玉。

不一会儿,果然进来一个瘦瘦弱弱的穿着还算严肃的"林黛玉",她端着一盆子热水坐在我爹的面前,漫不经心地说,要不要做个指压? 我说,什么是指压? 林黛玉说,指压嘛,就是这样的呀。林黛玉说着说着,左手撸住我爹的脚丫子,右手直接伸向了我爹的大腿。我爹反应十分强烈,双脚朝前猛然一踢,把林黛玉与一盆子热水全都踢翻了。

我问,你是不是怕痒?

我爹生气地爬起身,走出了休息室。

我不敢有丝毫的逗留,赶紧扔下一百块钱,追着我爹而去。回到更衣室,我爹气呼呼地套上了裤衩子,穿上了一辈子也脱不掉的遮羞布。我说,一百块钱白花了。我爹没有吱声。我说,人家就是给你揉揉脚捶捶背。我爹还是没有吱声。我说,我们家是地主,旧社会的地主都有小丫鬟,让丫鬟揉揉脚捶捶背算什么呢?

冬天的上海有些寒冷,但是在大街上仍然随处可见穿着单薄、袒胸露背的时髦女人。袒露,正是现实社会在人们身上的烙印。而我的老爹,虽然时代一时半会还很难把它的利爪伸向深山老林,伸进他顽固不化的体内,但是随着时间的推移,他还能站在自己的道德城堡里坚守多久呢?

孝道的本质

最后几个晚上,我一边给我爹暖脚一边教我爹坐火车的常识。我说,我们是丹凤县的,明白吗?我爹说,明白。我说,你在哪一站下车,明白了吗?我爹说,不明白。我说,你在丹凤火车站下车,明白了吧?我爹说,明白。我把火车票掏出来,说他是从宁波余姚上车的,中间会经过绍兴、杭州、芜湖、合肥、信阳、镇平和西峡等好多地方,每次停几分钟就开走了,所以绝对不能下去;卧铺像架子床一样有三层,分为上铺、中铺和下铺,他的票是下铺,所以在最下边一层;火车上可以吃饭喝水,也可以拉屎撒尿,不过得去茅司,茅司在两节车厢之间,自己直接推门进去就行了。

我又反复交代了几点:第一,什么时候从什么地方下车。我说,列车员上车之后,会把你的火车票收走,换成一个牌子发给你,当列车员把火车票还给你,会提醒你下一站就到丹凤了,你就可以准备准备下车了。我爹不停地点头,但是我从头再问一遍,他又一脸迷茫地问,人家会广播的吧?我说,你一个聋子,当你听到广播的时候,还不把你拉到西安去了?第二,应该在什么地方上茅司。我说,在火车上不怕你渴了饿了,也不怕你睡不着,就怕你找不到茅司,还不把你给憋死了?但是我爹说,我会问的。我说,你不能问茅司,人家听不懂茅司,所以你要问厕所在哪里,也可以问茅坑在哪里。我说完没过几分钟,再问他什么时候下车,什么叫茅司,他又忘记了。

我有些无奈,本来不想再和他同床了,等他睡着后再去摸他的脚板,就发现他的脚板,像是一块冰凉的石头。所以在我爹离开前的几天,我都是陪着我爹睡的,虽然没有再聊什么家常,但是却为他暖了暖脚。也许由于他路走得太多的原因,他的脚底已经全部结成了硬痂,传热效果十分差,要把他的脚焐热了,至少需要半夜的时间。其实在我们老家,替老人暖脚也是儿女们孝顺的一个内容,可惜的是我爹很快就要回去了,回到他整夜整夜冰冷的被窝里。

在送我爹去宁波余姚坐车的那天,上海下起了大雨,起了很大的雾,走到半路的时候,雨大得已经超出了我的想象,车窗前几乎看不清任何东西,特别是有大卡车从旁边经过的时候,我的车好像掉进了海里。我不停地对我爹说,雨太大了,太危险了。我甚至把车停在路边上不走了,真希望他能说一句,那我们还是不走了吧。但是他一声不吭,只是愁容满面地看着前方。

也许他根本就不晓得危险的存在,也许他真的很想回家。

在同学家住了一夜,送我爹去火车站的途中,我的心情是相当沉重的。前几天,在我不停地要挽留我爹的时候,我爹还不停地对我与小青说,等他回家把猪养肥了,把这一年的庄稼收掉了,他就再来上海。现在才发现,他只是在安慰我。在火车站候车的时候,我再次叮嘱他,年底过来过年,到时候我再去接他。他突然对我说,人老了,脆得很,说没就没了。

听到他的话,我的眼泪禁不住地打转,总觉得有些永别的味道。我与我爹在一起的机会肯定是有的,但是在上海相聚的机会,真是谁也说不清的。从小,我爹苦巴巴地把我养大,希望我走出大山,走得越远越好。距离就是我的出息,就是他的成就。同时,距离又是我的乡思,又是他的孤独,让他难以享受儿女的关照,难以享受天伦之乐。这可能就是我爹的伟大之处吧。

进火车站检票之前,我装模作样地在身上摸着,然后告诉我爹,火车票丢掉了。我爹笑着说,明明在你包里,你还哄我呀?我又告诉我爹,火车已经开走了。我爹说,还没有到发车时间,不可能开走了。

我无奈,只好把他带上了站台。我挑中了一位穿着粉红色羽绒服的女孩。我说,你是哪里人?你是坐 K466 次吗?你在哪里下车呀?我说什么,人家都不敢吱声,以为我是不三不四的人。我只好拿出车票,解释说,我是送我爹回家的,但是我爹耳朵不好,而且不会说普通话,又是第一次坐火车,在路上请关照他一下好吗?

粉红女孩看了看我爹的车票,才放心地告诉我,她也是陕西人,家在汉中那边,过年的时候没有买到车票,现在才回家看望父母。她说,你给我留个手机号码吧,有什么事情我打电话给你。

K466 次列车很快开进了余姚站,我拉着我爹刚刚挤上火车,还没有来得及替我爹找到卧铺,也没有为我爹安顿好行李,列车员就催着下车,说马上就要关门了。我溜下火车,站在车窗外边,透过雾气朦胧的窗户,焦急地向里边张望着。我的眼前出现了一幅淡淡的水彩画,相信没有任何大师能够画出这样的情景:一个粉红色的女孩,正在替我爹安放行李,像一点点粉红的墨水,在慢慢地荡漾着。她个子不高,尽力地踮起脚尖,使劲地向上举着,偶尔还露出一道雪白的腰,但是她依然够不着行李架,干脆脱下鞋子爬上了卧铺。

这时候,列车启动了,把这幅水彩画带向了远方。

我的眼睛湿润了。接下来,我给粉红女孩发了一个短信说:我爹每天晚上要上好几次厕所,他不晓得厕所在哪里,上完厕所就再也找不到自己的卧铺了;他不晓得免费的开水放在哪里;他不晓得在什么地方下车,如果坐过头了,就找不到家了。我还说了很多,粉红女孩每隔一段时间都回我一条短信:他喝过水了……我给他泡方便面了……他上过厕所了……他有点晕车,已经上床睡了。

有一个短信是第二天清早发来的。

粉红女孩说,天亮了,他睡得挺好的,你不必担心了。

在第二天中午,估计我爹到站的时候,我还没有询问她,她的短信已经发来了,说是我爹已经安全下车了。当天晚上,我爹到家后,大姐告诉我说,我给他带在路上吃的东西,他一件不少地背回去了,但是他竟然说自己已经吃过了。

随后几天,我发短信给粉红女孩,有时候问她还在汉中吗,有时候问她有没有回宁波余姚,有时候说,我们是老乡呢,如果到上海我请你吃顿饭吧。粉红女孩开始还回复了几个短信说,你不必客气。我发给粉红女孩的最后一条短信,是问她叫什么名字,但是粉红女孩并没有任何回音。我试着打过两次电话,想亲口说一声谢谢,第一个电话说是不在服务区,第二个电话已经成了空号。

接我爹进城的这十几天里,我想尽力做到的,不就是尽尽孝道吗?但是我至今还不晓得那位姓什么叫什么的女孩,她在一路上对我爹的关爱是什么呢?应该也是一种孝道吧!这不由得让我再次回想起那天的情景,当她吃力地帮助我爹的时候,我爹的下铺正好坐着三位高个子的年轻人,他们如果也站起来,帮上一把,扶上一把,是不是也算尽了孝道呢?但是他们却在熟视无睹中继续聊天。

在走出火车站之后,我心里顿时醒悟,孝道的本质是什么?并不是血亲关系,而是倾注在柔弱者身上的爱。在我爹上海之行的过程中,除了爱人小青之外,有许许多多认识的朋友,包括我在宁波教书的同学,放弃了单位集体旅游的机会,很少下厨的她每顿要做八九个菜,采购了进口的水果,晚上还专门修好了电热毯;还有不认识的朋友,像那位一路供我爹吃、扶我爹下车的粉红女孩。她们对这位老人都给予了细心关照,这不就是孝吗?

2012年春节的那场革命性旅程已经结束了,收益最大和得到锤炼的不是我爹本人,而是我这个儿子。在开车返回上海时,看到一位老太太在一条马路上蹒跚,四周是深深的积水,我轻踩刹车,把车静静地停在了远处,目送她平安地穿过。

月光不是光

舌头上的幸福

　　这次回陕西老家,除了带着儿子,还有老婆与岳母。她们与儿子一样,都是地道的上海人。在西安一下飞机,我还是不顾她们的感受,直接把她们拉到了一家饭馆。没有去钟楼边上的同盛祥百年老店,而是直接进了一家路边店,吃的自然还是一样——羊肉泡馍。坐下来之前,老婆犯了嘀咕,当然是嫌弃这样的小店,主要是害怕不干净。我与老婆各要一碗羊肉泡馍,岳母则要了一个水盆羊肉。吃完之后,我是等她们抱怨的。可她们大汗淋漓地吃完后,我得到的却是赞不绝口。这可是从未见过的,上海人饮食习惯与北方人天地之差,何况羊汤泡馍这种四不像的食物,对她们来说无异于另类。我说,你们是不是太饿了的原因？她们说，那羊汤纯厚，那羊肉量也足，加上配着糖蒜，确实是吃得过瘾。

从西安回塔尔坪的路上，她们不断咂着嘴，看样子她们的赞美是真诚的。这种认同感，让我十分开心。在上海的日子，由于饮食要求差异大，她们任何东西都喜欢放糖，而我则喜欢放盐，所以我们虽为一家人，由于味蕾的不同，幸福的感觉也就不同了，这么多年可以说，大家是有隔阂的。一个和谐美满的家庭，有时候很大一部分，是建立在味觉之上的。于是我提议，在回来的时候，我还要带她们去喝羊汤、吃羊肉泡馍，但不是那家小店了，而是直接去市中心的同盛祥。我的提议遭到了老婆与岳母的共同反对，她们认为这种百年老店，就是一块牌子，不可能有这么纯正的东西，所以要吃还得到那家小店。

对于她们的老要求，我是很赞同的。在坐飞机回上海的那天，我开着车绕了很远的路，几乎找了几个小时，还真把这家店又给找到了。我们又各点自己喜欢的东西，但是仍然离不开这几样子。吃完之后，我说，是不是已经没有第一次的味道了？她们说，还是一样好吃啊，在上海自己不爱吃羊肉，不爱吃这北方的东西，不是因为这些食物品种出了问题，真正的原因是原料变了，加工食物的人心变了，比如在上海喝的羊汤，简直就不是羊汤，只是一碗加了调料的白开水而已。还有那些羊肉，恐怕还是注水的，或者用激素喂养的，是吃不出羊味的。而在西安，羊是满山咩咩的羊，肉是现场宰杀的肉，汤是漂着一层油珠子的浓汤，就连那分量，也是沉甸甸的，碗中羊肉有四五块之多呢。

离开陕西老家时,出现了几个有趣的现象:岳母一贯以江南大米为荣,竟然一改往日的态度,买了一袋子十斤装的大米,意思是专供我儿子;还有一包糖蒜,一些核桃和天麻。这些东西确实是值得她们带回上海的。上海虽然什么都不缺,想买什么有什么,可惜的是,在上海你买到的新米,它的新不是以收割时间来算的,而是以工厂包装时间为准的;特别是核桃与天麻这些农产品,你看商场里摆着的核桃壳薄仁白,天麻金黄透亮,而且切了片,配了漂亮的包装袋,那多数是硫黄处理过的。没有处理过的这些山货,就像没有精心打扮的农民一样,不会是这么靓丽的。

不是我对城市有什么偏见,单从吃的角度来说,城市还是不如农村。我可以总结出一个道理,无论从食物的颜色还是味道,离土地越远的地方,越不食人间烟火,就越偏离了它固有的本色。

骑着摩托去种地

在老家,我有两个姐姐,分别嫁在了塔尔坪左右。小姐嫁得比较近,就五里路的地方;大姐相对远一点,在三十里外的峦庄镇。大姐家相对条件要好一些,十几年前就盖了一层的红砖水泥房,几年前又新盖了三层的小洋楼,用上了自来水、热水器与电冰箱,生活基本是现代化,不但与城里没有什么差别,而且比城里还要宽展很多。

所以每次回家,都会把小姐一家以及我爹,全部接到镇上的大姐家里，一家人在大姐家里团聚。开始的时候，我爹与小姐都是有意见的，我爹的意见是说，回家一趟不在自己家里住一夜，算什么回家呢？他每次在我回家前，都会把床上的被褥浆洗干净，然后再揽到太阳下晒上几天。但毕竟都是土房子，加上深宅老院，显得特别的阴暗，别说是老婆孩子不习惯，连我这个在老房子里出生的人，每每躺到那张床上，听着窗外潇潇风声，忍受着老鼠叽叽歪歪的尖叫，就是勉强入睡了吧，也净做一些年少时的噩梦，毕竟在同一张床上去世的已经有几个人了。

小姐的意见不太一样，她有点怕我嫌弃她的意思。每次回家，他们都想着各种各样的办法来招待我们，哄我们高兴。除了又是杀鸡，又是煮肉之外，就想尽办法留我们住宿。小姐为了能让我们住好，狠了狠心，拿出一笔积蓄，把家里房子全部收拾了一遍，不但把墙全部用石灰刷得雪白，地板上也铺了青砖，专门开出一个客房，添置了新的棉花被子。他们还怕我不满意，干脆跑到县上买了一台电视机，把天线拉到了后边的山梁上，才勉强可以收到两三个节目。这些东西都是专门为我回家预备的，因为平时这间新房子空着，只有我回家的时候，才打开来用用，连那些比较要好的朋友或者亲戚，都是享受不上的。对此，我曾经提出过抗议，说自己一两年回家一次，用不着这样，他们可以自己住着。小姐却说，我们这些泥巴人，不把这些东西弄脏了？有一次，为了平衡两个姐姐家的关系，我带着老婆在小姐家住了一晚。小姐家的床仍是土炕式的，炕上铺着新麦草与新被子，但是老婆睡一夜起来，整个身上起了大块大块红斑，又痛又痒，不知道是过敏了,还是被虫子咬了。从那次起,这种平衡就被打破了,我们基本就不在她家住宿了。小姐一家为此耿耿于怀,大概意思是我偏心,嫌弃他们家没有大姐家好。

这次刚到西安,小姐就不断地打电话,问我到哪里了,我一会儿说到蓝田了,一会儿说到秦岭了,一会儿说到商州了。快到丹凤县城的时候,小姐让我穿过县城的老街,小姐夫已经等在街上了。小姐家的闺女在县医院上班,他们一家就经常聚在县城里。这些情况我是十分清楚的,我以为小姐会与以往一样,会搭上我们的车一起去大姐家,在大姐家聚会。但是等我到了丹凤老街,小姐一家三口笑眯眯地站在街上,把我们接到了巷子深处的一个小院落。老街可以称得上古香古色,青砖的小屋有着雕梁和画柱,在丹江河边蜿蜒着,有着江南水乡的味道。因为百年之前,陆路交通还不发达,这里是北通秦晋,南接襄汉的交通要道,是很重要的水旱码头,全国著名的船帮会馆与马帮会馆就在这条老街上。进入的这个院落,也十分清幽,两扇黑漆大门里,种了一株合掌粗的葡萄。这葡萄自然是法国人培育的,因为丹凤有一个有名的葡萄酒厂,大概一百一十年历史了,是法国一位传教士建的,为了酿酒,在周边又配套地建起了葡萄园。这株葡萄树,顺着围墙一直爬上了两层楼的屋顶,把整个院落一下子装扮成了一个美丽的别墅。

小姐指了指两间房子与两张铺得绵软的床铺说,都是新晒过的,你们就在这里住一夜吧。我很吃惊小姐一家的变化。他们原来世世代代住在村里,离县城八十里路,要翻几个大岭,而且十分狭窄,大门几乎顶着山的,村子里连个小卖部都没有,买油盐也得去十几里外。我说,你们终于在县城买房子了?小姐不语,小姐夫说,哪里呀,我们租的,一月两百三十块钱,是不是很便宜?我说,当然便宜了,这么大个房子放在上海的话,起码需要三千多块吧。小姐与小姐夫听了,就十分满意,以为我们要在这里住一夜了。不承想,我又问,你们住到县城,老家的地不种了吗?在县城靠什么营生?小姐夫说,地当然要种了,我们刚刚不是从山里收完小豆回来吗?现在路修好了,骑着摩托车很方便的。我说,骑着摩托车跑八十里去种庄稼?这样的话住在城里有什么意义呢?小姐夫说,哎呀,要什么意义啊,孩子在县上工作,我们在这里给孩子做做饭,而且县城也热闹一些吧。

我一下子理解了他们的意图。其实,他们在山里种庄稼,世世代代都在种庄稼,意义又在什么地方呢?如今在县城,虽然房子是租的,种地要跑八十里路,但是一家人起码可以住一起,有了天伦之乐,平时还可以到街上转转,过年过节还可以看看灯听听戏,这些生活在山里是没有办法享受得到的了。在小姐的出租屋里,我看到一台电视和一台电脑,可以收看几十个电视节目,可以上网聊天与玩游戏,这在山里是万万没有的。另外,凭什么我可以跑到上海,他们就不可以跑到县城呢?

我很想在这么美丽的小城留宿一夜,听听丹江河缓潺的流水声,顺着老街感觉一下当年的那种兴盛。但是儿子在陌生的环境里实在太闹了,所以我们只好告别了小姐一家,继续驱车向大姐家赶去。来到大姐家,大姐不止一次地问,你们没有在县城小姐家过夜？真不知道他们想干什么，住在县城没有一分地，房子又不是自己买的，那算一个家吗？每次听他们这么说，我都只是笑笑，表示十分理解。但是因为没有在小姐家留宿，小姐一家好像有些生气了，甚至为此还吵架了。小姐夫给我发了几个短信说，对不起，我们没有头脑，但是老家的庄稼肯定会好好种的，我现在就回山里种庄稼去。我听了这些话，觉得十分心酸，赶紧打电话给小姐夫，说我们没有生气，你们在县城的家也非常好。

在离开塔尔坪时，我还是提前赶到了县城，赶到了小姐家。小姐已经准备了蒸洋芋和煮扁豆，这些都是我小时候爱吃的，她是特意为我准备的。我十分开心地吃了两大碗。但是老婆与岳母不太习惯，就没有动筷子。我感到十分为难，于是问，县城里有没有地方喝羊肉汤？你们请我们去喝一碗羊肉汤吧。可惜的是，小姐在县城已经住了一年时间，看上去是从来没有舍得到街上下馆子的，这个县城遍地都是卖羊肉汤的小饭馆与路边店，她竟然一无所知。

农民们的度假村

大姐家住在峦庄镇，离县城有九十里路，需要翻越两座大山。大山高到什么程度，用气温是可以量化的，在县城气温是二十四度，到了山顶上气温却只有十六度了，相差了整整八度。老婆说出现了耳鸣，明显感觉到了海拔的上升。山高，公路自然就弯曲了，全是"回"字形的盘山公路，几乎像在悬崖上走钢丝，是十分吓人的，儿子与岳母很快就被晃晕了，岳母出现了晕车症状,而儿子则哇哇乱叫。就是最为开阔平坦的地方,前山抵着后山,中间只有溪流湍急,人烟是稀少的。加上这几年出现的进城大潮,这些艰苦地方的居民基本都迁移了,就显得更加荒凉了。

当翻过第一座大山之后,有一片大峡谷,溪流形成一个个小瀑布,瀑布冲击出一个个深不见底的水潭子。小时候,我经过的时候,我爹给我讲过其中一个潭子的传说。大意是,这个潭子下边是一个宫殿,住着龙王爷一家,方圆谁家办不起红白喜事,只要在潭子边烧一炷香,磕几个响头,就会从潭子里浮上来几桌酒席。我爹讲故事时,我正饿得头昏眼花,于是立即跪地磕头,但是潭子中除了泛着白色浪花之外,并没有任何动静。我对我爹说,骗人的吧? 我爹笑着说,原来很灵的,后来炸山修路,把许多山石填入了潭子中,所以就不灵了。我说,为什么呢? 我爹说,恐怕是潭子被填浅了,龙王爷住不下了,人家就搬走了。

还没有绕出这个峡谷,只见那潭子边上,沿着盘山公路出现了两排房子,房子全是首尾相连的小洋楼,是依着江南水乡的样子设计的,飞檐翘壁,清水白墙,门牌上雕着龙凤,门楼上挂着灯笼。正好夕阳西下之时,这些楼房在暮色之中突然出现,我以为是个幻觉,或者是天上的街市。驱车从街上穿过,发现一个个院子里,正在摊晒着黄豆,门楣上挂着一串串的苞谷棒子,还有三五个老爷爷坐在门枕上吸烟,我才相信这是真实的。

后来大姐夫向我介绍说,这是政府统一修建的,属于移民安居工程,把沟沟岔岔的生活条件比较差的农民,集中在这么一个新农村里。宅基是不要钱的,建房政府补贴一半,农民自己拿一半。我说，房子盖得很漂亮，只是有人住吗？大姐夫说，年轻人基本都外出打工去了，平时家里只有老人和孩子。后来，沿途我们又看到几个这样的"街市"，有几个小卖部和小饭馆，在销售着日常生活用品，烟酒呀，米面呀，油盐酱醋呀，馒头包子呀，有一些自己种不了的蔬菜，比如花菜、蒜薹和洋葱呀，还有鱼和虾呀，都是从城里批发过来的。这些商店都开在自己家里，是顺带着经营的，也就没有太多商业气息，加上又是黄昏时分吧，显得有些冷冷清清，不过倒有了几分安然和恬静。大姐夫说，到过年过节的时候就非常热闹了。

也有一些农民为了方便于收收种种，实际上依然散居在周围的山中，因为那些赖以生存的土地在那里，祖祖辈辈都埋在那里。大姐夫告诉我，他们为了不荒掉土地，如今都有两个家，每到春种秋收两季，就回到沟沟岔岔里的老家，住下来好好种地，等农闲的时候，再回到城镇里的新家，像休闲度假一样，打打牌，聊聊天，晒晒太阳。

新农村建设是好的，但是不应该只有楼房，只有一条街道，这是形似，想做到神似，还应该有精神内涵。在城镇生活里，不仅应该有丰富的娱乐节目，有彼此间的交流与沟通，而且还应该具备城市的生活环境，比如交通啊，卫生啊。大姐夫家也从一个农家院子里，搬到了镇上最繁华的一条街道上。我住了几天就发现，在建这些小洋楼的时候，用的不再是原来的青砖绿瓦，而用上了钢筋水泥，加上要保证街道的宽度，两边的山被开挖得七零八落。这些地方配套设施并不齐全，比如说原来的茅司，可以把大小便及生活垃圾,全部积攒在一起作为农家肥,如今楼房配的全是现代化的厕所与厨房,这些厕所与厨房同样设了下水管道,不过与真正城市里的管道是不一样的,城市里的管道统一布局,废水全部流向了一个地方,然后进行集中处理。但是这里没有统一的排水管道,每家每户把生活废水直接排入了小河之中。

那天,我带着老婆儿子到街道背后的小河里戏水,这条河是武关河的上游,河里有娃娃鱼与野生鳖等珍稀动物。这条河有一尺多深,一丈来宽,由周边的几条山泉汇聚而成,河水原来是清泠泠的,小时候我们都直接饮用,是十分甘甜可口的。但是现在,当我们戏水时,大姐夫就劝我,玩水可以,别喝水。再问原因,他说这条河不太干净,只能洗洗衣服洗洗菜,做饭用的是从山头接下来的自来水。

真可惜了一条自然的小河。这条小河向下流去,先进入武关河,再进入丹江,再进入汉江,一路下去就进入长江了。民间有一种说法,水走百步为净,我不知道有没有道理,不知道这条小河一路流下去,会不会把我们整条母亲河都给弄脏了。不过,不久就听到消息,当地环保部门已经在着手处理这些缺陷,等到下次再回去,也许又可以掬一捧水,最好是洒满月光或者阳光的水,畅快地品味品味了吧?

从拔草到种草

跟上次回家相隔时间虽然只有两年多,但是出人意料的地方不少,感觉农村变化太大了。

第一个变化是草。草是农村最多的,最不值钱的,也是最普遍的东西,几乎除了庄稼之外,无论田间地头,房前屋后,还是山上河边,到处都是草了。所以在农村,草是最不受人待见的,甚至是讨人厌烦的。但就这样的一种植物,命运发生了一百八十度大转弯,从"野火烧不尽,春风吹又生"的四处蔓延,从农民几百年不变地一见它,就要拔掉它,就想除掉它,甚至是踩它,如今发展到需要栽种它呵护它,这可真是一个奇迹了。沿着一条小路前行,我很快就发现了路边的异样,已经是秋末冬初的季节,山上一部分树木已经凋零,小草已经变成了墨绿色,马上就要枯黄了。但是细看公路的两边,却是绿油油的。这些草与别处不同,它们是疏密均匀的,颜色是翠绿的,而且排列整齐,与自然中的杂草是不一样的。自然中的杂草是零乱的,是高高低低的,是没有规矩的。很显然,这些小草的品种,是从城里引进的,是人工种植的;像农村人种庄稼一样,精心种植出来的,而且是后期进行过修剪的。也就是说,这些小草,不是我们农村的小草,而是专门引进用来绿化的。

这应该是向城市学习的结果。在城里,寸土寸金,在马路边上,利用一切空余地方,种种小草来进行绿化,这是万不得已而为之,所以小草是很珍稀的,待遇也是很高的,不能任意踩踏,不仅有人经常浇水,还有人去修剪,像理发一样。但是在农村呢?小草是四处疯长的,在这里专门种小草,想干什么呢?我一直有些疑惑,那些城市的行道树,为什么只种杨柳梧桐香樟,而不改种核桃树或者苹果树呢?路边上为什么不种小麦苞谷呢?既可以观赏也可以收获,不是一举两得吗?但是人家回答我,种果树和庄稼,不仅不美观,也不值得。人家有些城市人根本瞧不起这些收成,意思是收不了几把粮食,摘不了几个果子。

城市不学农村,农村反而学起了城市,在农村开始种草了,这让拔了一辈子草、割了一辈子草的农民,比如我的老爹,怎么想得通呢?于是在阳光比较充足的地方,有人把路边的小草给除掉了,种上了黄豆、苞谷或者高粱,反倒感觉舒服多了,也协调多了。

第二个变化是烧烤。从峦庄镇回塔尔坪,路是修建在半山腰的,四周都是悬崖峭壁,悬崖下边是九曲回环的山泉,悬崖上边是青松红叶。老婆一路惊呼着,说是风景太优美了。我自豪地告诉她,因为这里太偏僻了,把些山水搬到上海,那绝对成了AAAAA景区,是要买门票的,价格肯定超过东方明珠。我上中学时,每周都要从这里经过,原来是没有任何路的,小河就是我们的路,我们必须踩着浮出水面的石头,像上岸的鸭子一样一步步跳过去。说到旅游景区,大姐夫说,有个叫小华子的,每次从西安回来,都会带着一家人,坐在河滩上吃烧烤。他们不带食材,只带着调料、打火机、汽车电瓶以及几瓶啤酒,在河滩上生起一堆大火就行了。他们把电瓶接上电线放入水中,成群的鱼儿就会翻着白肚皮浮上来;如果想吃别的,旁边就是庄稼地,有成熟的苞谷棒子,还有土豆与红薯,随便剡上一些,可以吃得非常丰盛。

我是十分吃惊的。烧烤最早是原始人的一种生活方式,后来变成了城市人的一种生活时尚,如今竟然也被带到了偏僻的乡村,不明白这是农村文明的进步呢,还是一种自然生活的倒退?老家的风俗民情是几百年形成的,有着与城市完全不同的地缘特色,人与人之间彼此熟悉,不是亲戚,就是邻里,有着千丝万缕的关系,我一时还没有想清楚,这种演变是好还是不好,还需要经过时间的检验。

隔代遗传的善良

听到我带儿子回乡的消息,大姐夫已经雇了一辆车,把我爹从塔尔坪接到了峦庄镇。我到峦庄镇的时候,我爹已经坐在大门口眼巴巴地望着了。我爹每次看到我,都是眼泪汪汪的,只是这次他有了孙子,兴奋的心情似乎多了。他伸手去抱孙子,小家伙自然是躲来躲去的,害得我爹有些失落地问我,孙子叫什么名字?我说,小名葫芦娃,大名陈不旧。我爹耳聋听不见,也根本听不懂,看到孙子到处乱爬乱翻,于是说,这娃匪得很。从此便把孙子叫"土匪"。在农村,凡叫土匪的,与叫小毛一样,都是一种喜爱的称呼。

葫芦娃在上海,我与老婆每天上班后,只有岳母一个人带着,整天在那套空间有限的楼上大眼对小眼。所以,每次我们上班,葫芦娃基本要哭闹,临到我们下班推门回家,葫芦娃会大声喊叫爸爸妈妈,葫芦娃喊叫爸爸妈妈的时间比同龄人早,而且声音洪亮、清晰,充满激情。只要我在家,他肯定是最喜欢我的,争着抢着要让我抱,让我带他对着墙壁上几幅字画指指点点,说这是"观海听涛",那是《贵妃醉酒》,还念王安石的"一坡春水绕花身"。如果我在书房里看书写字,葫芦娃总会不停地爬到门外,咚咚地敲门要找我玩。总之,在上海这个家,我在儿子面前是很有面子的。我平时带他最少,几乎是不带他的,所以气得老婆与岳母醋溜溜地说,真是父子连心啊。

其实我心里明白,恐怕不是父子连心,是物以稀为贵吧。我抱他少,他就更加起劲了。回到老家,我的这个想法得到了验证。处于一个陌生的环境中,葫芦娃是知道谁最有安全感,谁在他身上付出最多了。无论白天晚上,岳母几乎不能离开他的视线,一离开他的视线他就会大吵大闹,在睡觉前与吃饭时他都要听摇篮曲,自然是老婆亲自唱的,唱《小白兔》还不行,必须唱"我有一个好爸爸,做起饭来咚咚咚,洗起衣服擦擦擦,打起屁股啪啪啪"。我这个做爸爸的,优势尽失了,感觉根本就不是他的爸爸,而是一个陌生人一般。既然如此,大姐、外甥女、大姐夫以及我爹,统统是不让沾身的,这害得岳母一个人十分劳累。

葫芦娃不让谁抱,似乎并非与人不亲,而是一种自我保护吧。接下来,发生了几个意外的小动作,让人不得不感叹血缘的力量。葫芦娃虽然不叫爷爷抱,但是他总爬到爷爷的身边犹豫与徘徊着,想靠近又不敢靠近的样子。我仅仅指着我爹教了一句"爷爷",没有想到这个一周岁的小屁孩,第一次见面就会叫"爷爷"了。我爹虽然耳聋,这一句偏偏被他听见了,他十分感动,似乎自己爷爷的地位被承认了一般,眼泪再次在眼窝里打转了。第二个小动作,是他们爷孙两个,不知道是谁教了谁,还是心有灵犀，突然同时会用舌头发声。他们的舌头在嘴里一阵搅动，发出呜噜呜噜的声音，听上去十分生动。在没有见到我爹前，大家觉得葫芦娃长得很像我，碰到我爹后大家的看法改变了。大家觉得这孩子真正像的是爷爷，无论从五官头型，还是好多举手投足的动作，他们都像一个模子刻出来的。他们之所以第一次见面，就有这么多的默契，说是血水相连也罢，说是外貌决定性格也罢，都不算是奇怪的，隔代遗传嘛。大姐家还有一个和葫芦娃一般大小的孩子，就是大姐的孙女多多。葫芦娃与小伙伴第一次这么亲近，两个人的性格一下子就对比出来了。比如在玩玩具方面，当葫芦娃吃了多多的东西，多多就会大声尖叫，当葫芦娃拿了多多的玩具娃娃，多多就会上去抢夺，为此葫芦娃被多多"打"了两次。每次多多恶狠狠的时候，葫芦娃显得十分平静，不争不抢不恼不怒，老婆的说法是很儒雅，上海人确实都很儒雅。

但是我不这么认为，我觉得葫芦娃这是天生的善良，这种善良就是我爹一生所特有的。我爹一生，为了一棵树，为了几棵庄稼，为了几句不投机的话，有时候为了一个女人，很多人都与他争过吵过，打过很多次架。说打架不确切，基本是别人提着棍子，甚至是斧头，冲到我爹的面前进行挑衅。我爹总是一边吸烟一边埋头干活，并不接招。他如果接招了，依他的蛮牛力气，吃亏的还不知道是谁。但是他总是忍过去了，这么多年从没有伤过一个人的一根汗毛。有一年，叔叔与我爹吵架，用手点着我爹的鼻子，大骂着"你这个有娘生没娘养的"，我爹也没有接招。

我听到这些,几乎被气哭了,打电话说,爹呀,你多大年纪了,你还怕什么呢?如果他再这样欺负你,你就和他对着干!叔叔手无缚鸡之力,我爹要收拾他,几乎小菜一碟,但是我爹始终没有吱声。再过一段时间,我就理解了我爹,年龄都这么大了,还计较什么呢?果不其然,叔叔很快就生病了,又过几年就去世了。原以为,踩了我爹一辈的叔叔去世,我爹应该会高兴的,起码在院子里可以伸腰了,但是叔叔去世那几天,我爹比任何人都伤心,在叔叔去世后好几个月,他天天难以入睡。别人说,叔叔与我爹毕竟还是亲兄弟。我认为这当然是一部分原因,另一部分原因是我爹天生善良,我爹对叔叔如此,对邻居也是如此,对任何人都是如此。

如今这些善良的品性,又遗传到了我儿子的身上,我不知道这是值得高兴呢,还是应该担忧?

弥漫着霉味的家

带儿子回乡,说到底主要是认祖归宗,我爹身体一天不如一天,按照大姐的说法,最多就几年时间了。我在儿子刚满周岁就带他急急回来,就是想在我爹的有生之年,让他看看我的儿子,让我的儿子也看看我的老爹。让我爹心里明白,他的血脉是在延续的,而且他的血脉与塔尔坪是永远割舍不开的。

把我爹接到峦庄镇之后,塔尔坪除了一个空空的院子,几间摇摇晃晃的旧房子,就没有一个直系亲人了,按说我就不用再回塔尔坪了。但我还是抽出一天时间,带着儿子回了塔尔坪。我想带着儿子回去烧灶香,到我妈、哥哥、叔叔还有爷爷奶奶的坟头磕个头。回到塔尔坪的旧院落,那种破败是一般人难以忍受的,院子里原本是有四户人家的,如今大门全部上了锁,房顶上没有炊烟,只有青苔。院墙上原来会有成群的麻雀与喜鹊,叽叽喳喳地飞来飞去,如今也一片寂静,空气中弥漫着一股霉味。我推开自己家的大门,里面不仅冰冷凄凉,而且暗淡无光。听人说,我爹已经很久没有烧锅了,而是在火炉子上支了一个铝锅做饭。

我在塔尔坪整个走了一圈,总共碰到了四个人。第一个是我远房的堂兄,他由于手术一只眼睛已经失明了,又摔断了腿,行动不是很方便;第二个是邻居家的婶婶,她已经六七十岁了吧,得了佝偻症,腰弯得几乎要点着地了;第三个是我们塔尔坪最早富起来的人,儿女全在外边做生意,他也有七十多岁,喜欢看电视节目,关心台湾局势;第四个是小卖部的表叔,卖着油盐酱醋等生活用品。我在小卖部买了几条猴王烟,称了几斤火纸与阴钞,然后坐下来与表叔聊了聊塔尔坪。他告诉我,自己的孙女在重庆大学,学的是葡萄牙语,如今快毕业了,她已经与一家云南的公司签订了合同,将要到南美洲的一个叫厄瓜多尔的地方去工作。他说着,还拿出了一本地图,已经破旧不堪了,看来他已经查过无数次,说起这个小国家的时候,从人口、气温到语言都是如数家珍。我说,离家太远了,坐飞机也得二十多个小时吧?为什么不回西安工作呢?他说,这孩子一直就想出国,就想跑得越远越好,我们也没有办法啊,我们担心的不是太远了,而是会不会受骗。他这个孙女的想法与我多年前不是一样吗？在我年轻的时候，尤其是三十岁之前，我同样认为离大山越远越好，没有山的地方应该就是所谓的远方了。但是现在年龄大了，回忆多了，更加想家了，才明白远方只属于年轻人，对于一个已过不惑的人来说，恐怕没有远方了，有的只是乡愁。

由于聊得太久，准备带着儿子去上坟时，太阳已经落山了，黑夜已经来临了，没有一点人间烟火气息的塔尔坪，不但刮起了阴冷的秋风，而且还有些阴森可怖。加上儿子一直待在车上哭闹，所以我放弃了上坟，在天黑前离开了。离开前，我爹说是还有一些黄豆还堆在地里，于是我与我爹一起又去地里收了几捆子黄豆，然后再一步三回头地走了。

不知道是塔尔坪太阴冷，让人受了寒，还是没有上坟，那些去世的人，包括我妈与哥哥，要来惩罚我，回到峦庄镇后我就病了，发起了高烧，烧到了四十度，半夜的时候已经昏迷了。我相信是后一种原因，两年才回一次家，而且带着儿子，不去亲人的坟头上坐坐，与他们聊聊天谈谈心，他们不生气才怪呢。在上海，每逢过年过节，我是会在十字路口给他们烧纸祭拜的，现在想来他们是不在乎我烧不烧纸钱，在乎的是我有没有真正地看望他们啊。

在回塔尔坪的路上，还发生了一个小插曲。我爹揣摩了半天，最后还是忍不住问我，他应该给孙子什么样的见面礼。他对我伸出两个手指头，我理解是两百块钱，我爹从来没有给过人两百块钱，无论在哪里行情送礼，最多的恐怕也只有五十块吧。我吃惊地说,两百块吗?你要给孙子两百块这么多?我爹不屑一顾地又伸出两个手指头说,两千块!两百块我哪拿得出手啊。我哈哈大笑了起来,被我爹一生最大方的一次给镇住了。我爹原来不是舍不得钱,而是他觉得值不值得了。我爹从怀里掏出两千块,吐着唾沫又数了一遍。我知道他在背后早就数过好多遍了。事后,听大姐说,他多次与大姐商量,给孙子多少钱,当大姐伸出两个手指头时,我爹第一反应就说,两百块太少了吧?我是亲嗲(爷爷)呢。

这次回去,为了花钱的事情,我当着大家的面流过一次眼泪。原因是我爹对我说,自己去县医院检查过身体,花了五百块钱,结果是得了肠炎和痔疮,大便不通,痛得要命。我说,水果吃少了吧?是不是从来不吃水果?我爹说,水果买多了,吃坏了。我说,为什么不吃药?我爹说,药哪吃得起啊,今年腿脚不方便,挖不了药材,庄稼也种不动了,只有核桃卖了五百多块,这两年就靠这点钱过活了。听到这里,我流泪了。这两年,我没有给我爹寄过一分钱,以为我爹还像原先一样不差钱,即使寄给他也照样被他存进了银行。我说,你银行不是有钱吗?为什么不取来花,你是想留给我对吧?你过世了,你的钱我能花得下去吗?大姐说,你让他存钱可以,让他取钱花,那绝对不可能,比割肉还难。

当天晚上,我从怀里掏出两千块递给了我爹。我爹说,这是给孙子的,你们嫌少啊?我说,不是还你两千块,这两千块是我给你的。我爹死活不接,后来拿着钱数了数,又还我一千块。这一千块,对我不过一顿饭,对我爹而言就是两年的生活费。所以,我很生气地说,你就拿着,还推来推去干什么？我又分别告诉两个姐姐,爹他舍不得花自己的钱,以后他看病呀什么的,她们就先垫着,全当是哄爹高兴吧。他这样子,恐怕也活不了几年了,等他去世了,他留下的几万块,我会分给大家的。

按照当地的风俗,嫁出去的女儿泼出去的水,她们不用分担老爹的生活,但也不会分家里的遗产。大姐小姐这些年,早就打破了这种风俗,在老爹身上花尽了心血。一是为了让老爹安度晚年,二是为了让我在外安心。但我爹还是守旧的,刻意要分出自己的家与女儿的家,宁愿一个人住在自己的塔尔坪,每次大姐小姐接他去住几天,他都是烦躁不安的,有几次还偷偷地跑掉了。我问他,塔尔坪原来有地要种,有树要照顾,有猪要喂,如今什么都没有了,还有什么让你放心不下的吗？为什么不住在两个姐姐家,吃现成的,到处转转,看看热闹。我爹说,住在其他地方不踏实。我说,你一个人住着,哪天一口气不上来,身边连个照应的人也没有,这能踏实吗？

但是,我离开峦庄镇的那天,前脚刚到西安,大姐就打电话了,说我爹又要收拾东西回家了。

月光不是光

每次回乡,我都会陪我爹睡觉,我不知道除了陪他睡觉,还能为他做点什么。我们之间,已经没有任何共同的话题了,两个人在一起的时候,只是老眼瞪着老眼,彼此心事重重地望着对方。只有陪我爹睡觉,才算最深入的交流了。

回去第一晚上陪我爹睡觉,我爹给我讲了好多话,都是一些家长里短。他说叔叔去世后,院子真正地空了,自己在空院子里栽了一棵核桃树,不想邻居家反对,硬把树苗子给拔掉了,还吵架了;他说母亲坟前的那块地,我一个表哥想拿去做菜园子,他舍不得,就闹翻了;他说家里的几亩地,给小姐夫种了;但是他们住在城里,地里荒草连天的,根本不像种地的样子,现在都秋后了,黄豆还晾在地里没有收。

我爹说什么,我都劝他看开一点,这么大年纪了,还计较那些干什么呢?我还举了叔叔的例子,他生前与你争来争去,如今他一去世呀,不全都是你的了?你哪天去世了,这些也自然就是别人的了。话题又引到了塔尔坪。我说,我最担心的,是他一个人过日子。我爹说,一个人过日子,最难的是吃饭,每顿就一碗饭,做多了吃不完,剩下来就坏掉了。

我说,不如给你请个人做饭吧。我爹说,现在的人刁得很,请人一月六百块,就做三顿饭人家还不愿意。我说,你就不能找个伴?我两个姨娘呢?接一个回来不行吗?我爹说,小姨娘已经死了,如果把大姨娘接来,你真的愿意吗?我说,怎么不愿意?这是好事情啊。我爹说,她病了,坐不了车,哪天有空的话,再去看看她再说吧。随后几天,我一直盯着大姨娘的事情,无意中被大姐听见了,大姐说大姨娘连床都爬不起来,自己都照顾不了自己,哪能照顾得了老爹?我有点生气地说,你们怎么不替爹想想?他们只要高兴在一起,谁照顾谁有什么关系呢?起码有个人说说话吧？

　　第二天晚上,我爹的话少了,他睡得十分踏实,我无论起床看书,还是外出赏月,弄出再大的动静,都没有干扰到他。在他打呼噜时,我是踏实的;如果听不到呼噜,我就十分担心,担心他还有没有呼吸,还有没有生命的体征。我回峦庄镇之前,是下过很长一阵子秋雨的,这几天正好天放晴了,蓝天显得十分空远,又恰好是农历八月中旬,正所谓"明月松间照,清泉石上流",我清晰地听见了哗哗的流水声。我抱着我爹的一双脚,看着窗外徐徐升起的明月,心情是十分复杂的。我爹的脚彻夜都是冰冷的,而月亮也一直是冰冷的,它们在我的面前是多么相似啊。天上的月亮宛如我爹的脚,我爹的脚又宛如秋后的月亮。半夜,月亮升到山头时,照得整个小镇如白天一样,恍惚中像是城市的午夜,街灯仍然没有熄灭一般透明。我悄悄披衣起身,站在三层楼顶,看着寂静的大山,看着缓缓流动的小河,看着洒在庄稼地上的月光,我感觉时光果真停止了,或者是这个世界上,并没有真正的生命存在,只有自然,只有宿命。

　　我拿出手机与照相机,希望拍下那厚厚的月光,或者是月光下的树影,但是月光就是月光,它与阳光与灯光是彻底不同的。阳光与灯光是可以反射的,这样照相机的成像原理才会有效。但是月光是拍不出来的,无论我用什么格式,都是拍不出来的。我突然领悟,月光其实不是光,仍然是黑暗,或者说掺进了太多的黑暗,像面粉里掺进了太多的水一样,是烙不出大饼的。月光从窗口照进来,洒在我爹的身上,丝毫没有打扰到我爹,反而已经溶入了我爹的身体,让我感觉我爹格外与月光相似了,甚至他就是一摊凝结的月光。我爹年轻时,充满了活力与生命力,闪耀着火热的光环。随着岁月的流逝,他的生命之光里渗入了太多的苦难和黑暗,慢慢就转化成了死亡之光。死亡之光就是月光,同样是没有反光的,是无法复活与再生的,只能自我流逝。

山里的秋天,早晚温差十分大,有太阳的时候是二十四度,半夜就降到了十多度了。我爹肩膀裸露在外边,他却浑然不知。在一个人睡觉的日子里,他的冷是没有第二双眼睛发现的。一个人的冷暖,除了自己感知,再不会被第二个人发现,就是说一个人的身边,如果只有自己的眼睛,只有审视自己内心的眼睛,那么这双眼睛一旦闭上了,整个世界就为之关闭了,这才是真正的孤独。我替我爹掖了掖被子,尽量把自己的身体靠近他的身体,把他的脚尽量揽在自己的怀里。奇怪,整整一夜,我没有暖热我爹的脚,当然那轮月亮也是冷的,照样没有生出一丝反光。

陪我爹睡觉的那几天,我还发现我爹的穿着十分特别,贴身是一件藏蓝色的短袖T恤,中间是一件方格子的长袖衬衣,再外边是一件黑呢子大衣。夏衣,秋衣,冬衣,我爹的这种混搭,别人是看不出什么名堂的,但是我一眼就看明白了。老婆说,爹穿的衣服怎么那么眼熟?我说,这都是被我淘汰的旧衣服呀。在上海,每次老婆抛弃一些旧衣服时,都遭到了我的极力反对,我要留着带回家给我爹。但是老婆说,人家哪能看得上?应该给老爹买新的。有次我爹到上海,我就搜腾出几件旧衣服给了我爹,那件T恤与那件衬衣,是我穿剩下的名牌,那件黑呢子大衣是岳父的遗物,这三件衣服在我爹的眼里,应该是最好最美的了。所以,为了迎接我们,他不顾春夏秋冬,统统地裹在身上了。

也难怪,他平时穿得再好,对于一个孤独的人,有谁会去欣赏呢?

专供儿子的大米

这次回乡,大姐有个孙女要照看,而且她刚刚摔了一跤,把盆骨给摔碎了,在医院里动过大手术,还没有彻底恢复,站立都十分困难。但是大姐十分高兴,整天像个跛子一样,天不亮就在厨房里忙着,想尽一切办法让我们吃好。早晨除了包子馒头,要磨一大盆子豆浆,豆浆里加了核桃仁,另外还要炒几个菜,有新鲜的青菜,有正宗的腊肉;中午除了炒一堆热菜,熬一大锅排骨汤,还有土豆焖扁豆,扁豆是刚从地里采摘的,全是嫩生生的,还煮着手工饺子与一锅大米饭;晚饭再调几个凉菜,要煮苞谷糊汤或者大米稀饭,然后再烙一个大锅盔。几天下来,有汤有水,有米有面,总是十分丰富,不但我们大人吃得满嘴流油,就连儿子也吃得十分舒服,仅仅几天时间体重就增加了一公斤。

岳母连连发出感叹,农村真好啊。我在想,农村真比城市好吗?这不过是大姐给我们造成的假象而已。因为平时他们吃的喝的,基本还是清淡而单调的,最多一盆子酸菜,一锅红薯糊汤,中午再加一个锅盔罢了。特别到农忙时节,收收种种的,人已经累趴下了,哪有精力再准备这些饭菜呢?还有,随着农村的城市化,种庄稼与生活已经分开了。原来是自己种自己吃,如今种的东西都会卖掉，然后到吃的时候再去购买，也就是说大姐吃的东西，无论是西红柿、洋葱和大肉，全都是在市场上买回来的。

我的这个想法，很快得到了岳母的证实。有天早上，岳母像在上海一样，带着儿子去了一趟菜市场，除了提了几斤水果之外，还提了一大堆排骨。岳母惊呼着说，真是太奇怪了，在上海大肉没有排骨贵，排骨要二十多块钱一斤，还得提前预订，但是这里不一样，大肉很贵，而那么好的排骨竟然只要四块钱一斤！在岳母的提议下，从那天起，我们天天中午、晚上都会熬一锅浓浓的排骨汤。老婆几乎每顿都得喝上两大碗，说自己在上海不吃猪肉，问题恐怕出在猪肉身上了。这就是城市与农村的差别了，这种差别恐怕一年两年是无法改变的，哪怕农村看上去已经是城市了，城市人永远都是喜欢排骨的，而农村人还是喜欢实实在在的大肉，毕竟大肉是可以吞下去的，而排骨呢，除了喝汤，骨头还是要扔掉喂狗的，可能连狗也看不上吧？

说到吃肉，为了让老婆体会一下农村的肉，我们决定进山去买一只散养鸡，于是跑了几十里，在一个山沟沟的苞谷地里，鸡飞狗跳地捉了一只乌鸡，不到两斤重，花了一百零五块钱。大姐夫提到河里杀了，然后交给了岳母，用上海的方法，放了花椒与大茴，还放了葱与姜，熬了一锅鸡汤。这农村和城市一结合，确实做出了一顿十分难得的美味。

不知道是什么原因，我在上海一直大便不顺，小便污黄，时不时还会伴发胃痛。而每次吃了家乡的饭，喝了家乡的水，吹了家乡的风，我的肠胃一下子顺了，整个经络像是一下子被打通了,不但大小便顺畅了,而且整个人也神清气爽。老婆归结于这里的东西自然环保,我则把它归结于水土。我在这片水土中出生,又在这片水土中成长发育,我的血液与身体存储了这片水土的记忆,能够识别这片水土一滴水、一丝光的密码。这恐怕是故乡的又一层含义了。出门在外吃的穿的,好像并不比故乡差多少,为何心里一直感觉不对头,身体感觉不协调,这就是服不服水土吧。

在上海时,老婆总在不停地更换大米,要么嫌江南的大米太软,要么嫌东北的大米太硬,有时候还觉得大米有一股子霉味,是陈年的。老婆对大米似乎很敏感,于是在离开峦庄镇时,我爹装了核桃、木耳与茱萸,小姐夫专门从树上摘了两袋子野枣,大姐夫给提了香菇、板栗,这些老婆统统都没有带,而是对我说,想买二十斤大米回上海。这个想法,在我看来是离奇的,因为峦庄镇并非水乡,是不产水稻的,这里吃的大米是从外边运来的,说不定就是从江南或者东北运来的。但是老婆难得喜欢,大姐夫就在镇上的小卖部,花四十块钱给我们买了一袋子大米。

老婆说,这些大米很珍贵,只能专供葫芦娃,给葫芦娃熬粥。我笑了笑,心里十分得意。她对这些大米的喜欢,就是对农村的喜欢,也就是对我故乡的认可,原来在饮食当中的磕磕碰碰、不愉快此时全部消失了。让一个地地道道的上海人能够认可农村,这是多么不容易啊。

有一阵子,我对城市化产生过恐惧。大山里的人向镇上迁移,镇上的人向县上迁移,县上的人向市里迁移,我曾经武断地想,再过几代人,农村总有一天会消失的。但是现在我不再这么认为了,哪怕这里没有一个我的亲人,但总会有别人的亲人住在这里。只要这里的生活还有让人依恋之处,还有可以让城市认可的地方,那么它就永远会存在下去。离开峦庄镇时,正是早饭时刻,我看着大姐家的屋顶上,还在袅袅飘着的炊烟,似乎像一个人温暖的呼吸。

只要炊烟不灭,就证明这片土地还活着,证明这个偏僻的小镇还活着,证明我的故乡还是富有生机的。

哥哥的遗产

我哥哥小名叫小毛，小毛是我们塔尔坪对子女最亲的称呼。但是我与村里人一样，从来不叫他小毛，也不叫他哥哥，而是叫他疤子。

哥哥是个疤子，小时候滚到火塘里烫的，脸上的皮一抽一抽的，像川剧中的变脸，真是很吓人的样子。别说是家贫如洗了，光这一点，他就已让人看不起，一辈子讨不到媳妇了。但是私下里还传说着更厉害的，说是疤子哥哥的小鸡鸡也被烫坏了，可能生不了孩子。我很小很小的时候，还不晓得生孩子与小鸡鸡的关系。有一次，疤子哥哥去提亲，我屁颠屁颠地跟着。人家偷偷地问我，疤子哥哥有什么毛病？我就说他小鸡鸡掉到火塘里，跟洋芋一样被烧熟了。人家又问，你怎么晓得的？我就说，撒尿比赛的时候，疤子哥哥尿不高，跟个女娃似的，往下淌。这门亲事自然又泡汤了。

实在没有办法,家里就出了一个主意,拿我的小姐去更穷更苦的马中梁村换亲。换亲的事情,果然很快就谈好了。我未来的嫂子竟然十分标致,长着一张苹果脸,长长的头发像松鼠尾巴似的,油光黑亮地拖到屁股后边,特别是一笑眼睛就眯成一条线,天生一副惹人欢喜相。这可能是我最早如此细致地打量一个女人,按照村里人后来的说法,未来的嫂子胸口揣着两只肥兔子,屁股大得像只大碾盘,是生儿育女的好手。没想到见她之后,我就觉得自己喜欢的女人也是这个类型的,再加上给疤子哥哥换亲,把小姐给换到了半山腰,我心里一直是不服气的,心想,为什么拿疼我爱我的小姐给他换亲,而不是给我换亲呢?

于是有一天,趁着未来的嫂子来我家玩的机会,我把哥哥被烫伤的坏话,悄悄地重复了一遍。没有想到未来的嫂子并不生气,而是满脸通红地说,洋芋烧熟了更好吃。当天晚上,我家房后的苞谷地里,发出了疤子哥哥与嫂子的欢叫声,那声音低沉而沙哑,分明不是烧洋芋的味道,而像是在热锅上煎着一条活蹦乱跳的鱼。

第二天早上,疤子哥哥上茅坑的时候把我叫了过去,要和我比一比撒尿,如果谁尿得低,尿得近,那就一天不能吃饭。我明白,是未来的嫂子已经告密了。那一天,我看到了疤子哥哥的下身,才晓得自己上当受骗了,疤子哥哥撒起尿来,比我的头还高,足有五尺多远。那天的早饭、午饭都是稠稠的洋芋糊汤就着酸菜,看着疤子哥哥得意地把我的那一碗也呼噜呼噜吃掉了,我只能不停地吞着口水。

很快,疤子哥哥就要娶亲了。任何人家,能娶到这样一个标致媳妇,也要大摆筵席欢庆一番的。但是那时候,我家真是吃了上顿没下顿,连房前屋后的树皮树根我们也是吃过的,有几次还把我们过去上茅坑擦屁股用的苞谷芯,也磨成了粉蒸成了馒头。这样的馒头放在嘴里,与锯末没有两样。所以要想摆几桌酒席,置办一些被褥家具,那真是比上天摘星星摘月亮还难。按照我爹的意思,既然是换亲,就应该一切从简,各自把人带走,对着香烛一拜天地、二拜高堂、夫妻对拜,再揭了红盖头,就算是过了门,可以上炕开枝散叶了。但是疤子哥哥始终不答应,说是好不容易从天上掉下一个如花似玉的媳妇,要请人吹吹唢呐、抬抬嫁妆、喝喝喜酒,晚上嘛,再入入洞房、闹闹新房才行。疤子哥哥还说,起码让你漂亮的儿媳妇当着全村人的面,给你这个公公倒杯酒点个烟吧?

我爹说,要是年成好,几桌子酒席也不是办不起。酒嘛,可以自己酿几坛子柿子酒,以前我们家房后经常埋着几缸子;菜嘛,可以炒几个萝卜,窝几瓦缸酸菜,再杀几只野鸡炖几个荤汤,也就可以了。但是现在连年碰上旱涝灾害,树上叶子都不长一片,哪有粮食柿子酿酒?地里也拔不出几根青草了。这酒席怎么个办法?

我爹只好对疤子哥哥说,若是你能挣到钱,再唱三天大戏也行。

当时,我们塔尔坪方圆两百里地,除了种地放牛挖药之外,没有任何的营生。遇到要花钱了,唯一的办法就是去几百公里外的河南灵宝淘金子。我们村子里上到七十岁的老头,下到十几岁的孩子,还有老奶奶小媳妇的,除了几个黄花大闺女和立不起筒子的小娃娃,很多都去过金矿淘过金子。有些人因此一夜发达了,有些人却命丧九泉了。在我们那里,当时一旦碰到有新坟出现,你不用问,基本是在金矿上被砸死的。当然谁家如果买了压面机或者是拖拉机,那百分之百是在金矿上淘来的。比如我家上房的邻居,当时在金矿里挖到一块死沉死沉的石头,背出矿洞后在水里一洗,发现这块石头里镶嵌着"颗粒金",最后借用了一口棺材,随着死人一起把这块矿石抬出了山。在村子还不通电、不通路的情况下,他家就盖上了红砖房,用上了煤气,骑上了摩托车。我一位远房的亲戚就没有这么好的运气了,他在金矿上刚碾出一小块金子,不晓得怎么就走漏了风声,当天晚上就遇到了强盗。当他死命地顶着门板的时候,随着几声枪响,门被打穿了,他的身子也被打出了几条"蚯蚓"。他去世一年后,他漂亮的小媳妇带着一对儿女改嫁他乡,从村子里永远地消失了。

我所说的这些,你不要以为是传说,那都是实实在在的,是有人证与物证的,甚至可以用生命与灵魂来做证。我的疤子哥哥,坟上的茅草已经长得齐腰了,坟头的核桃树已经碗口粗了,他就是其中的一个证人,是以死为证的。

在定下开年春天迎亲的日子之后,农历七月十二的早上,疤子哥哥带着一床棉被、一件棉袄、一双布鞋,要去河南灵宝金矿了。这之前,他已经去过几次,每一次回来,除了带着一些零碎钱之外,还带着满身的伤疤。对于这些伤疤的来源,我曾经多次好奇地问过他,但是疤子哥哥都是一句话不说,只是淡然地汪着眼泪。最后我从大姐那里才晓得了一些真相。说是淘金子,其实大部分人就是去偷,比较胆大的就是去抢。他们住在山林里,等到天黑的时候,摸黑从悬崖峭壁上偷偷地爬进矿洞里,扫一点零散的矿石,或者是放炮炸一些矿石,装进蛇皮袋子扛出矿洞,背到几十公里之外的山下,几毛钱一斤卖给碾金子的人。

偷到矿石的时候,要扛着沉重的袋子,在无边无际的矿洞里奔跑。朝外逃跑的时候,必须拼命,不能太慢,不能回头,不能歇息,被绊倒了必须马上爬起来,爬不起来也不能出声,一出声就会被保安队发现。有人跑着跑着,裤带被挣断了,裤子溜下去了,必须光着屁股继续跑;有人跑着跑着,嘭的一声一脚踩空,掉进了深不见底的矿井;有人好不容易跑出了矿洞,不小心滚下了悬崖;有幸逃出了矿洞的,依然要使劲地逃跑,因为保安队会拿着棍棒,在后边疯狂地追赶。如果被抓住了,不仅会遭到一顿毒打,还要交一笔赎金才能被放出来。小孩子和女人是相对安全的,所以村里的孩子和女人有不少去过河南灵宝的金矿。当然,这都是很多年之前的事,如今都成了噩梦一样的回忆。

从这些淘金的乡亲身上,我第一次学到了一个藏宝的好办法。他们卖矿石得来的钱,是不敢装在身上的,即使放在自己的内衣里也是不保险的,更不敢放在自己藏身的山林里,这会被清山的人或者拦路的强盗给搜走。乡亲们一旦拿到了钱,必须连夜不停地再赶到山上,找一个没有人的地方,在地上挖个坑把钱埋起来。埋钱时一定得做好标记,搞不好就被人偷偷挖走了,有的被老鼠当成美食吃掉了,还有的纯粹是找不到地儿了。我大姐也去过金矿,她有一次埋完钱,就在上边拉了一堆屎。但是正是这堆屎暴露了藏钱的地方。大姐说,屎是被野兽吃掉了,但是钱呀肯定是被哪个"死人"给挖走了,因为边上留有脚印子。

疤子哥哥这次出门的时候,我未来的嫂子带着一条线的笑容专门从娘家赶过来了。她依依不舍地塞给疤子哥哥一包东西,里面有三颗烧洋芋、两个烧苞谷,还有几个苞谷饼。这是在过年的时候也不见得能够吃到的,是多么隆重的送别礼啊。未来的嫂子走到村口的核桃树下,牵着疤子哥哥的衣服说,赚够十桌子酒钱,就回来吧。疤子哥哥一步三回头地说,我们拜堂成亲的时候,咱再请一班河南梆子,唱一出《屠夫状元》给你听。说着话,疤子哥哥可能是亲了未来嫂子一下,嫂子红着脸一扭头就回家了,疤子哥哥则哼了一首小曲曲,像是进京赶考似的。

这可能是疤子哥哥最幸福的一次出门了。他一时高兴,在快出村子的时候,竟然对着我招了招手。于是十来岁的我就跟着他和大部队一起第一次出了远门,踏上了淘金的行列。

从我们塔尔坪去河南灵宝,首先要走一百多里的山路,翻过好几座大山,跨过几十条大河小溪,然后来到一个叫三要镇的地方。从这里坐汽车去灵宝县城,从县城再步行四十多里上矿山。这个矿山有多高?我举一个例子,我们村子还在凉爽的秋天,灵宝的矿山已经结冰了,尤其矿洞里非常寒冷,偷矿的时候必须穿着大棉袄。

按照我们那里的习惯,去矿山的时候都得带上一些药材或者山货,到三要镇的集市换取一些盘缠。当天,我们每人背着一套蒸笼,就是蒸馒头用的那个东西。我当时只有十二岁,按照我幼稚的想法,我们到金矿,也就是上山采一天药或者放一天牛的工夫。但是外面的世界实在是超出了我的想象,那山高得看不到顶,那河深得见不了底,那路从来没有尽头,而且越走越长,越走越宽。风越走越大,越走越冷,尘土也越来越多。

疤子哥哥把我身上的所有东西,都加到他自己的身上,不停地掏出那些诱人的干粮引诱我说,拐过这个弯子,我们就吃馍了。但是明明一个小峡谷,一指宽的一线天,一个小小的河弯子,总需要绕个半天。每次吃干粮的时候,疤子哥哥总说自己不饿,却像牛一样趴到河边上,咕嘟咕嘟地喝一肚子生水。所以未来嫂子准备的干粮,基本给我一个人吃空了。有一次,看到硬邦邦的苞谷馍有些难以下咽,疤子哥哥就教我一个泡馍的办法。他在河边拦了一个小水潭子,清清亮亮的,有一些阳光。然后把苞谷馍一块块掰开了,扔进潭子里泡着。馍馍经过溪水一浸润,加上温暖阳光的渗入,再被赶来的小鱼儿啄一下,那馍馍就软软的了,透着一丝丝的鱼腥味儿,吞咽起来就不再像在吞咽一块块石头了。

我的脚还是磨出了血泡,因为我的拖累,大部队到下午三四点的时候,离三要镇集市还有五十多里的路程。同行的其他人一直抱怨,说不应该带着这个小屁孩子,如果在散集之前赶不到地方的话，身上的山货就不能出手，明天就没有盘缠吃饭住店坐车了。疤子哥哥急了，就蹲下身子，要背着我前行，但是没走几步，他就晃晃荡荡的了。

这时候，我们已经走出一个大峡谷，进入了一个平川地带。这里已经是三要镇的地盘了，但是离集市还十分遥远。正好看到一辆大汽车从身边飞沙走石地驰过，我问疤子哥哥，为什么不拦一辆汽车坐坐呢？

等到下一辆车开过来的时候，疤子哥哥一下子冲到路中间，把一辆大汽车逼停了，车头几乎已经顶着他的额头了。司机下来就是一拳头，说你不要命了？敢上去拦汽车？疤子哥哥红着脸说，你不要打人好不好！你捎我们一程行吗？司机说，你们又不是矿石，我们是拉矿石的。疤子哥哥说，你把我们几个人当成矿石捎到三要集市，我们给你买几包烟抽抽。司机呵呵一笑，说是两块一个人，少一分都不拉。

两块钱，在那个年代应该是一个大数目。反正那时候，我背一根碗口粗的椽子到十里外的地方只能卖五毛钱；我经常去挖柴胡、苍术、天麻等药材，到十五岁才存了十七块钱。如果放在现在，两块钱不能坐飞机的头等舱，坐高铁的二等车厢肯定没有问题，坐绿皮火车的卧铺那更没有问题。当时大家都很心疼钱，不仅因为累了，也因为好多人一辈子没坐过几回汽车，坐一次汽车是可以夸上半辈子的，所以大家还是纷纷答应了。就这样，我第一次爬上了汽车，虽然它破破烂烂的，上边装着满满的矿石与树木，连一个立脚的地方也难找，但是我感觉这是人世间最牛的东西了。

疤子哥哥得意地看着我说,第一次坐汽车吧?我说,不是的,是第一次看到汽车。疤子哥哥说,第一次跑得这么快吧?我说,不是的,是第一次像麻雀一样飞起来了。疤子哥哥说,明天早上,你还能看到更大的车,跑得更快的车,而且它们会发出哐当哐当的声音,那是火车;也能看到最小的车,三个轮子的蹦蹦车,那些都是好车。我真想问,车到底是大了好,还是小了好,是有响声好,还是默不作声好,但最后还是闭嘴了。因为这个铁疙瘩跑得比我们家的老黄牛发情的时候还要威风,它用力地在土路上奔跑着,身上渗着暗红色的铁锈,身后喷射着黑烟。路边的杨树、房子和坟墓,都呼呼地朝身后跑,模糊得让我看不清世界。

疤子哥哥又说,你坐在屁股底下的,就是我们要去偷的金矿。我看着这些与我们那里没有区别的石头,好奇地问,这么多啊,都是金子吗?疤子哥哥拿起一块看了看说,如果都是金子的话,拿一块就可以娶一百个媳妇了。我们村子所有女人加起来,连那个哑巴也算上,也没有一百个。我张大了嘴说,那我们现在就偷一块回去吧。疤子哥哥笑了,你个娃娃蛋子,哪有这么容易啊?这些都是矿石,要很复杂的手续,才能碾出金子来的。这一车啊,能碾出不到一两的金子吧。

当汽车从一排柳树中穿过时,一枝茂盛的柳枝压得太低,狠狠地抽了我一个耳光,把我的脸都抽红了。多年之后,每每想到柳枝的这一记耳光,那种疼痛感仍然清晰地存在着。我一直以为,抽打我的不是柳枝,而是一只命运的小手,可惜的是我那个时候根本没有明白上天的这个提醒。以后，每每看到许许多多的树木，在人间不同的角落里，在生命的不同阶段，使劲地摇晃着，像是在使劲地抽打着，我的心就跟着一起颤抖。

我还没有来得及细想，只听到轰隆一声，什么事情都不记得了，生命在那一刻永远变成了空白。也不晓得过了多长时间，我听到一条河流哗啦啦地从我的头顶上流过。这一路上，我们都是蹚河而行的，是把一条条河踩在脚下的。恐怕只有对于被埋在地下的死人，世界才会如此颠倒吧？当一条河流覆盖了我的全身时，我感觉到了流水的寒冷，以为自己已经死了。我伸了伸脖子，蹬了蹬腿，把自己的头伸出了水面。我的身上压着树木与矿石，旁边到处是鬼哭狼嚎。再向远处看，刚才坐着的那辆汽车，四个轮子朝天歪着。随后我才晓得，这就叫翻车，人世间随时可能发生的悲剧，我却在第一次坐汽车的时候遇上了。

同行的几个人中，有的闭着眼睛横卧在沙滩上，再也不会有任何动静了；有的鼻子嘴巴里流着清水与沙子，又站起来了。我躺在河水中，不停地叫着疤子，也叫小毛，还喊了几声哥哥。自那天之后，我不再叫他别的名字，我只叫他哥哥。但是再没有人答应我了，再也看不见那张抽来抽去的面孔。

我终于被什么人拽出了水面，像是从河水里揪出的一根水草。他们把我架起来，朝河滩上拖，沿途的百姓都赶过来了。有的是来救命的，有的是来看热闹的，有的是专门来送东西的。也许看我这个孩子可怜，提着苹果的就掏两个苹果给我，提鸡蛋的就塞一个鸡蛋给我。还有一位大妈，塞给我一把韭菜说，这么小的孩子都上金矿了,好可怜啊。

旁边的一位大爷,最后塞给我一只鸡,翅膀乱扇的一只鸡。他说,可怜他的哥哥被压在汽车下面了,现在还没有拽出来呢,他哥哥在翻车的时候推了这个孩子一把,才让这孩子逃过了一劫。

等我被送到医院的时候,我也不晓得为什么天就黑了。我的哥哥就从这一天晚上起,带着他二十岁的青春,带着对一个女人的美好想象、对洞房花烛夜的美好期盼,突然地离开了我。这次车祸,车上九个人,其中三个死了,他们就埋在村子的路边。我每次出门或者是回乡,从坟边经过的时候,往日的情景都会浮上心头;还有三个人终生残疾了,他们永远走不出我日夜牵挂的塔尔坪了,据说有一个拄着拐杖在四处乞讨;还有那么几个人,虽然在身体上没有留下什么缺陷,但是在心灵深处留下了抹不去的阴影,他们永远不敢再出门去打工了。

按照医生的说法,我这个孩子命大,除了腿部划了一条小口子之外,没有任何的问题。但是我还是在医院里整整住了一个月,天天拍打着我的大头撕心裂肺地喊叫着。每次一喊叫,就有小护士跑过来,在我的头顶上挂起一个玻璃瓶子。许多年后我才晓得这就是吊盐水,仅仅是一种加了盐的水而已,并不是什么珍贵的药。在医院住了一个月,我回到家的时候,哥哥已经入土为安了。好长时间我都不敢去他的坟前烧纸,因为我根本就不能接受他已经离去的事实。但是我的怀里,有一个不为人知的秘密——那天从河滩被架走的时候,我抓住一块含金量不高的矿石偷偷地揣进了怀里。

那一年,两个姐姐已经出嫁,我妈已经去世多年,我爹已经到了知天命之年。哥哥一离开,家里就剩下我和老爹了。这对我们一家的打击是十分沉重的,它带给我的不仅仅是亲人间的生离死别,而且整整地影响了我的一生。最最浅显的,就是当我离开村子,在外边一年四季地流浪的时候,因为哥哥不在了,我的老爹就成了一个没有依靠的老人,而且等到老爹百年之后,我在村子里将没有一个亲人了。

随着这次淘金之旅的半途而废,我感觉到做一个农民真的好苦。住院的时候,有一个小护士问我,你这么小,为什么不上学呢?我问,上学做什么呢?她说,上学就可以不种地不放牛了呀。这段对话,第一次启迪了我。在我愚昧的幼年,我和一只动物是没有多大差别的,真的不明白人生除了种地、放牛、挖药,竟然还有另外一条路可以选择。在我小学毕业的时候,我是考了全区第一名的,数学一百分,语文八十分,但是小学毕业后,我实在不晓得为什么还要继续上初中,上完初中又能做什么呢?车祸发生之后,已经辍学的我,有了复学的念头。

那天下着倾盆大雨,我提出了上学的想法。我爹开始是极力反对的,他觉得哥哥既然死了,未来的嫂子就理所当然地归我所有了。他希望在明年开春之后,我能代替哥哥把那个笑眯眯的女人娶回来,但是我毫不犹豫地拒绝了。我爹无奈地从箱子底下拿出一张存折,塞给我说,这是你哥哥死后,人家赔给我们的八百块钱。哥哥出车祸后,叔叔代表我们家去了一趟三要镇,谈判的最后结果是,哥哥的一条命,他苦难的一生,为我们家换来了八百块钱。

我爹拿出存折塞给我后,没有戴草帽,没有披蓑衣,光着头淋着大雨,就去门前的河里挑水去了。那天,我冒着大雨,看着我爹被两只水桶压弯了腰的背影,到中学上学去了。开学一个月了,当我对着一位名叫杨元琪的校长,哭着说出"我想念书"时,这位校长愣了半天,也许被感动了,也许感觉面前的这个孩子将会拥有一个不一样的人生,他赶紧把我带到了他女儿杨红梅任班主任的初一(2)班,并且叮嘱女儿好好照顾我。至今我也不明白,除了破衣烂衫之外,杨老师并不了解我的家境,我也没有吐露过自己未来的梦想,但是她给予了我很多的帮助,免去了我所有的书本费,还经常偷偷地塞给我一点吃的。我也没有令她失望,每次考试都是第一。有一次,我得了几个一百分,在电影院里召开了颁奖大会,发了三块钱的奖金,我用其中的一块五毛钱称了几斤大米背回了家中。

随后的求学生涯中,我吃过同学的剩饭,偷过小饭馆的馒头,啃过又苦又涩的榆树皮,甚至吃过石头粉。直到我二十岁的时候,我都没有吃上过一支冰棍,没有穿过一双皮鞋,没有请女人吃过比馒头更好的东西。多少次,当我没有钱交学费、没有钱买书的时候,我都不会对这张八百元的存折产生奢望,而是爬上大山,或者砍柴,或者挖药,用这微薄的收入来支撑我的学习。但是谁也不知道,我这个穷得顿顿都要舔饭碗的孩子,却随身携带着一张八百块钱的存折,这是多么大的一笔巨款啊!

如今哥哥已经离开整整三十年了。在这三十年中,我从那场车祸中起步,已经走到一千三百公里外的上海;我从农村的一个放牛娃、一个庄稼汉,已经变成了在高楼大厦里上班的白领;我从当年的那个光屁股小孩子,已经变成了头发花白的、年过不惑的中年人。有一天,我去一家金店闲逛,突然发现黄金已是三百块一克了。我质问,怎么这么贵呀?原来不是五十块一克吗?金店的服务员晃着脑袋说,你是不是傻子啊?五十块一克?怕是几十年前的事情了吧?如今盐都多少钱一包了?

这时我才明白,哥哥离开的那一年,他淘出的金子也许就是五十块一克。我不晓得哥哥当年所淘的金子如今用在什么地方了,反正在大街上我放眼望去,许多人的脖子上、耳朵上、手指上,都戴着金闪闪的项链、耳环、戒指,每一个恐怕都远远地超出十克了吧?我从家里翻出那张储存了三十年的存折,审视了半天,才明白,满怀着爱情与青春的一条命,当年只值十六克金子,如今只值不到三克金子啊。

这么便宜,这么轻飘飘的,为什么仍然像当初一样沉重?我发誓,一定要把哥哥换来的这笔钱当成一笔永不贬值的金子放在银行里储存下去,不计利息、不计涨跌、不计年月地一天天储存下去。因为我储存的不是一笔财富,而是哥哥永远不会变老、永远不会复活、永远停滞在十九岁那个青春年月的一条小命。

喜鹊回来了

我们的族谱

我家有个院子,院子里原本住了几十号人,如今只剩下我爹一个人了。每天清早和黄昏,我爹第一件事情就是坐在门枕上,一边抽烟一边越过门前的山头朝远处看。屋顶上原来是有喜鹊喳喳叫的,喜讯越来越少,喜鹊就消失了,换成了不祥的乌鸦,时不时地跑出来呱呱几声。

我家那个村子叫塔尔坪,属于陕西秦岭东边的丹凤县庾家河镇。这个村太不起眼了,以至于你在地图上不仅查不到,在任何典籍中也是翻不出来的。到过塔尔坪的人,恍惚间都以为《百年孤独》中那个叫马孔多的小镇就是塔尔坪,可能比塔尔坪还要逊色不少。塔尔坪方圆十来公里,依山傍水,居住着近百户人家,清一色的姓陈,取名字也是有规矩的,是要按着辈分来的,一听名字,长幼尊卑,自然就明白了。原因是,塔尔坪的陈氏全由一个祖先开枝散叶而来,每隔几年就会修一次族谱,记下每户考取功名的情况,以及各家人丁的生卒年月。我翻过陈氏族谱,薄薄的几十页,始祖以下的辈分,顺序是宜、治、先、元、正,我自己是"元"字辈的,我的原名叫陈元喜。

塔尔坪的地势,也叫风水,是极为少见的。一般情况下,无论山有多大,都应该有一个出口,但是塔尔坪像个水壶,出口在天上,一年四季吐着雾气,从上边俯视的时候,像一只水壶架在炉子上。条条山溪汇在一起,形成了一条无名河,自西向东流下,眼看着就要汇入大河的时候,被一座山给凭空挡住了,河水一下子不见了,又从山的另一头以泉水的形式冒了出来,像正在给人沏茶倒水一样。这种群山环抱式的地形,在中国风水理论里边,属于生龙诞凤的风水宝地。据传,在某朝某代,朝廷派人寻访名山大川,想找一块皇家陵园,风水师对塔尔坪啧啧称奇,把我们塔尔坪报了上去。但是这里山高皇帝远,地方又十分狭小,根本没有办法施工,也没有空间办祭祀大礼。风水师建议,塔尔坪有帝王之气,必须建一座七层佛塔,把这块宝地给镇住,不然将要出现反王。

这是不是传说,已经无从考证,不过七层佛塔是真实存在的。这座塔经过风吹雨淋,在清末民初的时候就倒掉了,这便是"塔尔坪"之名的来历。

塔倒之后,我们村的人欢呼雀跃了好多年,传得比较响的说法是这里将要出一个大人物。村里人胆子大，什么都敢想，起初说是要出宰相，后来说是要出大总统，再后来说是要出省长市长，大家的说法随着社会的变迁就这样一起改了过来。凡有个孩子出生，大家便聚集在村口的大核桃树下，眼巴巴地听着那一声声啼哭，希望那个大人物就是这个婴儿。可是等着等着，孩子一个个出生了，又一个个长大了，没有一个有太大出息的，直到村里的青年人全部进城打工了，没有孩子在这里出生了，大家才彻底失望了。再后来，我从学校毕业，被调入了县委大院，消息传回了塔尔坪，大家又咋咋呼呼地说，不得了了，我们陈家要出县长了。

还是回头说说塔尔坪吧。话说一百多年前，有两位亲兄弟，有说是逃荒的，有说是避难的，寻访到了这个地方，大兴土木，开山种地，从此扎下了根。这就是我们陈氏在塔尔坪的始祖。有个讨饭的女人，循着炊烟也来到了塔尔坪，一个人嫁给了这两个兄弟。这两个兄弟生有六个儿子，属"宜"字辈，我们称为"老太"，按长幼分为六支。六支又依山势地形，建了六座前庭后院，娶回六个女人。六支又各生六子，按长幼称为六房，属"治"字辈，每房再建一个大宅院，总共六六三十六房，陈氏自此在塔尔坪枝繁叶茂地蔓延开来。

我的爷爷叫陈治坤，是兄弟六个中的老二，所以我们那一支被称为二房。我们管爷爷不叫"爷爷"，叫"嗲"。二房在所有六房当中，不算是人丁兴旺的，但也生了五个儿子、四个女儿，属"先"字辈。也就是说，我有四个伯伯叔叔、四个姑姑。我管父亲也不叫"父亲",而是叫"爹"。我爹大名叫陈先发,在兄弟姐妹中排行老六,所以他的小名叫六娃。我为这个小名,还被我爹打过屁股。原因是,小孩子之间吵架的时候,别人都骂我"六娃×,娟子×",我不明白是什么意思,以为"六娃"与"娟子",就跟"狗日的"一样,也是骂人的词语。于是别人骂我的时候,我就大声回敬几句"六娃×,娟子×"。别人听了就哈哈大笑,我爹听了,就十分来气,拿着棍子抽打我。直到好多年后,我才明白过来,六娃与娟子不过是我爹我妈的小名而已。

我每次回去,我爹都指着只剩下他一个人的院子嘟囔,我们二房当年多热闹呀,最多的时候有几十号人,吃饭的时候都在院子里蹲着,黑压压的一大片啊。确实如此,不光我们二房,其他五房,这些年走的走,迁的迁,县城,省城,北京,上海,基本在城市里扎根了。如今这些院子,少数租给了别人,多数已经空了。族谱编修大典原定三年一次,慢慢也就中断了,因为后人们都去了天南海北,根本没有办法聚齐,所以哪家添了新丁,哪家考取了功名,一概是不明不白的。

虽然如此,我们的族谱还有一项内容,一直没有停止记载,那就是死。塔尔坪大部分老人都是死在塔尔坪的,因为老人不愿意出门,自然就死在这片土地上,埋在这片土地上。有那么几个老人,随着儿子孙子进了城,但是生前留下了遗嘱,得把他们拉回塔尔坪去,这叫作叶落归根。有一个远房的伯伯,随着儿子一起去了南京,在那里日子过得很滋润,像当地主的时候一样,吃完了饭,专门有用人打一盆热水,一边给他洗脚一边给他捶背。老人去世之前，儿子希望在中山陵边买一块上好的墓地，雕刻一个汉白玉的墓碑，而且答应会像他活着的时候一样，不但要给他送小汽车，送别墅，还要送一对金童玉女，专门在另一个世界侍候老人。但是老人留下了话，必须把他的尸体运回老家，万万不能火化，不然托不了生。老人去世后，儿子自己开着车，走了三天三夜，才把尸体运回了塔尔坪。我回塔尔坪探亲的时候，看到过老人气派的墓，像一只花蝴蝶一样伏在路边，只是走近了细看，墓前已经生了荒草，怕是好久没有人祭拜了，显得无比苍凉而孤单。

族谱记载的事情原来是由族长负责的，自从族长去世了，这项关于死亡的内容，就由几个老人轮流着负责。原来是要开大会的，还要焚香祭祖的，如今这些礼节虽然省略了，不过每次有人死了的时候，老人们还是默默地坐在灵堂里，把死者一生的信息记在族谱里。我翻过一遍我们的族谱，前半部分像是一棵大树枝繁叶茂，到了最近十年，因为没有记录生，只是记录死，而且死人也越来越少，这棵树就瘦了，不再像一棵树了，而像是一棵颠倒过来的小草。

大伯的下落

在父辈之中，大伯是一个谜，好像他从没有来过，又好像从没有死去，但他又像是悠悠飘过的一朵白云，确确实实地在我们的头顶停留过。

大伯是没有名字的，我不明白是根本没有起名字，还是名字被大家忘掉了,反正他是"先"字辈,应该叫"陈先"什么的。大伯生于何年,同样没有人记得了。他是兄弟五个中的老大,与1938年出生的我爹之间,夹着一个兄长、两个姐姐,这样推算下去,大伯应该是1930年以前出生的,那时还属于民国时期,一个尘土飞扬的乱世。而且他没有任何子嗣,不知道是死于哪年哪月,也不知道葬身何处。因为他的消失根本不是死,只是生不见人死不见尸而已,所以说不定他有名字,也有子嗣,如今依然健在。在我们塔尔坪,这个如烟如雾的大伯,激起了孩子们无穷的想象力。有些孩子往坏处想,把他想成了周扒皮或者刘文彩,有些孩子往好处想,把他想成了《上海滩》里的许文强。塔尔坪的孩子见识少,从书本中、电视上就认识这么几个人,所以不管正面的反面的,提起大伯的时候就眉毛胡子一把抓。正是这种不确定性,让人觉得大伯格外神秘,似乎是无所不能一样。所以孩子们对大伯充满了敬意,这种敬意有点像对待神仙,似乎大伯已经化为了神仙。

据我爹回忆,在大伯十八岁那年六月,他正在院子前的那块麦地里收割麦子,大片的麦子已经金黄,布谷鸟在远山上不停地叫着,这时候突然冲来一群荷枪实弹的人,把大伯从麦地里直接揪走了。大伯当时是光着膀子的,想回家带件衣服,顺便再跟家里人打个招呼,但是这群人以为他要逃跑,干脆把他的裤子也给脱了,他光着屁股五花大绑着被架走了。他不停地呼叫着,一家人谁也不敢轻举妄动,因为这帮人端着枪,瞄着麦地里的麻雀,不时地开上一枪,吓得大家都盲哆嗦。

这就是国民党拉壮丁。大伯被强迫当了国民党反动派的兵。当兵后,大伯随着部队一直南下,有一些壮丁中途就逃回来了,捎了一连串的口信,一会说大伯到武关了,一会说大伯到西峡了,一会说大伯到南阳了。最后一个消息是从南阳传回来的,说部队里患了传染病,个个肚子闹得稀里哗啦的,别说上前线打仗了,连枪杆子也端不稳了,晚风一吹就倒成了一片,部队就在卧龙岗卧了半个月。再往后就没有任何消息了。

大伯失去音信之后,几十年间,无论是他的父母还是他的兄弟姐妹,好像没有人主动寻找过他。我的理解是,对父母而言,那时候人命是不值钱的,甚至不如一只鸡一头牛。鸡可以下蛋,牛可以犁地,死了后都可以吃肉。我的印象中,如果家里有一头牛丢失了,是要打着马灯连夜进山,把它给找回来的。我有几次采药迷路了,半夜还没有回家,是没有任何人关心的,待遇比那些畜生差远了。对兄弟而言,少了一个大伯,就少一个人分家产。后来分家产的时候,为了多分一个碗,多分一把椅子,除了大伯不在,剩下的四个兄弟吵得不可开交。我爹心软,懒得争吵,一个大院落,我家最后只分了两间房、一把铁锨、两个半碗。碗是黑陶碗,私窑里烧制的,不是圆的,是不规则的,那半个是破的。恐怕还有一个原因也至关重要,兄弟几个仅地主崽子的身份,就得天天被拉出去批斗,瓦烧不蓝要批斗,天不下雨也要批斗。我的堂兄与我的大姐成长的时候,正好赶上了那个时代,他们在学校里考试基本是第一名,但是就因为成分不好,不但不能上大学,连当个团员的资格都没有。大伯如果还活着,那可是国民党的兵,国民党的兵就是敌人,就是反革命,如果把反革命给找回来,兄弟们自然是要受到牵连的,就不是批斗而已了,简直是在找死啊。

不过,中国实行改革开放后,以发展经济为中心了,大家一窝蜂地开始赚钱,个个都梦想着睡一觉醒来,眼睛一睁就成了大富翁,再一睁就成了有背景的人。我这个卑微的放牛娃自然也不例外。我就实话实说吧,从那个时候开始,我就像那个灰姑娘,大伯就像那个会变魔术的老婆婆。我对大伯的兴趣达到了极致,感觉他不再是我的大伯,而是埋在地下的一笔宝藏。我私下里是找过几次大伯的,相信我们二房的堂兄堂弟们,私下里也是找过大伯的。谁先找到了大伯,就等于是找到了这笔宝藏。因为,我们毕竟是可怜巴巴的农民,有几件值钱的家具早被贫农们给分掉了,哪怕是陈氏的其他几房,也没有出过一个当官的,更没有几个发大财的。而大伯,是唯一可能为我们创造奇迹的人。

当放牛娃那阵子,我把牛放到山坡上,望着远处空蒙的大山,一遍遍地呼唤着"大伯啊大伯",像我们那里呼唤山神降雨一般,我不明白把他叫出来的意义是什么。每次当我站在山梁上大声呼唤的时候,总会把一群动物给吓得四处乱跑。有一次却不一样,一只锦鸡——在这里我只能称它为锦鸡,因为小时候我还不知道有一种祥瑞之鸟叫凤凰——随着我的呼唤徐徐地降落在我面前的一棵大树上,它嘎嘎的叫声反而把我吓了一跳。我当时认定它不是别的,正是我的大伯转世了,或者是我的大伯派来的。大伯似乎问我,你叫我有什么事情吗?我说,没有事情呀。大伯似乎说,没有事情你这么大声干什么呀?我说,我想你了呀。大伯似乎说,骗人的吧,你是我侄子,有事情你就快说吧,别客气。我说,你真是我大伯吗?那你就让我家的老黄牛怀孕吧。

说实在的,锦鸡确实是存在的,我也和它对过话了,不过是我自言自语而已。对完话,锦鸡就飞走了,不久我家老黄牛果然怀上了牛犊子。

还有挖天麻,天麻比较值钱,是我们塔尔坪最重要的药材,每到夏天,大家就会一窝蜂地拥上山。能不能挖到天麻完全是要靠运气的,运气好的话会遇到一大片天麻林,运气不好的话恐怕连个天麻苗子也看不见。我小时候运气好得出奇,别人都说我是发财的料子,所以我往哪座山里钻,大人孩子就跟着往哪座山里钻。他们说这是一个人的命,其实我有一个小秘密,从进山开始,我就在心里默默地念叨着大伯,希望大伯能够指引我。

若干年后,我长得差不多大了,走出了塔尔坪,是这样一次次寻找大伯的:我每到一个地方,无论游玩还是开会,比较喜欢逛的地方是烈士陵园。我去过的烈士陵园非常多,在陕西,有商洛烈士陵园,有丹凤烈士陵园,有我们庾家河镇建起来的战斗纪念亭。有一次从河南南阳经过的时候,我去了南阳的烈士陵园;到江苏南京游玩的时候,我去了雨花台烈士纪念馆;后来定居上海,我还以《龙华烈士陵园》为题写过一首诗:"想永远躺在烈士陵园/凭着我一生也换不来一张门票/我常借着祭拜的名义/到这里欣赏桃花/顺便看看是否有我的亲人/已经为我做好了铺垫/做不了大树的我/趁着现在还活着/要学学先烈们的样子/在门外的龙华路上/做一棵喜欢太阳的小草/在春天里,偷偷地挺一挺腰……"

其实,我去烈士陵园,好处还是比较多的。一是缅怀烈士,接受爱国主义教育,激发自己的生活斗志;二是欣赏风景,烈士陵园和寺庙一样,一般情况下都风景优美,苍松翠柏,环境清静优雅,比如我们丹凤县烈士陵园,整个县城没有什么地方能有这么多的鲜花;三是顺便找一找我的大伯,我在冥冥之中总觉得,大伯最终应该成了一名烈士,或者说烈士就像我的大伯一样。

到烈士陵园找大伯,而不去其他地方找大伯,我是这么想的:当年大伯被拉了壮丁,进了国民党的部队,肯定有机会弃暗投明。如果他后来加入了共产党的部队,当了一名解放军战士,为了民族的解放战死沙场,甚至是堵过敌人的枪眼,炸过敌人的碉堡,成了一名英雄人物,那我们就是英雄人物的后代。英雄人物的后代会受到不少优待,领取抚恤金呀,上学加分呀,就业时优先录取呀。这些似乎都在其次,最重要的是很光荣,我就可以自豪地告诉别人,我是农民的后代怎么样?我亲亲的大伯是大英雄,也曾为中华民族的解放抛过头颅、洒过热血!

所以,每次到烈士陵园,我就特别认真仔细,不仅学习英雄们的感人故事,还趁机一块一块墓碑去辨认。因为大伯姓陈,又是"先"字辈的,我就特别留意有没有叫"陈先"什么的人。如果有,就有可能是我的大伯了。有一次,我在丹凤县烈士陵园里,看到一块墓碑上有一位烈士姓陈,后边两个字模糊不清,我有一些小小的激动,死缠烂打地找到了管理人员。人家搬出了花名册说,这里姓陈的烈士一大批,但是没有叫"陈先"什么的,连"陈前"什么的都没有。在烈士陵园里,我看到不少"佚名烈士之墓",说不定大伯就在其中,虽然感觉有一点点遗憾,但我还是不停地安慰自己,我的大伯也许就是一位无名英雄。

有一次,我去庚家河镇办事,顺便坐下来吃了一碗浆水面。浆水是用野菜做的,等面条煮好了,还可以走出小店的后门,采点新鲜的挂着露水的叶子,有薄荷,也有山蒜,直接放入热气腾腾的面里。那是我这辈子吃过的最令人回味无穷的面条了。小店的老板娘说,你别看我这个小店,也算老字号了,当年鄂豫皖省委常委会就在隔壁召开,他们说不定还在我们店里吃过浆水面。

隔壁的会议旧址如今已经建成了展示馆,我参观了一下,初步了解了这段历史。那是1934年12月10日,中共鄂豫皖省委随同红二十五军自豫入陕,在庚家河街上的"春茂永"中药铺召开第十八次省委常委会议,省委书记徐宝珊主持,参加的人有程子华、吴焕先、徐海东等,会议做出建立鄂豫陕革命根据地的决定。会议进行到中午,国民党军六十师突然自鸡头关袭来,占领了七里荫岭的制高点。红二十五军军长程子华、副军长徐海东立即亲临前线指挥反击,经过二十余次的反复冲杀,敌军伤亡300余人,红军伤亡百余人,两位军长均负重伤。早在1984年,为了纪念这次战斗,人们便在山岭最高处建立了纪念亭和纪念碑，碑上的几个大字是请中共原鄂豫陕省委委员、原红二十五军政治部主任郭述申题写的，立于一片天然的松树林中。我曾经多次来到这个亭子里游玩过，看着苍茫的群山，真是感慨万千，没有想到曾经的战斗离自己并不遥远。

老板娘说，你坐着的这把椅子说不定也是革命家坐过的。这把椅子被磨得油光发亮，让我油然升起了几分敬意。我一边吃面条一边回味，思绪再一次联系到了我的大伯。我们塔尔坪周围的几个村，"陈"与"程"是不分的，不仅读音不分，经常写着写着就混淆了。有好几个孩子本来姓程，念书的时候被写成了"陈"，从此就跟着姓陈了。陈氏是大户，能姓陈也算入了主流。那么，程子华会不会就是大伯呢？在那个年代很多人都改名字，大伯改个名字也是有可能的，改名字在战乱时期是为了躲避敌人，在和平年代是怕家人打扰他、找他办事情，就继续隐姓埋名了。即使程子华不是大伯，在死伤的人中也许有大伯，因为这支部队是从河南打过来的，而大伯正是在河南那边消失的。我随后找到了我们丹凤县党史研究部门，一个姓程的朋友说，你这不是瞎掰吗？我正好姓程，程子华也姓程，起码五百年前还是一家呢，我都不敢和他攀扯什么，你就不要做梦了吧。

还有一件事，也显示了我年少无知和追随革命前辈的迫切心情。那是我有一次看《新闻联播》的时候，发现一位十分伟大的人物陈先生。听到陈先生的这个名字，按说我是不会联想到大伯的，两个人的差距实在太远，连让人想象一下的胆量都没有。但是陈先生与父辈们的长相真是太相似，我便在空闲的时候上百度搜索了一下，偏偏又发现他有个儿子叫陈元。陈元意味着什么？"陈"是我们的姓氏，"元"是我这一代的辈分，而且我们兄弟中间恰恰有人叫陈元，和陈先生之子陈元同名，这不由得让人浮想联翩啊。那阵子，我趁着去图书馆的机会，专门查阅了有关党史资料，特别是有关陈先生的资料。我从资料中找到了两个疑点：一是他生于1905年，起码要比大伯大二十岁；二是他的老家是江苏青浦（后划为上海青浦），根本与陕西不沾边。我借出差之机追到了上海的青浦区，参观了陈先生的故居，聆听了陈先生的革命事迹，我还是无法接受他和我大伯毫不相干的事实。"我爹叫李刚"很流行的时候，有人问我叫什么名字，我自豪地开了个玩笑，我是陈元的兄弟陈元喜。

两岸关系正常化以后，我开始喜欢看两岸来往的新闻，尤其喜欢看两岸之间的寻人启事。电视台的寻人启事，报纸夹缝中的寻人启事，与台湾有关的我都会搜索出来，想办法联系一下。大伯最初被拉了壮丁，进入了国民党部队，从河南往前走是安徽，从安徽往前走就到了南京。南京是国民党的老巢，好多人在国民党垮台的时候，从南京随着蒋介石逃到了台湾。我在想，大伯如果大难不死，在枪林弹雨中一路跑到了南京，然后随着蒋某人一起逃到了台湾，在台湾找了个婶婶成了家，成了大老板什么的，这种可能性不是没有。陈某某在台湾当道的时候，有朋友就嘲笑我，说看看你们陈家人，净出忘恩负义的家伙，竟然数典忘祖，不承认自己是中国人。假设陈某某是塔尔坪人，他同样是不会承认的，因为这里只是他的出生地，他是从这里被绑走的，其他什么都没有。没有名山大川，没有历史古迹，有一座塔吧，还倒掉了，只有一帮穷苦的兄弟，或许还会让他感到丢人。我断定，大伯绝对不会是这样的货色，他如果真的逃到了台湾，也一定会心系家乡，一定是爱国人士，一定会为祖国统一大业尽一些绵薄之力的。

那阵子，经常会听到这样的消息，台湾某某某亿万富豪回到大陆寻根问祖了，或者是某某某亿万富豪临死前留下一大笔财产，委托律师转交给大陆的亲人。我开始不以为然，但是偶尔遇到一些势利小人，对着那些有钱的大老板点头哈腰，对着我这等穷酸的乡巴佬嗤之以鼻的时候，我就暗暗地想，你等着瞧吧，或许某一天，我就突然收到一封信，是来自台湾的关于财产继承的遗书，到了那个时候，我一定会好好招待他们，绝不会同他们一般见识。后来，我确实接到过几个来自台湾的电话，接通后才知道是推销六合彩的。

我在上海工作时，无意中认识了一个老板，他开了一家名字叫"龙"的婚纱摄影店。当时他请我帮忙，大意是让我给他们搞一个策划，把他的企业给炒作一下。我们约在徐家汇那边一起吃饭，我接到他的名片之后，发现他也姓陈，而且是从台湾那边来的。我当时就感到十分亲切，那顿价格不菲的晚餐本是他要请的，最后我却糊里糊涂地埋了单。这次见面之后，我给他们策划了一个活动，从建筑工人中间海选出十对情侣，免费给他们拍摄婚纱照。这项公益活动一下子引起了轰动，"龙"摄影一下子超过了"巴黎婚纱"。陈老板要感谢我，给我塞了一个大红包，被我拒绝了。这个陈老板三十来岁，企业做得很大，在全国各地都有连锁。从认识他那天开始，我就希望把他和大伯的后人扯上关系，但是经过不断的了解和追问，人家祖宗八代都是台湾那边的。

我对陈老板说，我求你个事情吧。陈老板说，你尽管吩咐吧。我说，在台湾帮我找找大伯吧。当陈老板让我提供大伯的名字、出生年月、照片等信息时，我表示知之甚少，只能告诉他，大伯的故乡在塔尔坪。陈老板很给力，在台湾好几张报纸上都打了寻人启事，结果是可想而知的，什么也没有找到。我看到那张从台湾带过来的报纸才恍然大悟，大伯离开的时候或许塔尔坪还不叫塔尔坪，而是叫别的什么，比如红星村，比如大庙村，因为塔尔坪随着时代的变化改过不少名字。

以上，我对天发誓，不仅仅是我青春年少时的胡思乱想，而且是一个农民之后、一个草根之子的一份希望和挣扎。直到最近几年，当父辈们一个个离世，只剩下我爹一个人，整天看着偌大一个院子发呆的时候，我最最希望的，不是大伯给我带来什么荣光，带来什么意外的依靠和财富，而是以我爹的一个兄弟的名义仍然活着。推算一下，大伯如果没有死在战争之中，没有被那个乱世的疾苦所打倒，依然健康地活在人间的话，不过八十多岁而已呀。

大佬的香火

有时候年龄大小与生命是毫不相干的，这个数字无法用来表示一个人离死亡的距离。

说到真正的死亡,我们二房最先去世的,而且是我亲眼所见的,是我的大叔叔,也就是我爹年龄最大的那个弟弟。我们把叔叔不叫叔叔,根据年龄大小,依次叫大佬、二佬或者小佬。

大佬叫陈先有,生于20世纪40年代,出生后没有几年新中国就成立了,童年算是在新旧交替的夹缝中度过的。大佬人长得没有什么毛病,和长辈们一样相貌堂堂,高高的额头方方的下巴,一张"国"字形的脸。算命先生是这样描述的:天庭饱满地阁方圆,应是非贵即富的命。算命先生说,凭你这副模样,你就晒晒太阳、睡睡懒觉等着吧,肯定会有八抬大轿来抬你的。我爷爷,也就是我爹,对他似乎也十分偏爱,把三间厢房分给了他,还分给他一张床、两把太师椅、一张方桌和两口铁锅,另外还偷偷地塞给他一些银圆。就这么个人,不明白是什么原因,打了一辈子光棍儿。

按照大佬的年龄推算,他适婚年龄应该在20世纪60年代。我分析了一下他打光棍儿的原因:第一,恐怕是受了算命先生的影响。大佬比较懒,整天爱睡觉,太阳还没有落山就钻进被窝里了,第二天太阳晒屁股了还是不起床,直接躺在床上晒太阳。有一阵子把脖子都睡歪了,索性把小名改成了"老歪"。他走路的时候,要不停地朝上伸着脖子,希望把脑袋扶正了,于是感觉那个脑袋不是长在脖子上的,而是放在脖子上的,搞不好随时都有可能掉下来。那个年月是吃大锅饭的,大佬一个人挣工分,一个人吃饭,自然用不着那么卖命。大佬说,我光棍儿一条,不让我睡觉做梦娶媳妇,岂不是太残忍了吗?第二,那个年月,正好是斗地主的阶段,他虽然没有被划为地主,起码是地主的弟弟,这样的成分谁还敢嫁呢?对此,算命先生的解释是,人在这个世上像蚂蚁爬在大路上,不仅要看个人的命,还要看这条大路平坦与否,不然就被乱脚踩死了。我爹叹着气说,斗地主那阵子多可怕啊,他能保住一条小命就不错了,哪还有心思去想媳妇啊。

在几十年后,据我猜测到的情况,大佬一辈子没有成家,最有可能的原因,是一个"情"字。2012年,我远嫁到河南灵宝的一个远房的小姨得了癌症,临去世前念念叨叨地回到了塔尔坪。在我的印象中,小姨自嫁出去后,从来没回过一次塔尔坪。按照我大姐的说法,她是和人赌气,具体赌什么气,大人从来只字不提。小姨生前最后一次回塔尔坪,去我妈坟头坐了一会儿,唠叨了半天的话,顺便又去大佬的坟头,还给大佬烧了一堆纸。我问我爹,小姨和大佬有什么关系吗?她为什么要去坟头看他?

我爹只顾着抽烟,并没有作声。大姐私下里说,小姨险些成了大佬的媳妇,门都上了,亲都定了,过门日子都查好了。我说,像咱妈一样,是用土地换的吗?大姐说,那都解放多少年了。我说,那为什么飞掉了?我爹仍不作声。大姐那时应该还小,自然不明白具体原因,所以这事就成了一个永远的谜。从其他人口中,我了解到一个不太确切的消息,那就是小姨没有嫁给大佬,为此一下子离家出走了。她是在过门前两天跑掉的,她背着个包袱,低头看着自己的脚尖,顺着一条羊肠小道,一声不吭地朝外跑,最后实在跑不动了,就停在了几百里外的河南灵宝。她一抬头，正好遇见一片苞谷林，中间有几间茅草房，里面正在生火做饭。她也不招呼一声，便推门而入，掀开人家的锅盖，吃了十几个蒸红薯。她实在太累了，吃饱了就倒在人家炕上，一觉睡到了第二天中午。此户人家正好有一子，是个白癜风，脸色白得太吓人了，愁着找不到媳妇呢，于是经不住几句引诱，小姨就地把自己给嫁掉了。

我没有去过这位远房的小姨家，但是大姐去过，住了三个月时间，说是让人十分失望。据大姐的描述，那地方比塔尔坪差远了。塔尔坪虽然山大沟深，人是住在山下的，而小姨家住在黄土高坡上，茫茫一片没有一棵树木。没有树木就没有乌鸦与喜鹊，连麻雀好像也没有。一家几十亩的庄稼地，全是广种薄收的那种。最要命的不是粮食，而是那地方缺水，没有水就没有办法煮饭了。每天早上天不亮，小姨就会下山去背水。不像塔尔坪有涓涓小溪，那里的水是从泥土里渗出来的，半天只能勉强接到半桶水，到太阳彻底升起的时候，水就基本断流了。这半桶水背回家，先用来洗菜，然后用来洗脸，洗完脸再用来喂牲口。大姐在小姨家的三个月，没有洗过一次澡，那里的人一年到头都不洗澡。

我问大姐，那为什么不住到山下去呢？大姐说，庄稼地都在山上，住到下边更加艰难，何况也没有山下山上之分。我问，为什么不吃雨水呢？大姐说，吃雨水的呀，家家都有一个水窖，把雨水收集起来，水里都长了虫子。一年到头，雨水非常稀少，房子就不怕风吹雨淋，所以全是土坯子垒起来的，房顶上没有瓦，只铺着一层薄薄的茅草。小姨得的癌症不是别的，应该是胃癌，半辈子没有水喝造成的。不过这是大家猜测的，家人要送她去医院检查一下，说是要死也得死个明白。她坚决不同意，说是没有意义。不明白小姨的意义到底是什么？

那个年代得胃癌去世的人比较多，大家说我妈三十九岁的时候，就是得胃病去世的，我大佬也是得胃病去世的，虽然没有得到什么诊断，但基本可以断定是胃病。因为没有粮食，大家整天吃树皮草根，还吃过一种粉状的石头，所以那胃已经不是胃了，像一个水泥搅拌机。大佬一个人挣工分，按说够一个人吃了，但是有几年颗粒无收，工分根本分不到粮食。大佬没有吃石头粉，但是吃过苞谷秆。

在我记事的时候，我见过大佬吃苞谷秆。他把颗粒无收的苞谷秆，用刀一根根剁碎，然后放在一个磨盘上，磨成了粉。我们院子中间有一扇大磨盘，也许整天磨这些粗糙的东西，磨盘一天天薄了，一尺来厚的大磨盘，如今只有烧饼那么厚了。大佬用苞谷秆磨成的粉蒸了一锅馒头，馒头出锅的那天早上，太阳特别地温暖，他坐在门槛上神秘地朝我招了招手。他说，饿了吧？我说，一天滴水未进。他说着，掀起热气腾腾的蒸笼，把一个馒头扔在我的手心。我好像几年都没有吃过馒头了，看着白里透黄、黄里透青的馒头，狠狠地咬了一口，才发现，这不是平常的馒头，牙齿咬在馒头上竟然打滑。怎么比喻那个馒头呢？我当时就告诉大佬，它很像牛粪疙瘩。如果放过牛的人，肯定捡过牛粪疙瘩。从牛肚子里刚拉出来的一摊摊牛粪，冒着热气就是这个样子,经过太阳晒干了,硬邦邦的也是这个样子。唯一不一样的,牛粪除了青草的味道外,还会有一点尿骚臭,而这个苞谷秆蒸出来的馒头没有任何味道,放在嘴里像老牛在咀嚼一把青草。

大家还有一点证据,可以证明大佬是患了胃病去世的。在他去世前的十几年间,不停地打嗝,不断地从胃里向上泛酸水,后来时不时地开始吐血。特别是去世前两天,他躺在一张床上,像一眼泉水一般,嘴里咕嘟咕嘟地冒着血水,偶尔往外吐出黑色的血块。大佬去世具体是哪一年不清楚,但肯定是20世纪80年代,比我妈晚一点点,也就四十岁左右的样子。20世纪80年代,我们整个县只有一家大点的医院,塔尔坪只有一个赤脚医生,还兼着给猪马牛羊看病。大家无论生多大的病,从来不检查不打针,少数人会吃一点自采的草药。塔尔坪到处都是草药,山上除了天麻、灵芝之外,还有柴胡、苍术和五味子。五味子满山遍野都是,据说就是治胃病的,至少是开胃用的。我妈是吃过几背篓草药的,大佬一生连草药也没有吃过几服,大部分人至死都是不吃草药的。不吃草药,不是因为不相信草药,而是草药采回来后,可以拿到小卖部里换盐。

大家判断一个人是否去世了,唯一的办法就是试鼻息,所以在塔尔坪从来不叫死,而叫断气,就是断了呼吸。当时,大佬的嘴一张一合,吐了一天一夜的血块,就被大家装在棺材里埋掉了,和我妈的死法差不多。多年之后,我怀疑他们根本没有死,他们还有想法,只不过是闭着眼睛,按照现代医学的理论,起码还没有脑死亡,去做做手术,也许能再活一年半载。但是谁让他们活在一个落后愚昧的年代，只能被人们匆匆忙忙地执行了"安乐死"。

大佬虽然寿命不长，一辈子没有成家，却有一个儿子。父辈们兄弟五个，除了大伯生死不明外，其他活着的四个兄弟，不管什么情况，最后每家都有一个儿子。大佬的儿子是从我们堂兄弟几个人中过继的。过继儿子的过程，其实就是争财产的过程，我年少没有想得那么复杂，直到大佬百年之后，他名下的那三间厢房和几件家具统统归了别人，我才突然明白过来了。

过继儿子的事情，是在大佬去世前五六年的时候提出来的。具体情况是这样的，大伯生死不明，二伯只有一个儿子，当时我哥哥还没有去世，我爹有两个儿子，小佬也有两个儿子，所以过继的最佳人选有两个，一个是我，一个是我的堂弟。我和堂弟是同一年出生的，我比他大一个月，我是农历八月，他是农历九月。按照大佬的意思，他是比较喜欢我的，原因是我十分勤快，不仅砍柴放牛种地，而且还可以做饭洗衣，样样都干得很漂亮。我在十岁左右，就开始挖药材、做小家具赚钱，有了一百块左右的存款，相当于现在的几万块，所以有许多大闺女小丫头的，托媒人上门提亲，其中不排除有大户人家。

但是，最后真正过继的时候，却成了我的堂弟。对这事，我是很不在乎的。因为一旦过继之后，就变成别人的儿子了，感觉像被抛弃了似的。果然，堂弟很快就搬到了大佬家，与大佬一起睡一起吃。一个没有女人的家，做饭呀洗衣呀扫地呀，其实不管怎么看，都觉得怪兮兮的。我常常看到堂弟失魂落魄的样子，倒像是一个孤儿一样。

我终究还是后悔了。原因有几个：第一，刚才已经说了，三间漂亮的厢房归了别人，箱箱柜柜的家具都归了别人，还有核桃树自留山自留地统统都归了别人；第二，过继手续办完，我的亲哥哥就在去河南淘金的途中出了车祸，意外地去世了，那年他才十九岁，刚刚定了一门亲事，还没有正式拜堂。对于哥哥的去世，我从风水学与宿命论的角度，做出过一点反思。从我们房后的山形与门前的流水来看，命中注定一家只能存有一子。如果我过继给了大佬，成了大佬的儿子，那么我们家的香火自然落在哥哥身上，我的哥哥也许就不会出意外，那么出意外的将会是谁呢？天意又是什么呢？从这一点上看，我又想起了我那失去音信的大伯。

如果大伯依然在一个神秘的地方活着，上天也会安排一个儿子给他来继承香火的吧？那么他和我的关系就愈行愈远了；如果大伯已经不在人世了，哥哥是不是奔他而去了呢？一切皆有可能，物质是不灭的，无论是肉体还是灵魂，一个人从一个地方消失了，他肯定会从另一个地方爬起来的。

大佬去世的时候，我与堂弟已经离开塔尔坪，去外地念书去了。我们两个一直在一个学校，我学习总是非常出色，每次都会考出第一第二名，堂弟虽然也很努力，但并没有这样的好成绩。可是人的命运，真不是念书就能决定的，虽然那个时候改变我们命运的唯一手段就是念书。我最终考上了学，吃上了商品粮，被分配到机关工作，成了一名国家干部，如今定居到了上海；学习一直很差的堂弟,却找到了另外一条道路,他在高中毕业后选择了入伍,在北京一个部队当了兵,给首长开了多年的小汽车,在一次户口政策放开的时候,他把农民户口转成了商品粮户口。他退伍的时候,转业到了石家庄,吃上了公家的饭,在石家庄娶妻生子,照样落地生根了。自此,他与我站在了同一条线上。

真应了三十年河东转河西,谁也没有料到,如今,我们不管是谁的儿子,不管是续了谁的香火,都统统地流落在了异地他乡。得到那些房子有什么用呢?再过多少年这个院子又会是谁的呢?无论逢年还是过节,有谁会在亲人的坟墓前烧几张纸燃一炷香呢?亲人们的灵魂是否与飘在塔尔坪上空的白云一样已经无人认领了呢?

这并不是大佬之死给我带来的感慨,因为在大佬去世之时,塔尔坪还是人丁兴旺的,四季都有喜鹊喳喳地叫,有的是在这里拜堂成亲,有的是在这里出生,有的则是在这里死去,生与死,喜与悲,都在这里一圈圈地轮回着。

不知何时,像一条珍珠项链断开一样,这种轮回就被打破了。

二伯的命运

二伯应该是我们塔尔坪传奇色彩最浓厚的一个人。我这里所说的二伯,自从真正的大伯消失后,他其实已经变成了我们的大伯。

二伯叫陈先举,而我一直都叫他"陈先主",直到前几年回去给他上坟，从他新立的墓碑上发现，我把他名字搞错了。好在给一个人烧纸时，只需要念叨名字，而不是写名字，所以我过年过节送给二伯的纸钱，他在另一个世界还是可以收到的。

在二伯的一生中，他经历过太多的磨难，比如在枪林弹雨的旧社会，比如在阶级斗争当中，但这都没有夺走他的性命，反而是一个好时代把他给消灭掉了，也可以说是时间把他给消灭掉了。自从我嗲去世以后，他成了我们二房的代表，无论是林子起火了，还是一头牛滚坡了，都会把他拉出来批斗一番。我记得一个场景，我们村里的瓦窑出事了，青砖没有烧透，绿瓦是红色的。窑匠是我舅舅，队长是三房的一位伯伯，按说应该是他们两个的责任，与二伯一根草的关系都没有。但是他们大喝一声，陈先举在哪里，把这个地主分子给我押上来。二伯低着头，从人群中钻出来说，我自己来吧。但是队长又大喝一声，你这个地主太坏了，干了坏事还要自己来？于是，他被两个民兵反绑着双手推到了台上。

对这件事，我有着十分离奇的感受：第一，舅舅在烧窑点火的时候，不但要念念有词，还要烧香磕头。所以在我幼小的心里，舅舅之所以是个窑匠，靠的不是什么技术，而是巫术和咒语。砖瓦烧坏了，如果是二伯捣的鬼，说明二伯比舅舅厉害，他能破除舅舅的巫术和咒语。发生这件事情后，我很崇拜二伯，多次问他，念什么咒语能让牛滚坡，怎么才能让山林起火。我特别希望牛滚坡，牛一滚坡就可以美美地喝上几碗牛肉汤，山林起火后会捡到被烤熟的野鸡。第二，在那个是非不分的年代，你想照着正常的方式行事是万万不行的。你左也不对,右也不对,"自己来"那是错的,你默默地等着别人来侮辱,又会让人以为"你想蒙混过关",就更加大错特错了。还有一次,是发生在我爹身上。我爹看到学校墙边堆着很多垃圾,臭烘烘地招苍蝇生蚊子,好心地把垃圾给清理掉了,垫了牛圈,没有想到竟然成了"挖社会主义的墙脚"。

二伯从那个扭曲的时代挺过来了。但是二伯个人的厄运,并不会因为社会的转变而改变,地主的帽子摘掉了,时间又编织了一顶无形的帽子,高高地戴在了他的头上。让大家没有想到的是,好不容易等到吃喝不愁的好时代,他却挺不过去了。二伯有三大嗜好,都是地主时代留下的,我分析后得出结论,他的死与这三大嗜好是息息相关的。

二伯的第一个爱好是女人。一个人在其他地方爱女人,没有什么大不了的,两个人对上眼就行了。但是在塔尔坪不同,要过的关太多了,整个村子都是陈氏家族,每家每户都是有辈分的,之间是绝对不可能通婚的。二伯认为长得漂亮的几个女人,要么是侄媳妇,要么是婶婶,而且都在五服之内。

塔尔坪传出最多的,是二伯喜欢淘大粪,原因是借着机会看女人的屁股。农村的茅坑大家应该见过,架得高高的,像一个小阁楼,为了淘大粪方便,后边是敞开式的,所以从后边抬头一看,女人在蹲坑的时候,白花花的屁股是一览无余的。

有一阵子,二伯与儿子经常扭打在一起,刀来棍往,搞得你死我活的,因此传出了很多花边新闻。其实是我这位堂兄自小信佛,经常去后山一座寺庙里烧香,还借来一些佛教的书读,一来二去就认识了经常去寺庙里洒扫的嫂子。两人结婚之后,除了没有剃度为尼为僧之外,生活都是按照佛门的规矩办的,绝对不吃荤菜。去别人家吃饭,碗上的油星子都是要拿火灰擦一遍的,连葱与蒜都是不沾的。有人想检验一下,有一天晚饭,在他们家锅里偷偷埋了一块猪肉。他们发现以后,硬是抠着舌头,把吃下去的东西给吐了出来,然后饿了三天三夜,喝了几十碗清水,算是洗了一遍肠子。这在那个视肉如命的年代,绝对是不可思议的。

而二伯既爱女人,又喜欢吃肉,为了能有肉吃,有阵子还学会了杀猪。替别人杀猪不仅能吃杀猪饭,还能得到一条猪大腿。这是后话了。二伯犯了佛门最大的两个禁忌,所以他们父子三天两头就打一架。打得不可开交的时候就分了家,分了家之后还是扭打在一起。有些人打架,为了一只鸡,为了一棵树,但是二伯与儿子打架,我们从来不清楚是什么原因。有人说,是为了一股风,儿子闻到了风中的肉味,知道二伯又在吃肉了;有人说,是为了几声号叫,儿了听到撕心裂肺的号叫,知道二伯又在杀生了。后来,也许是儿子为了图个清静,锁了门,闭了户,离开了塔尔坪,夫妻两个跑到一百里开外,在一座荒废的庙里安了家。他们农忙时开荒种地,种苞谷小麦,也种芝麻与黄豆,绝对不养羊也不养猪,养羊养猪都是要挨刀子的;农闲时就打理一下庙里的香火,给周围的山民们讲解经文,以此消灾避难,祈求生活美满。

传说二伯与他的姊姊有染,我也是半信半疑的。他的那个婶婶是我们陈氏五房的,"治"字辈,我见面的时候要喊她奶奶。奶奶长得的确漂亮,不仅苗条,留了一头长发,而且瓜子脸,皮肤也十分白皙,这在塔尔坪是独一无二的。塔尔坪的女人统统不留长发,这是因为不方便干活。塔尔坪的女人的皮肤与泥巴一致,基本是黄蜡蜡的,而且泛着青菜的颜色。

奶奶的娘家是山外边的,也许由于成分不好,就嫁到了山里。嫁到山里也就算了,关键是她嫁的那个男人,不傻不呆,就是有些软,不管遇到人欺负他,还是欺负他的家人,他都是嘿嘿一笑了事。在村子里传得最离奇的,是有个村支书经常去他家,无论什么时候去,他都会给人家把门打开,在自己的床上再添一床被子,三个人就这样相安无事地睡在一起。

二伯讨这个奶奶欢心的办法,我隐隐约约地知道一点。有一次,我上山挖药迷路了,半夜才回到村里,刚走到奶奶的门口,碰到了一个黑影,蹲在窗子下边学猫叫。我心想,哪有这么大的猫呀,肯定是个妖怪。这时,"妖怪"开口了,从窗口塞进去一样东西。窗子里边问,这是什么?窗子外边答,是银圆。窗子里边问,你别拿一块石头蒙我啊。窗子外边答,你用两个指头夹着,吹口气放在耳边听听响声,是真是假不就明白了?听声音,我明白这是二伯与那位奶奶。回家后,我问我爹,银圆是什么东西?我爹说,这是古代的钱。我问我爹,二伯又不是古人,他怎么会有银圆呢?我爹告诉我,恐怕是我嗲留下来的。当年兵荒马乱,我嗲就把银圆埋了起来,有的埋在院子中间的地窖里,有的埋在房间里的床下边,风声过去几十年了,现在又挖出来了。我爹又问,你怎么知道二伯有银圆?是不是他拿银圆送人了?我只是笑笑,并没有把二伯的秘密揭露出来。

二伯第二个爱好是吃肉。为了吃肉,他竟然学会了杀猪。杀猪这活儿,是可以尽情吃肉的,吃完了还有一只猪大腿可以拿走。二伯学会杀猪的那几年,他家的墙上挂着五花八门的猪大腿,是用盐腌制的,被熏得黑乎乎的,吃起来绝对美味。包括他儿子在内,塔尔坪许多人都觉得,猪也是一条命,天天白刀子进,红刀子出,太残忍了,杀多了会影响阳寿。于是,大家都不太愿意当杀猪佬,曾经把这份差事推给了二伯。二伯当杀猪佬的那几年很吃香,逢年过节的时候一天要杀三五头猪。我毫不夸张地说,他的脸像在油锅里涮过了似的,整天红通通的,油腻腻的,不仅仅因为吃肉吃的,还因为杀猪的时候有一个环节,给猪的全身吹气,这是杀猪的关键技术。吹气的时候要在猪腿上割一条口子,嘴对着油乎乎的口子直接吹,把死猪吹得像个圆鼓鼓的气球。

之所以要讲二伯杀猪,不是想为二伯之死找到什么宿命的根源,也许真如民间所说,杀生太多了,才导致二伯死得离奇。比较科学的因果关系,是因为二伯爱吃肉,所以当上了杀猪佬。杀完猪吃完肉,帮忙杀猪的几个人,会坐下来打几圈子麻将。二伯的死是由打麻将引起的。

二伯的第三个爱好就是打麻将。据我爹讲,二伯在新中国成立前就学会了打麻将,这比他学会杀猪早了好几十年。民国的时候,二伯年龄不大,还是个毛孩子,已经是麻将场上的老手,经常跑上几十里,甚至上百里,找腿子打麻将。说是打麻将,其实就是赌博。民国时期,我们家是大地主,还是比较富裕的,因此二伯打麻将的胆子很大。有一次,二伯出门三天,整整输掉了十二块银圆,还欠了一屁股的债,等他回来再偷银圆的时候,发现院子中间的地窖已经不见了,被我嗲用泥巴给填平了。

二伯竟然拿出一把斧头,顶着我嗲的鼻梁,逼问银圆藏哪里了。我嗲说,被你这个败家子输光了。二伯说,你再不把银圆拿出来,我就砍掉自己的手,砍掉手我就不赌博了。我嗲伸出自己的手说,你还是砍我的吧。二伯果真挥着斧子砍了下去,但是没有砍到我嗲的手,却把我嗲屁股底下的凳子劈了个两半。没有银圆,并不影响二伯打麻将,他偷了家里的十几张地契,应该有几十亩土地,跑到外边整整半年没有回家。等全部输光了,二伯再回到塔尔坪的时候,我们那地方已经解放了,土地已经全部归公了。因为家里的土地少了几十亩,在划成分的时候,只有二伯一个人被划成了地主,其他兄弟几个统统都是富农。富农日子虽然也不好过,比起地主来说,起码不会戴高帽子,很少会被批斗。为这事,二伯常说,是他救了兄弟几个。

新中国成立以后,打麻将是绝对不允许的,地主打麻将那更是要掉脑袋的。一是没有了打麻将的腿子,二是没有那么多脑袋,二伯自然而然戒赌了。再后来,地主帽子被摘了,赌博之风又死灰复燃,这股风吹到塔尔坪的时候,已经是20世纪八九十年代,二伯这才重新回到了麻将桌上。可惜的是,经过几十年岁月的洗礼,在我们塔尔坪方圆几十里的地方,年纪大点的麻将腿子已经死绝了,年轻的麻将腿子都在外边打工,只有过年才回来一次。

二伯难受了好长时间,在塔尔坪试着培养几个腿子,有的太小气舍不得钱,有的认为赌博是败家,根本就支不起一张桌子。二伯并不甘心,于是背着杀猪刀云游四方去了,表面上是杀猪,实际是找地方打麻将。二伯顺着塔尔坪的小河而下,不到五十里的地方有个余家村,竟然到处都有麻将摊子,可以大打,也可以小打。大打一场下来成百上千,小打一场下来就输个一块两块。二伯有事没事就泡在余家村,麻将瘾是过足了,也输了不少钱。二伯好像也不缺钱,听我爹说,我嗲有好几缸子银圆,在分家的时候凭空就消失了。

二伯在余家村打麻将时间长了,干脆就把自己闺女,也就是我的堂姐,嫁到了余家村。堂姐长得不算好看,但是人特别勤快,挖药、种地、做家务,里外都是一把好手,而且还能绣花,在枕头上绣出的两只喜鹊,据说能听到喳喳的叫声。所以方圆几十里,有闺女出嫁,都希望得到堂姐的绣花枕头,或者有孩子出生,也希望得到堂姐绣出的肚兜。我枕过堂姐绣的绣花枕头,头一挨着两只喜鹊,心就十分清静,总有一股子吉祥如意的味道,倒头就能入睡,就连梦里都是带着蓝天白云的,蓝天白云下边会有我喜欢的人出现。

把堂姐嫁到余家村没有什么可说的,但是嫁给余家村的一个小驼背,就形成了两个小小的传言。一个传言,是二伯把堂姐给输掉了,有天晚上他输红了眼,就把堂姐给押上了。持这种说法的人,依据是堂姐出嫁的时候,除了两床被子之外,没有任何陪嫁,也没有办任何酒席。另一个传言,二伯把堂姐嫁过去,是为了方便打麻将,不然余家村人生地不熟,吃碗饭也是要掏钱的,尤其是散场后没有地方睡觉,还得赶回塔尔坪,真是太奔波了。还有,打麻将难免会起一些争执,也没有人给自己撑腰,常常受到人家的欺负。堂姐嫁过去后,二伯在堂姐家支了麻将桌子,睡醒了随时可以上场,饿了就一边吃一边打,果然玩得十分滋润。

我和二伯打过一次麻将,是在春节回家探亲的时候。我原来是不会打麻将的,直到工作后才在城里学会了。那是大年初一,早上吃过饺子,二伯就对我招招手说,我有个好玩的地方,你想不想去?我说,塔尔坪没有歌舞厅,也没有澡堂子,有什么好玩的?二伯说,当然不是塔尔坪,我们找个更热闹的地方。

按照二伯的吩咐,我骑着自行车,把他带到了余家村。走进堂姐家的时候,麻将已经摆好了,有两个腿子已经等着了。于是我与二伯坐下来,整整大战了两天两夜,如果不是我输了个精光,二伯可能还不允许我离开呢。初三的时候,绿着眼睛回塔尔坪的路上,二伯问,你输了多少?我说,输得不多,不到一千。二伯从身上掏出三百块说,这是我赢的,就归你吧。我当然没有接受,内心却有些小小的感动。

我对二伯也有了不同的看法。二伯喜欢打麻将,不像人们传说的那样,想赢人家的钱,或者是赌博上瘾。这恐怕只是他发泄的一种方式,打发悠长而苦难的岁月的一种方式吧!

与二伯打麻将后不久的某一年秋天,二伯就因为打麻将送了命。具体情况我不知道,只听我爹事后告诉我,那天雨非常大,河里都发起了洪水。二伯在给人杀完猪后,就与几个城里人一起打麻将。麻将打到天空泛白的时候,二伯又抓了一副好牌,于是把牌扣起来,一边吹着口哨,一边起身去上茅坑。不想这一出门,就再也没有回来。另外三个人以为二伯赢了钱,偷偷地跑掉了。直到第二天中午,有人上茅坑的时候,看到屎尿中漂着一个人,拿棍子一捅,竟然是二伯。

儿子听到二伯去世的消息,立即从外地赶了回来,发现二伯被浸泡得不像人样,像一只被二伯生前吹圆的已经被拔掉毛的猪,而且鼻子眼睛里尽是大粪。儿子一下子哭了,跪在了二伯的面前,一点追查真相的心思都没有了,只是匆匆忙忙地把二伯给埋掉了。

随后多年,我一直在思索一个问题:到底是谁无形中杀死了二伯,是他喜欢的女人吗?是他刀下的生灵吗?是他痴迷的麻将游戏吗,还是无情的岁月呢?这里面有没有阴谋与命运的安排呢?反正二伯是不可能再活过来,向我们讲述一个真正的关于死亡的秘密的。

小佬的两面

小佬就是我最小的叔叔,却是塔尔坪分量最重的一个人。塔尔坪人的眼光朝哪里看、小河朝哪里流,似乎都要听他的。

他在父辈中午龄最小,但是他读过的书最多,是知道林黛玉和贾宝玉的人。他还会写一手毛笔字,墙上那些"打倒某某某""某某某万岁""要想富,先修路,少生孩子多栽树",都是他用石灰刷上去的;家家户户香堂上的"天地君亲师位"和过年过节时候的对联,多数也是他帮忙写的。而且他跑过多年江湖,是第一个坐过火车、第一个吃过肉夹馍、第一个看到长江的人。正因为如此,我们二房当家拿事的,实质上不是二伯,不是我爹,而是小佬。父辈们四个兄弟,虽然已经另立了门户,毕竟还在一个大院子里,无论谁嫁女儿,谁娶媳妇,红事白事,事事还得由小佬做主。就拿几个堂姐的婚事来说,媒人得先带着小伙子到小佬的面前让他过目。没有得到他的点头,这桩婚事基本就泡汤了。

二伯家有一个小女儿,小伙子来提亲的时候,小佬就坐在一把太师椅上,一边抽着水烟袋,一边眯着眼睛打量着。看小伙子眉清目秀,小佬满意地点头一笑;当得知小伙子家住小南沟,他脸一板,只顾着低头吸烟,就不再吱声了。原因是,小南沟位置偏僻,没有半分地是平整的,出门就得上山,太阳刚升起来,就又落下去了。因为地少人稀,家境个个贫寒,就是风调雨顺,收到的粮食也填不饱肚子;而且那里不长麦子,只长苞谷,往往苞谷还没有灌浆,就已经到了秋天。这小伙子长得眉清目秀,恐怕就与这里光照少,晒不到太阳有关。看小佬的架势,打死也不会同意这门亲事,但是堂姐图人家小伙子长得帅,这边还没有点头呢,那边已经私下里好上了,最后只好草草地嫁了。每年正月初二,小堂姐都在家预备了酒水,让孩子上门请小佬过去,小佬统统给拒绝了,至死也没有去小堂姐家走过亲戚。

我家也有一件大事是小佬帮着处理的。我的哥哥死在了去河南淘金的路上，我爹哪遇过这种事，心想，人死不能复生，不想再追究下去了。但是小佬不同意，连夜跑到河南，终于讨了一个说法，让人家赔了八百块钱。当时一个馒头五分钱，现在一个馒头一块多了，当时的八百块钱相当于现在的二三十万吧。

小佬叫陈先甫，凭着这个名字，我就十分佩服。除了小佬之外，我见到过两个名字中有"甫"的人，都与响当当的大人物有关。第一个是杜甫，我读他的"感时花溅泪，恨别鸟惊心"，内心深受震撼，以至于以为带"甫"字的小佬，也应该是个了不起的诗人。第二个是李林甫，当历史老师介绍他，在唐朝当了十九年的宰相，相当于现在的总理，是见过杨贵妃杨玉环的人，更是强化了我对小佬的印象。

小佬在我心目中最为高大的，并不在于这个"甫"字。我在小说《我想去西安》里，描写的那个坐过牢的叔叔，因为坐牢不但没有成为罪人，而且成了塔尔坪的偶像，就是以小佬为原型的。他确实坐过牢，不是杀人越货，不是小偷小摸，而是贩卖粮票。当年贩卖粮票，还有做生意，都是要坐牢的，连山上的药材采回来，也只能自己熬药喝，无论天麻还是灵芝，如果采着卖掉了，就犯了投机倒把罪。

小佬是我们塔尔坪第一个有商业头脑的人，而且是第一个出门做生意的人。他不仅仅把粮票贩卖到了西安，还一直顺着西峡、南阳、合肥、南京，把粮票贩卖到了上海。这条路线，就是大伯失去音信的路线。有人说，小佬到南阳，到南京，到上海，不是贩卖粮票去了,只是借着贩卖粮票去寻找他的大哥我的大伯。小佬在法院被审判的时候也是这么说的。他说自己之所以贩卖粮票,就是为了赚个路费,好寻找自己的大哥。不过,他把大伯的真实身份给隐瞒掉了,没有说大伯是国民党的壮丁,而说大伯是共产党的士兵。

小佬与我的想法一致,他对法院的人说,他大哥如果活着,应该是一个老革命;如果死了,应该是一个烈士。他在寻找革命兄弟,或者是烈士兄弟。他确实有罪,但是情有可原,应该得到宽大处理。法院的人听了,死活是不相信的,不相信也有不相信的理由,因为他们从小佬身上搜出了一千多斤粮票和好几百块钱。

如果赶上好时代,小佬早就成了大富翁。即便后来,他彻底退隐江湖,在他去世以后,依然发现他有一二十万的存款。这个数目在城市恐怕不算什么,但是在塔尔坪简直是个天文数字,能盖两栋三层的小洋楼。与小佬一起贩卖粮票的,还有一个姓马的,两个人在西安火车站交易的时候,被公安人员给抓了。小佬被判了两年半,姓马的被判了三年,关进了西安的某座监狱。整个塔尔坪还没有一个人去过西安,所以小佬被关在监狱的那两年,没有一个人去看望过他,当然也就没有一个人给他送过防寒的衣服。

小佬从监狱回来不长时间,时代就彻底变了,开始改革开放了,以经济建设为中心了,不仅仅可以经商了,而且因为市场经济的原因,粮票随后几年也全部作废。这让大家觉得小佬实在是太冤枉了。加上小佬因为贩卖粮票,走南闯北逛过的地方多,是当时塔尔坪走得最远的人,甚至大多数人认为,他不是坐牢去了,而是到城市工作去了。他从监狱回来的时候,带了几袋子水果糖,无论大人孩子去看望他,他都发上一颗。那是我人生中吃到的第一颗水果糖,也是塔尔坪很多人吃到的第一颗水果糖。所以,那些天,我们家院子外边排出了长长的队伍,显得十分风光。

种种因素累积在一起,塔尔坪人对小佬的态度,不但没有一点看不起,而且还有许多的羡慕。上学的时候,老师常常问我们,长大最想干什么?我和同学们的回答是,我们想去坐牢。老师十分意外。老师想要的回答是,科学家或者作家。人生正是如此,如果梦想是科学家与作家的话,这个梦想并不遥远。比如我,就真成了一个作家。如果要想坐牢,还真不是一件容易的事情。我曾经暗暗地发誓,不管用什么方法,哪怕就是犯罪,一定要走出塔尔坪,起码得像小佬一样走到西安。我的愿望不久就实现了,果然在那里待了四年,而且我所在的地方,正好与某座监狱隔壁。我早晨在院子里跑步的时候,那道高墙里的人的一举一动都看得十分清楚,除了配有几名持枪的警察之外,监狱不过就是一个砖瓦场。在那里坐牢就是烧砖瓦,再把烧出来的砖瓦运出去盖房子。

小佬坐牢让人羡慕还有一个原因,他坐牢之前除了读书写字之外,其实什么手艺也不会,连种庄稼都是马马虎虎的。但是在监狱里,他学了一门手艺,就是泥瓦活。他的这门手艺可以说是出神入化的,不仅仅能用砖头砌出高墙大院,而且能在砖头上雕出龙凤呈祥。不知道他在监狱的时候,是不是用这门手艺给人盖房子,自从回到塔尔坪之后,他就用这门手艺给人盖墓,而且不盖房子,只盖墓。他不但给人盖墓,还捎带着看墓地的风水。

塔尔坪原来只有坟,是没有墓的,因为有了小佬的手艺,就开始一窝蜂地盖墓了。人们不但给活着的人盖墓,给刚刚去世的人盖墓,还把已经埋在土里的人从坟里挖出来,重新埋到墓里边去。我嗲,我妈,我哥哥,原来都埋在坟里边的,后来全由小佬给盖了墓,给看了墓地的风水,被重新埋了一次。说来十分奇怪,经过小佬盖过墓、看过风水的,家家户户自此就转运了,想考学的就考上了学,想抱孙子的春去秋来就抱了孙子。

所以,塔尔坪死了人,应该埋在哪座山下,朝着哪个方向,依着哪条河边,全凭着小佬一句话。似乎塔尔坪的兴衰荣辱全掌握在小佬手中,小佬就是我们塔尔坪的命运之神。

小佬坐牢回来后,也有变得不好的两个地方。

首先是他的脾气变得异常暴躁了,隔三岔五地就把小婶按在地上打一顿,而且多数时候打得没有理由。比如小婶给他剪脚指甲,不小心把脚指头给剪破了,他会一脚上去把小婶踢下床;比如小婶有一副好嗓子,坐在院子里洗衣服,或者是纳鞋底子时,喜欢哼上一段两段,他会给小婶一巴掌。他打小婶不是因为小婶唱得不好,而是因为小婶的唱词里,有"哥呀妹呀"这些酸调调。小婶被打得多了,多次拿着绳子到外边的核桃树上上吊,每次都被及时救了过来。到了老年,小婶就抱着惹不起躲得起的态度,干脆跑到了石家庄,跟着堂弟一住两三年,反而让小佬牵肠挂肚得不得了。

小婶名字叫某某倩,在塔尔坪没有人能懂"倩"的美好意思,反而是苦难的生活让他们非常熟悉另一个字——欠,所以天长日久,小婶的名字包括身份证在内,都被改成了"某某欠",似乎是她永远欠着这个世界,也似乎是这个世界永远欠着她。小婶在我们塔尔坪,确实算一个美人坯子,说话柔声细语的,又爱笑又会唱,下巴上长了一颗黑痣,像白馒头上放了黑芝麻。小佬坐牢的那几年,并没有人打小婶的主意,我总感觉,她老挨小佬的毒打,应该是这段时间积下的误会。

也许因为心里存在这些误会,小佬总要找一些绿豆大的小事,和人打一架、吵一架。他和我爹给我印象最深的两次是,我家的几只鸡在他家的麦地里觅食,我家的一棵枸叶树伸进了他家的窗户。小佬与村里很多人打过架吵过架,到最后大家见他就躲,像是老鼠见了猫一般。没有和他吵过架打过架的人是屈指可数的,比如一个哑巴,一个傻瓜,还有所有的孩子。他不但不打他们,反而在他们路过家门的时候,递根纸烟,塞颗糖果,甚至还直接给点钱。至此,小佬打人可以总结出一个特点,那就是从来不打柔弱的本分的没有攻击力的人。

其次是小佬的身体变得异常糟糕了。据我爹回忆,小佬年轻的时候,是个生龙活虎的人,进了监狱就两年多时间,好像在监狱的砖窑里烘烤过一样,出来后一下子又干又瘦,皮包骨头,病怏怏的。小佬回家后,整天喊着腿酸,浑身没有力气。大家都以为他是偷懒,只有小婶心里清楚。男人有没有力气,只有女人心里清楚。每到春种秋收,扶犁呀担粪呀,别人家都是男人干,小佬家全是小婶干,而小佬只能干点零碎活。小婶说,他身体不好这是真的,当年能捉头野猪,如今晚上睡觉的时候,连个跳蚤也捉不住了。大家看他打架的时候,那个不要命的样子,都说他是装的。被人误会了几十年,直到近几年,一个六十多岁的人,瘦得只有七八十斤,骨头一根根戳在外边,似乎稍一用力就把皮戳破了,骨头就散架了,脸色黄蜡蜡的,像是涂了一层黄油,而且整夜整夜地咳嗽。

我最后一次见到小佬,他坐在院子里,歪着头,正在晒太阳。我扔给他两包中华烟。他本来已经戒烟了,还是稀奇地抽出一根说,两三块钱一根呢,我就抽一根吧。他抽了几口,就开始喘气,感觉一口气随时都会断掉。所以我不停地回头,希望多看他几眼。我的感觉没有错,那确实是我最后看到的小佬。我离开塔尔坪不久,我爹就告诉我,小佬昏迷了,被送进了医院,检查结果是肺癌晚期。

我爹要去医院看望小佬,问我需要带什么东西。我明白,我爹犹豫的,不是带什么,而是他与小佬之间,为了核桃树打架之后,他们还没有和好。我说,你们是亲兄弟呢,哪怕带一根草,有什么关系呢?我爹从医院出来,就拖着哭腔告诉我,让我抽空回去看看,说小佬不行了,最多三个月了。事实是小佬没有挺过三个月,就没有了。

我经过长期的思索,认为小佬脾气变坏和得了肺癌的症结不在别处,应该就在监狱。小佬在监狱里不知道遭受过什么样的折磨。

那些天,爱人身体不适,所以我没有抽身回塔尔坪送小佬最后一程。据说,小佬下葬的时候,花圈送了一排排,沿着塔尔坪的小路整整摆了一里多长,这在塔尔坪是绝无仅有的。特别是我爹,拖着年迈的身子,眼里含着泪水,整天整夜地守在灵前。不管怎么说,虽然一辈子打打闹闹,毕竟是血肉相连,毕竟是最后一个活着的兄弟,这份情,怎么割舍得开呢?

在那无数的花圈中,绝大多数都写了落款。唯独有一个花圈大得出奇,直径有两米多,扎得也十分好看,上边的花都不是纸的,而是真正的菊花。这个花圈上除了一个"奠"字,竟然无名无姓,没有小佬的名字,也没有送葬者的名字。这个花圈是谁送来的?是什么时候送来的?没有一个人清楚。大家猜来猜去都是没有结果的,小佬下葬之后很长一段时间,大家还在议论着此事。有一天,我爹打电话给我,问这个花圈是不是我派人送的,或者是我的什么朋友送的,在我坚决否定之后,我爹自言自语地说,难道是他?我说,他是谁?我爹说,只有一个可能了。

我爹嘴里的这个可能,难道就是那个失踪的大伯?

喜鹊回来了

什么是家族呢?不仅仅有同一个祖先,有同一个姓氏,还应该有同一扇大门一直为我们开着。

如今,我们"元"字辈的四个人,已经天各一方了。大堂兄在庙里,不是和尚胜似和尚,那座山因此成了名山,前往他那里许愿祈福的人常常是络绎不绝。一条羊肠小道两边的松树上系满了红布带,山顶上一年四季烟火缭绕,有一盏天灯昼夜不灭地点在半空,成了方圆一百多里辨别方向的灯塔。他有一个儿子,就是我的侄子,仍然沿用了"正"字辈,取名陈正西。陈正西考上了大学,毕业后留在陕西咸阳教书,就地娶了一个媳妇,在当地安家落户了。

二堂兄当上了某某局的局长,十分诡异的是,他管着的正好是监狱这一摊子。他是离塔尔坪最近的一个,隔三岔五地会回塔尔坪一趟,给亲人们烧烧纸上上香,把漏水的屋顶修补一下,或者在院子四周栽棵树种点花。前阵子,他站在院子里给我打了一个电话,十分伤感地说,这么大个院子说空就空了,原来大家争来争去的,这根草是你的,那棵树是我的,再过几年啊,还不知道都是谁的了。二堂兄养有一女,名叫陈瑶池,在广州一所大学学金融,据说已经在一家世界著名企业谋了份会计师的差事,月入两三万,绝对算是高级白领。

我排行老三,在上海摸爬滚打了多年,已经娶了上海女人为妻,添了个上海儿子,弃"正"字不用,取名陈不旧,说的是上海话,爱吃上海本帮菜,成了像模像样的上海人。有一年春节,带儿子回塔尔坪寻根,小家伙对那里的气候不适应,不但感冒发烧生了病,浑身还无端地起了一层红斑。

过继给大佬的堂弟,他育有一子,年方几何,叫什么名字,我是一概不知的。他的根根蔓蔓早已扎入了石家庄,我们通过两回电话,电话里他已经满口都是河北方言了,看来再也无法抽身了。

父辈们唯一在世的,唯一还住在塔尔坪的,只有我爹一个人了,他已经八旬,两耳失聪,牙无一颗,只有一双眼睛还算有神。他每天清晨或者黄昏时分,必定是坐在院子被磨得油光发亮的门枕上,仰望着飞檐翘角,仰望着远山远水,依然能够准确地辨别出,哪只是黑嘴的乌鸦,哪只又是吉祥的喜鹊。他常常会冒出一句,喜鹊呢?喜鹊去哪里了?为什么还不回来呀?我们经常安慰他,乌鸦会飞走的,喜鹊会回来的。他笑笑说,我怕是等不到那个时候了。

我们相信我爹能活一百岁,但是人终究会有一死,不管他以何种方式去世,塔尔坪就再也不是当初的塔尔坪了。如《百年孤独》里描述的马孔多一样,塔尔坪这座镜子之城——或蜃景之城,随着最后一位亲人的离开,将从世人的记忆中根除。因为经受百年孤独的陈氏家族,不会有第二次机会在大地上出现。

但是,不会像那个彻底消失的马孔多,塔尔坪毕竟还是实实在在的塔尔坪。因为随着我们搬走了,有更多的人搬了进去,而且因为我们还有一个可能,还有一束永远不会熄灭的光,那就是散落在四面八方的陈氏血脉,以及我失踪的大伯,像是那个神秘的花圈一样,说不定什么时候就会出现在那棵核桃树下,然后推开一扇黑漆漆的大门,轻轻呼唤一声,我们回来啦!

随着我们的门吱咛一声被推开,将会有一群鸟儿落在屋顶,喳喳不停地鸣叫着,它们应该不是别的,正是那久违了的回来报喜的喜鹊。

老家是座庙

丹凤县

从来没有到过陕西丹凤的朋友问,你天天赞美你的家乡,我们很难想象有多美,你用一句话来形容一下丹凤吧。我说,丹凤是一座寺庙,我们这些游子便是这座寺庙里修行的弟子。对我来说,人间最值得修行和朝拜的地方就是丹凤了。

在丹凤,水有丹江。丹江是汉江的上游,两岸杨柳低垂,此水清澈见底,水底铺着金黄的沙子,鱼儿游过时,通体是透明的,所以除了暴雨涨潮之外,天气晴好的时候,是无须垂钓的,只用瞄准了,伸手迅速捉过去便行了。如果是月夜,你可以脱下鞋子,挽起裤脚,踩着软绵绵的沙子,顺河而上,你在水中看到的,绝不是水了,而是月光与水溶在一起。人世间好多人是赏过月的,也披戴过月色,但是真正饮过月光的,却没有几个人了。只有在这丹江,你可以掬一捧水与月光混合的液体,尽情地尝尝月光"饮料"的味道。丹江里的水,与别处不同,全是从四面八方的山沟里涓涓而来的,而山沟里的水多数是泉水。像我家门口,有一眼山泉,无论旱涝,它总是从悬崖下边喷涌出来,而且冬天温润,夏天瘆牙,再经过几十里的林荫小道,就汇于丹江了。这样的水不仅是干净的,而且是有养分的,在丹凤这块土地上生活的人,都是喝着丹江里的生水长大的。所以丹江里,有许多稀有动物出没,发过洪水后,顺着丹江行走,不时能看见碗口那么大的鳖,带着一群鳖娃子,趴在巨石上,晒着太阳,听到脚步声便扑通扑通跳入水中去了。有时候在石头底下摸一摸,也许会逮着它的。不过一定得小心,一旦被它咬住了手指,它宁死也不会松口。夏夜里,也常有专门的捉鳖之人,他们顺着沙滩上爬行的脚印,就能直接找到鳖们睡觉的地方了。在丹江里,全国出名的,是娃娃鱼,过去没有被列入保护动物,我们就用几条网兜,绑在狭窄一点的落差大一点的水流中央,拿着棍子从上游捅向下游,就可以把娃娃鱼赶进网里了。小时候,我是吃过树皮草根的,但是再饥饿,从来没有想到鱼是可以吃的东西。每每捉到娃娃鱼,我们也是一样,在河边砌个水潭子,把它养在里边。它的叫声极像孩子哭,所以我们就学大人唱着摇篮曲"娃娃乖,娃娃长大穿花鞋",听它哭得烦了,我们就把它给放生了。不过听大人们说,丹江里的鱼与鳖,是一服很灵的中药,如果谁家媳妇长久不能添丁,只要吃上一两条,很快就能怀上身孕了,但一定得是土生土长的，如今那些家养的，是算不了数的。

在丹凤，山多名山。丹凤处于秦楚分界之处，所以山峦没有秦岭山的那种凶猛，又没有楚地的那种平秀。这里的山不高不矮，不胖不瘦，不深不浅，不得不失，拿捏得颇有分寸，既能长出成片的参天古木，又能长出密密的核桃柿子，还有许多绿藤与草药。说到药材，这里可谓遍山都是，小时候我就靠着采药养大了自己，也随手采一些艾草与山楂养壮了身体。这些药中，有灵芝，有天麻，有茯苓，有五倍子，有五味子，有柴胡，有苍术，有连翘，还有满山的野菜、野果、野花，都是不错的药膳。野菜里有藤子叶、野葱、野蒜，起码还有几十种我叫不上名字，夏天时用这些沤一缸酸菜，既可以做浆水面，也可以直接喝浆水，解馋得很；野果里，有野李子、野杏子、野栗子、八月炸、牛奶泡、叉八果，药材里边的五味子，在秋天的时候熟透了，一串串红透了，甜甜的，好吃得不得了；野花里，大片大片的，是黄色的连翘花，一簇一簇的是映山红，还有野杏花、野桃花、野海棠花、野百合花、金银花，秋冬的野菊花，更是黄的红的紫的，田间地头，河旁路边，到处都是的。冬天里丹凤好像没有野花了，不过却有漫天的雪花！所以说，丹凤是出名山的，县城的靠山就叫鸡冠山，山头白石嶙峋，山体巍峨丰满，形似雄鸡一唱，那昂头挺胸之势，绝对可以唱醒天下。整个县城就依鸡冠山而建，蜿蜒连绵，亭台楼阁，小桥流水，中间隐藏着几个水库，隐居着远古村落，整个县城犹如一片片祥云里浮着一只凤凰似的，故而此山又名凤冠山。除鸡冠山，最有名的，就是商山，地处丹凤县商镇，如今的商洛市、商州区、商南县,名字都是起源于这座山,我还不知道在此封邑的商央的商,与这座山的血缘关系。据有关地方志书记载,之所以叫作商山,是因为这座山沟壑起伏,层峦叠嶂,从远处观看,形似一个"商"字。我曾多次攀爬游览过这座山,一点一横一竖一钩,都是那么苍劲有力,只有上天才能擎起巨橡之笔,书写出如此精美的"商"字。秦时就有四位博士(如今人称商山四皓):东园公唐秉、夏黄公崔广、绮里季吴实、甪里先生周术,转遍了八百里秦川,最后选定这个既有景,又有静,既方便入世,又方便出世的商山,生时隐居于此,死时薄葬于此,是相当有道理的。如今丹凤借助自然资源优势,辅以聪慧而纯朴的民风,大力发展经济奔小康,商山的"商"字,在历史的书法外延上,又有了更多的拓展。其实,丹凤还有许多山,竖在深壑人不知,什么牛头山、马面山、九龙山、白虎山,个个看着不打眼,但是一旦深入其中,山有奇峰,物有绝活。这样的山养育的人也是一样,看上去个个都是"青蛙",但一相处人人都是"王子"。

在丹凤,人是亲人。人这一辈子,免不了会哭,有时候是哭自己,有时候是哭别人,还有林妹妹这些多愁善感之人,还会哭一些花花草草。如今我已近不惑,按说许多事已经看淡了,心如止水了吧,但是一碰到我的故乡,无论是人是仙,是物是畜,都会惹得我心酸落泪,不仅是实景生情,往往在梦里,也会哭得醒了过来。

说实话,这一辈子,我大部分泪水是为丹凤而流的。让我哭得最多的,当然是我的老爹,如今他依然留守在丹凤山区,大字不识,不会写自己的名字,不知道什么叫网络,更不知道什么是欺骗,免受了外边物欲的浸染。他的里里外外,都是没有经过机器打磨的,那种自然、干净、单纯,可以说是这个世界上仅存的圣人。说实在的,他已经成了土地的一部分,一个活着的人能融入土地,这是值得尊敬的,同时也是悲剧的。他耳朵已经聋了,牙齿掉光了,眼睛老花了,按说应该休息了,但是他还是没日没夜地、不离不弃地耕作在这片土地上,直到有一天他自己把自己的最后一小部分身体埋进土里。我一直在想,他是一头猪,而我则是一块肉;他是一粒小麦,而我则是一把面粉;他是长江头的一颗清露,而我则是长江尾的浑黄的一滴污水。这两种截然不同的生命状态,形成的落差是巨大的,每每他从山头滚下,从树上摔下,他还是说"不干活浑身就不舒服",然后一跛一拐地继续面朝黄土。想到这些,不由得你不哭啊。

在丹凤这块土地上,值得我流泪的人有许多。有我的妈妈,在人生仅剩最后一口气的时候,为了把仅有的粮食留给我,她想吃一根油条的愿望落空了;有我的舅舅,他是一个孤独的把自己埋在自己房屋里的猎人,他"一个人拿比自己还长的枪怎么打死自己"的问题,我至今也没有答案;有我的哥哥,在去金矿淘金的途中翻车了,是他在危难的时候救了我,而自己却永远地走了。还有不愿拖累儿女选择上吊的小姑姑。还有许多活着的熟人与生人,他们都有着秦人的大气,有着楚人的灵气,有着中原人的慧气,有着北边的忠、南边的孝、中间的仁义。再加上西边秦岭东边武关挡住了寒风恶雨,把这里隔成了一个清静的世外桃源,在这里生生息息的众生,肯定是浑身上下都透着仙气的。所以这里才子英雄辈出,任一个不起眼的村落或许没有燕子飞来,但是定有文人志士散居其中,贾平凹就是最突出的一个了。最重要的是,丹凤人都不嫌弃九山半水半分田,把个人命运与天灾地难完完全全地牵连在了一起,这样说吧,他们每个人都是一小捧有血有肉有情有义的泥巴。

我还要说说游子的伤痛。在许多人崇拜物质的今天,人时时刻刻都会受伤,有种无法躲藏的无奈。对于一个追梦的游子,你能躲到哪里去呢?

首先是身伤。去医院里吧,排队需要大半天;去河里吧,也许水里有污染;太空中吧,也许有沙尘暴。你夏天吃块西瓜吧,怀疑有没有甜蜜素;你吃点瘦肉吧,担心有没有瘦肉精;你好不容易喜欢一个双眼皮吧,也许是割出来的。唉,有多少人,已经患上了恐惧症,硬是不敢待在地球上。只有丹凤是真的,是没有污染的,是可以放心的,百分之百是绿色环保的,也是你唯一可以疗伤的地方了。丹凤粮食里边,有大米,有苞谷,有谷子,有高粱;蔬菜里边,有土豆,有红薯,有莲藕,有白菜;肉食里,有猪肉,有牛羊肉,有驴肉,现在也学会了养鱼养虾;水果方面,有桃子,有杏子,有梨子,有苹果,有柿子,有栗子,大量的就是核桃了。这些粮食果蔬,是自给自足的,不仅仅是自己种自己吃,也是种着给方圆几十里的乡亲吃。他们一来没有打农药、加激素的意识;二来是为了节省,因为人畜的屎尿一直都是他们最信任、不用花钱的肥料;三来生性善爱,从无功利与害人之心。所以,这里的庄稼也是幸运的,是自然生长的,是无公害的。野味方面,那就多得很难数清楚了,满山遍野都是野根野枝,野叶野芽,野花野草,野天麻、野木耳、野蘑菇,野兔、野鸡,早些时候还有成群的野羊、野猪、野狼、果子狸。我小时候就采过小药(冬虫夏草)。现在卖到山外的,最让城里人嘴馋的,我们叫商芝,外边叫蕨菜,在春天的房背后伸手就可以采摘它的嫩芽芽。还有很多野菜野果,我叫不上名字。这些野物,不仅没有遭受工业污染与药物催化,而且晚上一身雾,早上一身露,时时沐浴清风,季季吸收暖阳,就更加有营养而干净了。在我们村里,如今百岁、八十的老人有好几个,其中不乏腿脚利落、满嘴牙齿、头发乌黑者,关键是一辈子从来没有抓过药打过针,怕都是因为吃了这山中干净的东西吧。如果你是丹凤人,那你真是幸运得很,你可以放心地回家吃喝玩乐了。

还有心伤。像我们这些游子,在外边打拼奔波,那种压力是别人很难知道的,心里早已伤痕累累了。不仅常常遭到歧视,说你是乡巴佬,还会遭到排挤,在人家地盘上打天下,你就得时时忍着让着。关键是在这大都市里,许多人都忙着捞钱,蜜蜂忙着四季不停地采蜜,草莓不管寒热地生长,你真的很难找一个人来谈谈心灵,很难找到一只虫子来寄托情感。在丹凤,你可以随处看到青松翠柏,你说这是栋梁;你可以随处折到菊花,你说这是傲骨;你可以随时听到蛙鸣与蝉声,你说这是天籁。但是在外面呢?青松没有,菊花难寻,青蛙不见踪影,蝉鸣一片沙哑。满目看到的,满心感到的,都是那么生疏与别扭。还有一点,你无论躲在什么地方,人家一个电话就能把你揪出来了,一个短信或者微博就能通报消息了,让你一刻也无法从这个世界上消失,那种凄凄切切的等待之美已经绝迹了。但是在丹凤就不一样,我一旦回到村里,就像回到了天堂,你再也没有办法找到我,因为我们村里至今还没有通电话,也没有手机信号,我可以心安理得地逃出尘世,生活在世外桃源里。

所以,无论路途多么远,无论成本多么高,我们总会经常回家看看,说是探亲,实则是疗伤去了。虽然是在过年过节的时候回去一次,但是大多数时间能在心里想一想,能在晚上做个梦,仍然感觉是天下最幸福的人。因为一个没有故乡的人,是没有远方的,就如一个有信仰的人,没有寺庙一样。回家就是我的信仰,每回丹凤一次,都是一步三回头,九曲十八弯,就是我这个俗家弟子的一次次虔诚的朝拜与参禅。

如果让我现在选择,一年三百六十五天,一辈子,近百年,我都愿意住在丹凤这块土地上。我在一首诗中留下过遗言,在死后一定要回归故里,不至于在丹凤建一个灵魂墓,在异地他乡建一个肉体墓,让一个卑微的游子撑起两个碑这是无比沉重的。丹凤,你这座游子的寺庙,总有一天,我回来后就不再离开了。

鸡冠山

丹凤县位于秦岭南麓,城北那座山有两个名字,别人喜欢叫它凤冠山,我则一直乐于叫它鸡冠山。因为我从来没有见到过凤凰,不明白这凤凰到底为何物,长得像什么样子。但是,我不仅养过多年鸡,还被鸡养过几年。觉得鸡这小畜生,比起猪呀狗呀,优点真是多多了。一是勤快,瓜架下,田地边,一天到晚四处寻食。二是不挑食,见啥吃啥,苞谷麦子它吃,菜叶草籽它吃,虫子腐物它吃,万一啥都没有,石子它也吞咽得不亦乐乎。三是它长得快,二十一天就出壳了,三个多月就成熟了,公鸡开始打鸣,母鸡开始下蛋,一年能下三百个蛋。四是比较低调务实,它长个鸟样子,有一对大翅膀,但它不像麻雀鸽子乌鸦之类的,有事没事就飞起来,跑到天上转一圈。天上又没有吃的,也没有它的巢穴,除了显摆自己能上天之外,还有什么意义呢?

讲了这么多鸡的好处,想说明鸡冠山的好处。鸡冠山之所以以鸡身上最漂亮的部位命名,因为鸡冠山的山顶,怪石嶙峋,褶皱百结,尤其是旭日东升,或者夕阳西下,被火红的阳光一点染,从颜色、线条和形状,远远地看去,活脱脱就是一只充血的鸡冠。养过鸡的人都知道,公鸡与母鸡在小鸡时就可以区分开来,凭的就是鸡冠。鸡冠大的,明显的,颜色深的,就是公鸡;鸡冠小的,不明显的,颜色嫩的,就是母鸡。小时候家里养鸡,其实并不是养鸡,并没有粮食喂它们,反而是鸡在养我们,靠着几只老母鸡没日没夜地操心,下蛋,换家里的油盐。所以养鸡,大家喜欢养母鸡,抓鸡娃子的时候,专挑没有鸡冠的那些小鸡。但是有一点不要误会,母鸡并不是没有冠子,只是比公鸡长得晚一点,长得小一点,颜色浅一点。

如果硬要让我给鸡冠山定个性别的话,我觉得它应该是一只老母鸡。

原因之一是颜色。一早一晚从远处看鸡冠山,虽然也是充了血的,但充血不够明显,而且大部分时间,它不是红色的,也不是白色的,而是惨淡的——老母鸡太操劳了,冠子就是惨淡的。我分析原因,恐怕是由石头的质地和植被造成的。登过鸡冠山的人都明白,山中的石头质地比较差,属于碎石和乱石,可以说是风化石,也没有一块石头有奇特的造型,无法拿出来打磨一下,当成一件艺术品摆着。从远处看,山顶是光的,像鸡冠子是不长毛的,其实石头缝里不但长着茅草,还长着密密麻麻的野枣树。这两者加在一起,山顶不容易反光,或者说反光不够。本来阳光是灿烂的,被并不光滑的山顶反射之后,就变成惨淡的了。

原因之二是样子。如果远远地看,尤其是从城南朝北看,山腰是时疏时密上下错落的树林子,酷似鸡身上蓬松的羽毛,穿插其中的一块块庄稼地,春天是油菜,夏天是麦子,秋天是苞谷,冬天是雪花,随着四季红黄白绿地变幻着,像是扑棱棱的翅膀。县城是依山而建的,整体来看是一个椭圆形的鸡窝:城内有南凤街、新凤街、凤鸣街,与紫阳宫路、机耕路、车站路纵横交错,这些老街并非徒有虚名,是铺了青石板的,被磨得油光滑亮,坐在街边打牌喝酒,风吹过的时候有如凤鸣,尤其夜宿此处静听街风,宛如和美的箫声——相传舜作《箫韶》曲的时候,凤凰都被招来了,说明凤鸣与箫声同源;丹凤古代是"北通秦晋,南接吴楚"的交通要冲,上行翻过"远别秦城万里游"的秦岭可进入长安,下行越过"关门不锁寒溪水"的武关可直达武汉,城外便留下了马帮会馆、船帮会馆、水旱码头、龙驹古寨,近些年又建了滨江公园等景色,这些人文古迹与现代园林相互串缀,把这个"鸡窝"编制得十分漂亮。加上城外的万亩良田,尤其夏季麦子熟了的时候,"鸡窝"里更是铺了金黄色的麦草。

一座山,一座城,新风古韵,加在一起,不像一只鸡伏在鸡窝里像什么呢?公鸡是不会抱窝的,只有母鸡才会抱窝。抱窝有两种可能:一种是正在下蛋,一种是正在孵化。到底是何种情况呢?给我的感觉两种可能都有。如果是夏天或者秋天,它更像是在下蛋,那涌动的人流,那繁华的市井,是鸡蛋落地之后的满足和喜悦,甚至真能听到咯咯哒咯咯哒的声音;如果是冬天或者春天,它更像是在孵化,那围炉小饮,那其乐融融,必定是小鸡破壳而出之后,老母鸡张开自己的翅膀,把一群小家伙拢入自己怀里,享受着闲适生活的安静和温暖。

尤为美妙的,是这个"鸡窝"放在了一条江边,无论是"下蛋"还是"孵化",都有无尽的景色可以欣赏,这便是丹江了。从城南偏南的地方,由西向东穿过,江水清澈,不深不浅,不宽不窄,不疾不徐,不动不静,不冷不热,曲曲弯弯,若隐若现。对于丹江,我总有形容不完的话,它恐怕是过于干净的吧,山与城的倒影自不必说,而且能看到自己的影子,还照得见阳光的影子。按说水是没有影子的,阳光也是没有影子的,但是在这丹江里,水便有了影子,有了影子的水像佳酿一样醇厚;阳光便有了影子,有了影子的阳光像玉液一样透彻。丹江里的鱼儿,我叫不上来名字,有人介绍说,鲌鱼、鳡鱼、鲤鱼、娃娃鱼,种类繁多而稀罕。这鱼儿在水中游来游去,是最应该有影子的了,偏偏身子与影子全不见了。明明有成群结队的鱼儿在面前,却是无论如何也辨别不出来的,以为是水或者水中的一丝儿波浪。如果把脚或者手伸进水中,它们便过来吻你,也可能是咬你,有一些调皮的,偶尔跃出水面。只有这样,你才会发现它们是存在的。

我曾经在丹凤县城待过几年,结交了三个要好的文朋诗友,一个姓张,一个姓秦,一个姓王,常到丹江里钓鱼。我们钓鱼,不像其他人用倒钩,也不像姜子牙用直钩,我们什么钩都不用,只需要带一根绳子,从丹江边折一根柳枝,从河滩上剜几只蚯蚓。把绳子系在柳枝上,把蚯蚓绑在绳子上,然后把绳子垂入水中。我们几个人,从中午一直钓到傍晚,不仅仅晒着太阳钓鱼,下雨天也会打着伞钓鱼。我们之所以如此钓鱼,有两个考虑:一是我们不想伤害鱼,反正我们钓出来的鱼,不会带回去烧菜熬汤。大家都知道这鱼烧菜熬汤肯定是鲜美无比的,也是大补之物。我们一旦钓到鱼,无论大小胖瘦,都会扒个沙窝窝养着,临走时统统是要放回江里的,只是享受一下钓鱼的那个过程。二是钓鱼不是为了钓鱼,而是为了谈古论今,几个朋友都喜欢写诗,老张还喜欢写写散文,我除诗之外兼写小说。大家来钓鱼的时候,带着各自新写的东西,或者徐志摩的诗集、张爱玲的文章,一边垂钓,一边交流切磋。谈到妙处,彼此击掌言欢;谈得不投机,彼此指着鼻子骂娘。老张性子直,老王脾气暴,两个人有时候,一个会梗着脖子,一个会卷起袖子,一副要斗鸡的样子。老秦憨厚温和,每到关键的时候,往两个人中间一站,左盯盯老张嘿嘿一笑,右盯盯老王嘿嘿一笑。我正准备看热闹呢,面对老秦这个傻子,我们三个只有哈哈大笑的份儿了。

或许是这种情绪感染了江里的鱼,即使我们不想钓它们,它们也糊里糊涂地上了钩,拖着我们的钓竿在水中跑,似乎提醒我们说,快点把我拉出去!我们把它们拖出水一看,不明白它们是太傻呢,还是太贪,吃完了绑在上边的蚯蚓,把绳子深深地吞进了肚子,也算是一种自缚吧。

我在丹凤县城的那几年,业余时间一部分消耗在丹江里,一部分消耗在鸡窝一样的县城里,大部分还是与这帮文朋诗友一起消耗在了鸡冠山上。

第一是摘果子。鸡冠山上果子最多的时候是秋季,主要是野枣子,可以说满山都是,长在石头缝里,白花花的一片。有些长得好的,个头有指头蛋子大小,经过霜打之后,由青色变成了白色,吃起来肉多而甜。这些野枣子不能摘得太早,太早了没有熟透,咬不动,没有味;也不能太晚,太晚了虽然变红了,实际上成了空皮,干巴巴的,没有什么吃头。如果是秋天,我们四个好友,无论因什么上山,就边爬边摘,边摘边吃,吃不下了,不用带回家,带回家味道就不同了。事实是味道还是一样的,人要的就是一个采摘过程。有了这个过程,心情就变了,爬起山来感觉很快,丝毫都不觉得累。野枣子再怎么吃,无论如何是吃不完的,老王喜欢摘下来玩弹弓,打麻雀,老秦则喜欢埋在地下,照着他的说法是养蚂蚁,过一段时间果然会生出一窝蚂蚁。

第二是打兔子。鸡冠山上兔子尤其多,恐怕是因为这里风水好。动物也是讲风水的,鸟择良树而栖,就是这个意思。讲风水,主要有这么几方面:一是比较向阳,兔子生性活泼好动,天寒地冻的时候,没事喜欢出来晒太阳,而且向阳的地方仍有青草,主要是麦苗子,冬天雪下得再大,麦苗子也会长得绿油油的。二是幽静而不偏僻,兔子怕寂寞又胆小,太偏僻的地方它受不了,人太多的地方它又提心吊胆。鸡冠山下就是热闹的县城,鸡冠山上并无一户人家,只有零零星星的爬山之人经过,正好不闹不静,不闲不适,它可以趁机与人捉捉迷藏。有一阵子,我们喜欢上山,与其说是打兔子,不如说是和兔子玩游戏。我告诉大家,我上辈子是兔子,所以我是懂兔语的。我把耳朵埋在地下,可以准确判断方圆什么地方有兔子,它们在说些什么。有一次,我说,两百米外肯定有兔子,而且是两只,一只说今天天气不错,另一只说可惜马上变天了。他们说你就吹吧,非得和我打赌,赌晚上回县城的两壶柿子酒。循着我指的方向走了一百多米,果然看到两只兔子在麦地里追逐,傍晚的时候果真飘起了雪花。他们不服,那一年冬天,几乎大多数周末,我们都泡在鸡冠山上,按照我的指引打兔子。有一次,看到一只兔子骑在另一只兔子身上,叽叽歪歪的,也可以说是卿卿我我的。我们拾起石头,疯狂地追打,吓得两只兔子裤子都来不及提(如果它们穿裤子的话),沮丧地抱头两散,惹得我们幸灾乐祸地在麦地上打滚。其实,多数时候我连人话都听不懂,哪懂什么兔语,不过我也不是瞎闹闹的。古话说得好,人过留名,雁过留声,别说一只兔子,一只蚂蚁从世界上经过,都会留下蛛丝马迹的。兔子冬天的盛宴,只有一道主菜,就是麦苗了。太阳山来后,它们一家三口,或者是夫妻双双,肯定会晒着太阳赴宴。如果麦苗子的茬口是新鲜的,说明刚刚被兔子啃过,它们还没有走远,顶多也就一两百米而已。

第三是上山下棋。文朋诗友之间喜欢下棋是不足为奇的,可是我们四个人下棋的时候,偏偏出了个怪人老张。老张不喜欢在家里下棋,也不喜欢在城里下棋,原因是他在家里或者在城里,无论与谁做对手都是必输无疑的。按照他的意思,这家里与县城地方太小,似乎真上疆场一样,都不是"马走日字象飞田"的地方。我分析原因,是每次下棋的时候,如果有观棋者嘀咕一句,尤其他老婆在耳边说句话,哪怕与棋局无关的话,他立马就慌了神。所以,每次有人要下棋,他就拿一件衣服把象棋一卷,挎在肩膀上说,走,上鸡冠山。

鸡冠山上有几个石窟,都在悬崖峭壁上,确实是爬进去下棋的好地方。说来也真奇怪,老张一到这里下棋,便会杀气腾腾,每每逢到危急之时,他就会放下棋子,站起身,一边气势汹汹地撒一泡尿,一边茫然地俯视着山下,像一个国王在思考他的江山社稷和前途命运。等他再回到棋局中,必定是峰回路转。所以,他总是赢多输少,其他三个人轮流着上场,与他大战九九八十一个回合,基本是中午上山,会一直杀到天黑。遇到十五月圆之夜,还会趁着月光继续战斗。有一次天下大雪,在石窟也避不住了,大家还是冒着大雪,下到了傍晚时分。等收了棋盘,头顶已经积了一层雪,下山的路也被大雪给封住了。

无论是上山摘果子、打兔子还是下棋,都和去丹江钓鱼一样,总是志趣相投的这么四个人。恐怕正是在这样的环境,不几年的工夫,各自赢得了自己的江湖。凭着这些,老张很快离开了丹凤,进入西安一家杂志社当了编辑,老王从丹凤调到了商州,在史志办上班。我年纪最小,负担最轻,则走得最远,一口气跑到了一千三百公里外的上海。从此天各一方,十八年间我与老张见过两面,都是在西安城里,每次就两个小时,吃一顿饭,喝几杯酒,又得各奔东西了。十八年间我与老王和老秦连一面都没有见过,按说我每年会回丹凤一次,但是仅仅从县城经过,唯一能做的就是坐在车上,无奈地望几眼鸡冠山而已。

只有老秦一直没有离开丹凤县城。他先在学校教书,后来在教育局机关上班,每每怀念起当年,我都要打电话给他,问他还上不上鸡冠山,还下不下丹江河。每次他的说法都是一样,鸡冠山上建了亭子,铺了几条小路,开了一些石窟,按说更漂亮了;丹江河上建了大桥,两边种植了绿化,有了漂流项目,按说更好玩了,但是如今没有那个心情了。问起原因,他说,你们都走了,玩不起来了。言下之意,无论是鸡冠山还是丹江河,都是因人而生的。

我是这样理解的,丹凤城北的这座山因其形而得名,它看似还在,气息已经变了,像一只鸡,无论公母,养鸡人已去,公鸡打鸣也罢,母鸡下蛋也罢,都是毫无轻重的。就是说,如今的鸡冠山早已不是当初的鸡冠山了,那叫它什么名字才是合适的呢?想一想,我还是叫它凤冠山吧。

《庄子·秋水》中说,南方有鸟,其名为鹓鶵。鹓鶵亦即凤凰之属,和凤凰是无异的。经过研究和田野考古发现,凤凰其实并不存在。

凤凰它只是一个传说而已,凤冠山何尝不是一个传说呢?

拯救老父亲

病危

爹是一尊活佛,不是寺庙的活佛,或者是被佛派来的。他来到世上的目的就是先养我,再来化我。但是爹逢人就说,不是他儿子我呀,他坟上的草都长多深了。按照他的意思,是我救了他,我像他的救命恩人。不过,我感觉恰恰相反,好比一个泥水匠,他揉了一团泥巴,捏出了一尊菩萨,似乎是他造就了菩萨,其实是菩萨成全了他,让他借着这么一个机会,有了普度芸芸众生的法力。

事情得从 2017 年冬天讲起。大姐有一天打电话来,说爹病了。我当时非常忙,第二天要去山东东阿,有几千块的红包要拿,而且已经订好了机票。爹已经八十岁了,以往也经常生病,比如便秘啊咳嗽啊感冒啊,无论轻重都被瞒哄过去了。他的理由只有一个,我离家远,又忙,不要打扰我。这一次,大姐打电话的时候,明显是强忍着泪水的。我问,爹怎么了?大姐说,老毛病犯了,已经送到了医院。爹从来拒绝进医院,这次应该是比较严重的。我试探地问,我要不要回来?大姐没有任何犹豫地说,回来吧,爹说欠你了。

"欠"是我们村子的方言,就是非常非常想念的意思。爹能说出这个"欠"字,看来情况有些不妙。

第二天大清早,我就改变了行程,从上海绕道杭州,坐火车回到了丹凤县城。我推开病房的时候,看到病床上有两个人,一个是大姐,一个是爹。大姐靠着床头坐着,怀里静静地抱着爹,像抱着巨大的婴儿。两个人似乎都睡着了。护士轻手轻脚地跟过来,对着病房外指了指,示意去外边说话,以免吵醒了他们。护士告诉我,爹患的是心血管疾病,心肌已经大面积梗死,加上肺部出现感染,所以呼吸十分困难,医院已经下过两次病危通知。大姐之所以那么抱着爹,是为了缓解爹的痛苦,让爹能好好地睡会儿。护士说着,眼泪就流下来了。

我回到病房,大姐已经醒了,她笑着说,你刚到吧?我说,刚下火车。大姐把爹从怀里轻轻地放下来,然后对着爹的耳朵说,爹呀,你看看你儿子回来了。爹嘟哝着说,哪个儿子回来了啊?

爹原来是有两个儿子的,哥在十九岁的时候发生车祸去世了。我说,爹呀,你不认识我了吧?爹似乎真的不认识我了,闭着眼睛没有吱声。我说,我是喜娃呀,我刚从上海回来。爹似乎被扎了一针,惊了一下,眨巴着睁开了眼睛,然后挣扎着要从床上下来。我按住爹,说,你想吃什么吗?爹没有一点推辞,说想吃锅盔。大姐看到爹一下子精神起来,就笑着说,爹你偏心。

爹说,我怎么偏心了?我对儿女都是一碗水端平的。大姐说,这些天,每次让你吃饭,你总是发脾气,说我要害死你。你看看现在,你儿子一回来,你马上就要吃东西了。

爹一辈子最爱的就是锅盔,当年出门干活的时候,有个锅盔作为干粮,那是幸福的。如今生活变好了,大部分人已经不吃锅盔了,改吃大肉包子了,或者改吃芝麻大饼了。但是人的身体最忠诚于自己,贫贱不能移,富贵不相忘,无论生活发生了多少变化,胃口一点都不会变。虽然锅盔硬邦邦的,没有添加任何味道,可是在生命岌岌可危的时候,爹挂念着的还是锅盔。

我亲自去街上买锅盔。昨晚刚刚下过的一场雪,把县城后边的凤冠山、前边的丹江河、中间的房檐屋顶,打扮得十分素净,加上天已经放晴,阳光淡淡地照着,像涂了一层淡淡的红粉胭脂,行人呵出浓浓的雾气,像戴上了轻轻的面纱。锅盔并不难买,作为陕西八大怪之一,不仅是当地最具风味的一种食品,也是几代人在这块土地上最美好的留恋。所以街头巷尾,有的专卖锅盔,有的兼卖羊肉汤,老头老太或者小媳妇大闺女,他们的摊子多数摆在自家门口,支着一个炉子,放着一张桌子,围着几条板凳,并非当成生意来做的,而是当成一种生活来过的,像在热情地招待着客人一样。

我带着一个火烧火燎的大锅盔回到病房,大姐已经给爹穿好衣服、擦好脸让他勉强坐起来了。爹毕竟几天滴水未进,我害怕干巴巴的难以下咽,就搅了一大碗糖水,把锅盔掰开,在糖水里蘸一蘸,然后一口一口地喂给爹。这种吃法,也是爹教我的。小时候,爹带着我扛着床板,去河南那边赶集,来回整整一天,中间吃一块锅盔充饥,遇到口干舌燥难以下咽的时候,爹就带我来到小河边,掰一块锅盔,放在潺潺流动的溪水里泡一泡。如果小河里有鱼,鱼儿们闻到味道,以为遇到了龙王爷请客,自然会馋着嘴纷纷游过来,亲一亲,咬一咬。被溪水泡过的。被鱼儿亲过的锅盔,虽然有一点若有若无的腥咸,不过却软软的滑滑的了,在咀嚼和吞咽的时候,会有甜丝丝的味道掠过舌尖。

  医生查房的时间到了,看到爹精神起来,就把听诊器搭在爹的胸口听了听,说昨天还滴水不进呢,今天怎么胃口大开?而且吃的不是流食,你们私下里给他吃过什么灵丹了吗?护士笑着指了指我,说灵丹就是他的宝贝儿子,估计看到儿子回来了,心里高兴吧。

  其实,我已经注意到了异样,爹在吃锅盔的时候,不再像以往一样,以前你能从他的目光中,看到他的享受,体会到香喷喷的味道,把你馋得直流口水。但是,这一次,他的目光是呆滞的、无神的,焦点不在嘴里,似乎已经游离到了世界之外,或者已经失去了注意力。而且他的嘴巴毫无节奏,我喂一下他,他就张一下;我不喂他,他并不主动要求。他不像在咀嚼食物,倒像一台水泥搅拌机,那么机械,那么麻木,只有力量,并无欲望。

  我想,爹最大的事情永远是吃,吃是活着的象征。如今爹不在于吃饭,他只是表现给我看的。他以吃的方式和礼仪,表示他见到儿子的喜悦。

中午的时候,元明哥来了,他是我的大堂兄,突然出现在医院,意思是明白的,来看爹最后一面。我们家族,父辈们兄弟四人,如今只剩下爹一个人了。大伯是滑进茅坑里淹死的,大佬是得胃病死的,小佬是得肺炎死的,除了小婶还健在,其他三个婶婶从没有认真看过医生,都死得稀里糊涂。我们堂兄弟也是四人,各自成家添丁进口,已经散落在天南海北了。三十年前,由于邻里关系纠纷不断,元明哥有点归隐空门的意思,带着嫂子顺河而下,搬到了"关门不锁寒溪水,一夜潺湲送客愁"的武关少习山,傍依着一座寺庙,两口子在农忙的时候开荒种地,在农闲的时候向方圆的百姓讲经事佛(也许是道)。元明哥自小信佛,经常去周边的寺庙帮忙洒扫,还带回一些经书,在家里认真地抄写研读,后来娶了一个媳妇,也是信佛的,所以他们家一日三餐都是吃素的。他们到别人家串门子的时候,大家请他们吃饭,都会从地里铲一些泥巴,把碗反复擦洗几遍,都是不沾丝毫腥荤的,大葱大蒜等五辛作料都是不放的。

有一年,元明哥突然打电话给我,要我帮忙购买一本经书。不就一本经书吗?上海这么多名刹古寺,又有那么多高僧大德隐居其中,我就满口应承下来,说买到了送给他。哪承想,跑遍各大新旧书店,静安寺、玉佛寺也问了,还讨教了几位法师,都没有找到那本经书,最后在图书馆查到了,是从日本翻译过来的孤本,可见元明哥的修行之深了。我原本有些迷惑,他们夫妻两个,算不算出家呢?如果是出家的话,那不是有违清规戒律吗?在我们老家,所有人是分不清佛和神的,什么是寺什么是庙,就更是区分不开了,也并不妨碍我们祈福许愿。后来才明白,元明哥修行的,确实不是寺也不是庙,皈依的不是道观也不是佛门。不管信仰什么宗教,其本质是积德行善,这就足够了。

记得大半年前,大姐打电话告诉我,元明哥回家看望爹,摸着自己的山羊小胡子,摇着头叹着气说,爹过不了今年年关。话传到爹的耳朵里,爹一下子失去了求生的欲望,经常坐在门枕上,尤其喜欢在黄昏的时候,呆呆地看着门前的山头,似乎白云飘过的高出山头三尺的地方就是他要离开的路。就那样过了春天,爹开始嘟哝着为自己准备后事。首先,爹带着大姐,在房前房后、山上山下、地尾村头,仔仔细细地转了一圈,告诉大姐哪些庄稼地、哪些自留山、哪些果树是我们家的,地畔和山界在哪里,哪块地适合种麦子,哪块地适合种苞谷,哪棵树打的核桃是夹仁的,哪棵树结的柿子适合溇着吃。爹最放心不下的是几块地,再三叮咛不能撂荒了。大姐说,如今又不缺几把粮食。爹说,我们都是这些地养大的,它们是我们的家当,不好好种的话,家就算败掉了。其次,爹带着大姐去坟地,哪些坟里埋着亲戚,和我们是什么关系,都指认得清清楚楚,包括无后的哥呀,子孙不在身边的亲人呀,交代过年过节的时候,千万不要忘记给他们上坟送灯。

最后,爹开始着手给自己准备老衣,都是黑色绸缎的,挂在家里的阁楼上,隔三岔五地拿出来,放在太阳下边晒一晒,然后披在身上比画着大小。另外,爹一有空闲,就拿着毛巾去擦自己的寿木,还提着铲子去给自己的墓培土,爹的寿木和墓都是自己好多年前就造好了的。寿木被他擦得黑漆漆的一尘不染,墓被他培得又高又大,像一座小山,而且在后边栽上了一棵核桃树,说是长大了,既可以打核桃,又可以福荫子孙后代。

爹看到元明哥来医院看他,目光顿时变得恍惚起来,像一个灯泡子遇到了高压。我明白,爹又想起了那个预言,以为元明哥和上天走得很近,所以他的预言应该是灵验的。

我拉着元明哥离开病房,找了一家餐馆,点了几个素菜,然后坐下来聊天。元明哥忧心忡忡地说,我说得不假吧,二伯看来日子不多了。我把话题支开了,我总是觉得,上天有时候也是吃软怕硬的家伙,面对爹这样吃尽苦头的倔老头,要拿下他,可不是那么容易的。

我趁机向元明哥了解了几个关于家族的问题。爹虽然还可以说话,但是思路已经不太清晰了,很多事情已经回忆不起来了,甚至连人都不认识了,如果元明哥某一天也老了,我们家族是从哪里迁徙来的,我们的老先人叫什么名字,具体埋在什么地方,这些都搞不清楚的话,是不是就有些可悲呢?第一,我们把爷爷叫 diǎ,这个字到底是怎么写的?第二,我们的爷爷和奶奶叫什么名字?第三,我们的老先人埋在什么地方?元明哥告诉我,几辈人都那么叫下来,确实没有人晓得 diǎ 字怎么写;我们的排行是"宜治先元正",爷爷是"治"字辈,叫陈治坤,奶奶不晓得名字,只晓得姓周。听到奶奶姓周的时候,我内心顿时有了一丝温暖,这就意味着,在我的血管里流动的,有四分之一周氏血脉,换一句话说,凡是姓周的,好像都和我有着血缘上的关系,我在这个世界上并非那么孤单了。

至于老先人埋在哪里,元明哥给我讲了一个故事。由于我们的成分不好,老是受人欺负,所以当时的队长以改河修地为名,要求我们把老太爷的坟迁走,而且不能侵占平地,实在没有办法,最后就安葬在了山上。不承想,挖墓穴的时候,大冬天的,泥巴不仅没有上冻,反而从下边冒着热气,因为那座山叫九龙山,无意中把老坟埋在了龙脉上。我说,假的吧?元明哥说,怎么会是假的,老太爷的尸骨是我背上去的,而且是我挖坑埋下去的,所以我们这一族出了多少人才。你看看你们,当官的,发财的,剩下我,拜拜佛,念念经,虽然没有出息,也算是积德行善的事情。

我说,老太爷埋的那个地方,上边有一棵大树,下边有一眼泉水,确实是一块风水宝地。元明哥说,再好的风水还要有德行,没有德行的人把他们的老祖先埋在那里试试,肯定就不灵了。我们村里另外一族,也是老太爷死了,请风水先生选了一块坟地,据说在龙头上,但是出殡那天,有一条流浪狗钻进厨房找东西吃,主人拿起菜刀砍了一刀,不偏不倚地砍在狗头上。狗受伤了,使劲地逃窜,正好跑到那块坟地,流了一摊血。据说狗血是辟邪的,也是破风水的,老先人埋在龙头上有什么用?后人全部败掉了。我说,这个是假的吧?元明哥笑了笑,说真的假的不晓得,如果后人有德行,给狗喂一根骨头,风水就不会失灵了。

我和元明哥吃完饭回到医院,爹的病情和早晨一样,并没有出现回落,虽然插着氧气管,输着液,但已经好转多了,仍然靠在大姐的怀里,静静地躺在床上,而且发出均匀的呼噜,这声音显得少有的安详,似乎世界已经太平,痛苦和疾病已经远去。

元明哥也许意识到自己的判断是失误的,就悄悄地告辞了。他在踏上公交车的时候,还是不忘回头叮咛一句,你们小心一点,有什么事情早点通知我们。

孝顺

县医院位于北新街中段,有一个坐南朝北的院子,对面是百年老企业葡萄酒厂,再朝前就是当地一景凤冠山;背后是一片民房,走过一条狭窄的弯弯曲曲的小巷子,就是"北通秦晋,南接吴楚"的丹江了。

大姐连续几天照顾爹,没有好好地睡过一觉,所以我在附近的宾馆订了一间房子,逼着大姐好好休息一下,到天亮的时候再来换班。晚上十点多,大姐把爹像孩子一样哄睡,然后走偏门去宾馆。经过几间平房,大姐告诉我,前一天晚上,有个男人三十几岁,被送进我们隔壁那间病房的时候还有说有笑,不一会儿心脏病发作,抢救了几分钟,还是死了,现在就停在那几间平房里。我说,为什么停在那里?大姐说那是太平间。我放慢了脚步,认真地打量了一下,它们是水泥的,四四方方的,蹲在黑漆漆的夜色中,和普通住房并没有什么差别。不一样的是,它们没有一扇窗户——人需不需要窗户,或许就是活和死的区别吧?活着总是需要一扇窗户去透气去眺望,而死了就永远用不着了。门是有的,这是活人与死人共用的最后一个通道。门是不锈钢的,上边挂着一把大锁,在静静地保护着什么……

　　此时,偏门吱呀一声开了,从外边深深的巷子里拐进来一个人,他戴着一顶黑色的鸭舌帽,遮挡住了大半张脸,在昏暗的灯光下看不清面目。他竟然认识我们,淡淡地问了一句"你爹怎么样了",然后迅速地消失了。我恐惧地想,人如果没有灵魂,仅仅是尸体的话,似乎并没有什么威胁,也没有想象的那么恐怖,我们多数时候恐惧的是看不见摸不着的东西,比如鬼。

　　我返回病房的时候,爹的呼噜声还在,并不响亮,也不匀称,穿过夜色像一只落于蜘蛛网内的扑棱棱的蝉,一会儿挣扎,一会儿停止,夹杂着几声咳嗽和喘息。我坐在旁边,借着窗外的一盏路灯,仔细地打量着爹。爹的脸上全是皱褶,没有任何舒展的地方,像一张麻纸被揉成了一团。爹的眼睛深深陷了进去,双眼皮耷拉着;鼻子歪向一边,嘴巴咧向一边,几乎连到了耳根,像刚刚遭到人的撕扯和毒打;下巴瘦瘦的,像被刀削过一样;胡子花白而稀疏,像干旱时候歉收的庄稼……爹的身体像木乃伊,似乎被掏空了,没有血气,没有五脏六腑,只有浓烈的药水味和腐烂的气息。呵,在我的印象中,他是背着三百斤东西健步如飞的,是每顿饭可以吃五六个馒头的,是凭着双腿当天能从县城打个来回的,是见到村里的寡妇们还可以眉飞色舞地开开玩笑的……我真不敢相信,爹怎么说老就老了呢?怎么几乎一夜之间就老了呢?

我在心里一直有个盘算,等什么时候放假了,我要和他一起,骑着自行车,吹着口哨,穿过一排排杨树林,再下一次南阳看看卧龙岗;我要和他一起,带着干粮,背着床板,凌晨三点起床,听着鸡鸣狗叫,再去河南卢氏赶一次集;我要和他一起,在烈日炎炎的夏天,站在绿油油的苞谷地里,再举行一次薅草比赛……这一切已经不可能了,我真后悔,这么多年干什么去了呢?我总是埋怨生活有多艰难,工作有多忙碌,其实都是借口而已,我忙碌的哪一件事情和爹有关,和天伦之乐有关呢?没有天伦之乐的人生,不过是毫无生趣的人生罢了。

夜已经深了,除了偶尔传出病人痛苦的呻吟声和护士小跑着的脚步声,医院暂时恢复了平静。我没有看手机,此时此刻,我不在乎手机微信上那铺天盖地的信息,不在乎中美关系,不在乎叙利亚危机,不在乎五花八门的圈子和八卦。今夜,我不在乎世界,只在乎卧病在床的爹,只有爹才能静静地支配我的时光。我轻轻地握着爹的手,爹的整个手,包括手指头,都生满了茧子,像一块珊瑚礁一样,冰冷,生硬,粗糙。我认真地体会着爹的呼吸节奏,仔细观察着爹的每一个小小的动作。凌晨三点的时候,爹咳嗽加重,喉咙里起痰了,像灌满了胶水一样,发出呼呼啦啦的声响;然后,爹像蚯蚓一样开始抽搐,一会儿抬起左手朝着空中抓一抓,一会儿伸出右手撕扯着床单,一会儿捏起拳头朝着床头砸去……

天已经开始放亮了,麻雀陆陆续续地醒过来了,还有几只喜鹊站在杨树梢上喳喳地叫着,很久没有听到这种吉祥的叫声了。

大姐早早地回到了病房,说自己眼睛一闭就做噩梦,刚刚梦见爹变成了一个呱呱坠地的孩子,跳啊跳啊又变成了一个肉球。我安慰大姐,这不算什么噩梦,而且喜鹊都在叫了。大姐说,喜鹊是靠不住的,咱妈去世的那天下午喜鹊叫得更欢。

爹的手一下一下地有节奏地抓着,大姐笑着告诉我,爹这是在种地呢,前几天就这样子,问他在干什么,他一会儿说在摘枣皮子,一会儿说在拔草,一会儿说在破柴火。我看了看爹的动作,那么优美,那么熟悉,那么古老,但是爹不在家里,不在庄稼地里,而是在病床上。一个在病床上种地的人,一个在生命最后一刻仍念念不忘种地的人,他一辈子种下去的,已经不再是庄稼,而应该是他自己,他把自己一点点一点点地种进了时间的长河中。

大姐说要给爹洗漱了,让我出去吃饭,不用急着回来。我坐在巷子深处,捧着一碗羊汤正喝着呢,突然意识到忘记带钱了。但是小城民风淳朴,我准备回去取钱的时候,旁边有个陌生的小伙子说,我请客,赶紧喝吧。摊主也告诉我,你下次一起付,趁热喝吧,不然就冷了。我还是有些不好意思,急急地喝完羊汤赶回医院取钱。当我推开病房的时候,我一下子呆住了……我装作若无其事的样子靠着走廊,顺着半遮半掩的门缝盯着病房里发生的一切。

事后才晓得,爹便秘严重,需要使用一种叫开塞露的药,而且由于卧床不起,下身出现红肿,需要用硫酸镁溶液进行擦洗。每天早晨等爹醒来,大姐第一件事情就是给爹通便……大姐第二件事情是给爹擦洗身子。爹身体好的时候并没有那么娇气，但是如今生病了，却敏感起来了，不能烫，也不能冷。呵，天啊，爹赤裸着下身……

我并不意外，因为在老家，给老人端屎倒尿的例子普遍存在，这是作为子女应尽的孝道。但是，接下来，令人吃惊的是，我看到我的大姐，她佝偻着身子站在床边，拿着毛巾，蘸着药水，擦拭着爹的下身，而此时此刻的爹是完全赤裸着的，某个部位红肿得像两个拳头……

我终于明白什么才叫伟大，什么才叫真正的孝顺，我真的不敢肯定，我能不能做到这些。记得曾经和爹一起洗澡的时候，我都不敢正视爹的下身。在这个世上，起码有很多人，端一碗水给老人都不高兴。再仔细想想，大姐这么对待爹，也是自然而然的。妈在我很小很小的时候就去世了，大姐从此肩负起了照顾爹又照顾我的责任。在大姐的眼里，我和爹都是她的孩子，当妈的在孩子面前，还有什么好顾忌的呢？

爹的病情是在第二天下午急转直下的，医生把我单独叫到了办公室，向我通报了会诊结果，大意是心肌又出现了部分梗死，而且肺部出现了并发症，随时都有生命危险。我询问医生，还有什么办法没有。医生摇了摇头，说县医院条件有限，他们都尽力了，最好的药也都用过了，如果说还有办法的话，那就是赶紧转院，去西安治疗，比如做支架手术。医生解释说，按照拍出来的片子看，起码需要安装三个支架，总费用七八万块，农村医保报销百分之五十左右。钱是一个问题，另一个问题是，八十岁的人了,身体又这么虚弱,能不能做支架手术?做支架手术的意义有多大?正好,有一位大爷来找医生,说自己有一位朋友做了三次支架手术,花了十几万块,后来还是死掉了,要他说呀,他们土农民,何况又那么一把年纪,多活两年,少活两年,也没有太大差别,无非多吃几碗饭、多受几年苦而已,而且做完支架手术,必须天天吃药。

大爷说,你爹那么倔强,平时都不好好吃药,如果不坚持吃药,支架得不到维护,那钱就等于白花了。

我犹豫地回到病房,爹的心绞痛也发作了,他像一条搁浅在沙滩上的鱼,使出最后一点力气,伸手挠自己,抓自己。大姐哭了,又爬上病床,把爹紧紧地搂在怀里。护士也哭了,就给爹打了一针药,估计是哌替啶什么的,但是没有止住爹的痛苦。爹仍然挣扎着,到最后的时候,也许没有力气了吧,目光十分游离、散淡,像手电筒的电量即将耗尽,也像一块方糖即将化尽。原来,人在绝望的时候,目光里不仅无光,也不存在绝望,而是空空洞洞的。

在金钱、活着的意义和儿女的道义之间,我权衡再三之后,本来已经选择了放弃,但是,面对绝望的爹,我忽然又改变了心意。我告诉大姐,我们转院吧。大姐开始是沉默的,过了几分钟才问,关键还是钱的问题,大概需要多少钱?我说,需要七八万块。大姐说,你带回来的烟呀酒呀,爹舍不得吃舍不得喝,都被他寄在小店里卖掉了,他这件毛衣穿了好几年,给他买了件新的,三百多块呢,也被他一百多块卖掉了。他辛辛苦苦积攒了一辈子,有些钱都储存了三十多年,你晓得他有多少存款吗?直到前几天,估计是身体不行了,他才告诉我们,还不到七万块。我开玩笑说,拿些出来给我花花,你晓得他怎么说吗?他的钱谁也别想惦记,要一分不少地留给自己儿了。

大姐又讲了一个小插曲,刚来医院的那天,医生给他检查身体,听诊器刚刚搭到他的胸口,就被他一把推开了,说人家要掏他的钱,因为他的存折就装在贴身的口袋里。

我明白大姐的意思,如果去西安做手术花掉七万块,爹一辈子积攒的七万块,就被抵消了,就被清零了。那么,爹的一生是不是也被清零了呢?爹经历那么多苦难,绕那么大圈子,是不是又回到起点了呢?从爹的角度而言,这七万块是他用一生换来的,确实比他的生命更重要,几乎就是他生命的象征,也是他活着的意义所在。他根本不愿意全部花在自己身上,而是要分文不少地交给我。因为这是他精心准备的遗产,他要以继承这笔遗产的方式证明,他的血脉香火被我继承了下来。

但是,从我们的角度来看,爹是不能被抵消的,他一生的路线不是圆的,他并没有回到起点,他是活着或者死去,似乎对他自己意义不大,对这个世界的影响可以忽略不计,在历史的长河中也留不下任何痕迹,但是,对我们就完全不同了。爹活着,我们的家就活着;爹死了,这个家就死了。大姐的提醒也是有道理的,我们最纠结的,不好意思说出口的,归根到底不就是担心钱吗?如果我非常有钱的话,或者爹不在乎存钱的话,我还会权衡手术有没有意义吗?我反反复复推算了几遍,最直接最简单的账目是,如果去西安做手术的话,扣除医保报销的那部分,再加上其他开销的那部分,应该还需要七万块,在这个数目之内,我还是承担得了的。

为了减少折腾,不花冤枉钱,不跑冤枉路,不陷入进退两难的处境,我决定立即动身,先到西安把一切咨询清楚了,再决定是否把爹转过去。我踏上了当天最后一趟火车,当我坐在车窗前,看着已经灯火阑珊的小县城,再想一想那空空洞洞随时都有可能熄灭的目光,我的泪水禁不住流了下来。

我直奔西安某某三甲医院,从医院墙壁上的宣传栏看到一位专家:主治医师,医学博士,美国某某大学医学博士后,主要从事心血管疾病的临床、基础研究,擅长各种心血管疾病的介入治疗,尤其是复杂或重症冠心病的介入治疗,在心血管疾病方面造诣很深……我装作若无其事的样子溜进了住院部,笑眯眯地向护士打听这位医生。我说,我不是做药品推销的,也不是来看病的,我有一个学术方面的问题想请教他。护士看了看我这个光头,有些怀疑地问,你也是医生?我说,是啊,不过,我是下边医院的,我很崇拜他,这次来西安培训,顺便想看看他,我刚刚打他电话,一直不在服务区。护士说,他忙着呢,现在还在手术室。我说,难怪了,你看看他的手机号码对不对?我把手机递了过去,护士看了一眼说,错了。我说,原来他换号码了,你把新号码给我吧。

我骗取了医生的电话号码,然后下到三楼手术室一打听,这位医生确实在做手术。夜已经很深了,好多门诊已经关门,只有手术室外边灯火通明,三五成群的人站在楼道里,焦急不安地等待着。有人在等待着把病人送进去,有人在等待着病人出来。手术室旁边的墙上,有一个透明玻璃窗口,医生站在里边,家属站在外边,用麦克风进行交流,把手术中间出现的情况及时通报给家属。

我一下子陷入深思,如果爹被送进去了,正躺在手术台上,那个窗口突然打开了,麦克风里忽然传出自己的名字,我隔着一层厚厚的玻璃,看到医生摘掉口罩,告诉我,哪里哪里又堵塞了,在造影检查的时候,原来计划搭三根支架,如今最好搭上四根,甚至是五根六根,我应该怎么办呢?在众目睽睽之下,在良心与金钱的天平上,想一想自己所剩不多的账户余额,再想一想爹紧紧捂在胸口的那些存款,我能说出一个"不"字吗?

老人生病了是痛苦的,是受煎熬的,而这对于家属又何尝不是一种煎熬呢?

我苦苦地等待了三个小时,在凌晨一点多的时候,终于见到了那位主任医生,我冲上去拦住了他。他长得高高瘦瘦而又白白净净的,给我的第一印象,他天生就是当医生的。医生看了看我带着的资料,痛快而坚定地说,你明天把病人转过来,我们系统地检查一下,然后才能商量治疗方案。真不愧是优秀的医生,他看我有些犹犹豫豫的样子,然后又补充了一句,你放心吧,年龄不是问题,我的病人有不少八十多岁,是搭支架还是传统药物治疗,我没有见到病人是不太好下结论的。

他简单的一句话就打消了我的许多顾虑,我立即通知大姐,做好准备,等天亮之后,就办理转院手续。为了防止两百公里的途中出现不测,干脆花费四千块叫一辆救护车,配备一名医生和一名护士。

爹是第二天中午被送到西安的,正好有一个病人走了,空出了一个床位,就顺利地住进了重症病房。大姐问我,你是不是托了关系?不然要排很长时间的队。确实如此,夏天的时候,有个在北京工作的朋友,把他妈从渭南转来这家医院,在楼道里奄奄一息地等了两天,哭着打电话向我求助。我找了报社的记者,还找了机关干部,最后都解决不了。我告诉大姐,哪里有什么关系啊,是我们运气好,也是爹的福气,遇到了国家扶贫攻坚,这家医院的扶贫组在县医院蹲点,为我们开通了绿色通道。

此时,爹的呼吸相当困难,像一个破风箱;爹的腹胀严重,像一面牛皮鼓;爹的整个腰部已经发紫,像被蒸熟的紫薯;爹的下身肿大得更加厉害,像绑着两个被充气的气球……护士们忙作一团,更换病床、吸氧、吸痰、挂吊瓶、清洗红肿、插入导尿管,她们的每个动作、每个细节,都那么专业,又那么规范……几个小时之后,她们的衣服被汗水浸湿了,生命在她们的面前条理清晰起来,我们悬着的心也慢慢踏实起来。

这家医院位于城南,不愧是陕西地区最好的,已经晚上九点多了,四处都排着长长的队伍,有挂号的,有抓药的,有化验的,有呆坐在地板上哭泣的,也有看透生死的微笑者。上上下下的电梯都很拥挤,每个人心急如焚又抱着希望,有人被匆匆地送进来了,有人被缓缓地推出去了,也有人一脚就迈入了天堂。只有这时候,你才晓得生病的人真多,世界并不太平,世事如此无常,生命如此脆弱。我站在病房的窗前,顺着长安路朝北几公里望去,可以隐约地看到古老的城墙,顺着雁塔路朝东望去,可以清晰地看到庄严肃穆的大雁塔,宛如一口口青铜器,经过上千年的加温被烧红了,满满地盛装着所有流逝的时光和岁月。

我看了看躺在病床上的爹,想起曾经带着他,爬古城墙,登大雁塔,吃羊肉泡馍。那时的爹多么健康,浑身有使不完的力气,还一直笑话我,变成城里人了,上楼都要喘气了。仅仅七八年过去,他竟然枯瘦如柴,生活不能自理了。时间也许是铁的,也许是一把无形的铁锤,几乎不经意间,仅仅几下子,就把爹抽空了,把爹砸碎了,而且碎得这么可怕,像一把玻璃碴子,似乎没有复原的可能。

大姐问,窗子外边是什么地方,好漂亮啊。我说,东边那个就是大雁塔,唐僧从西天取经回来之后念经拜佛的地方;北边那些是城墙,城墙里边有个钟楼,钟楼旁边有一家饭店叫同盛祥,羊肉泡馍特别香。大姐说,前几年经常出门,去新疆给人家摘棉花,去内蒙古煤矿给人家做饭,每次在西安转车的时候,都是匆匆忙忙的,还没有逛过西安呢。我心里一酸,说等爹的病好点了,我带你好好逛逛去,包括兵马俑和华清池。大姐说,还是算了,我哪里有心思呀。

各种检查和化验结果都出来了,医生指着黑乎乎的毛玻璃状的胸片,非常吃惊地告诉我,爹的肺部出现大面积积水。我想不通,不是心血管疾病吗?医生解释,这是心脏衰竭引起的,他的身体条件还不适合搭支架,目前需要赶紧治疗肺积水。晚上十一点多,医生派助手把我叫到办公室,下发了第一份病危通知书。我没有仔细阅读通知书上都写了什么,也没有在意都交代了什么,而是毫不犹豫地签了字。原来,每个人无论什么身份,都无权处理自己的最后时刻,命运并不掌握在自己手中,也没有掌握在上天的手中,而是掌握在活着的亲人的手中。

爹的重症病房不大,里边安排了两个床位,另外一个患者是杨陵农村那边的,五十多岁,他正在进行着血透。他的身体和一台巨大的机器连在一起,机器正在自动地运转着,发出恒定的轰鸣声,像一台排放污水的小水泵,把他的血液循环往复地抽到体外,进行净化处理之后再输回他的血管。几个小时的血透结束的时候,已经凌晨两点了,这个身体发胖浮肿的男人,用轻微的嗡嗡声告诉我,也许在告诉他自己,这是最后一次血透,明天他就出院了。我以为他痊愈了,说那恭喜你呀,终于可以回家了。他以嘲讽的口气说,是啊,回家等死去了。大姐悄悄地告诉我,他肾衰竭已经到了晚期,是由糖尿病引起的,已经花了十几万了,他本想继续治疗的,但是老婆决定放弃,说治不治都是一样的,干脆回家吃吃中草药,儿子明天过来接他回家。

男人似乎听到了议论,说儿子是开车过来,刚刚花了十几万买的,牌子是"福特",他喜欢黑色的,但是儿子选了红色的。我说,年轻人嘛,红色的漂亮。男人说,我还没有坐过,这车子怎么样?我说,这是美国品牌,看上去非常不错,空间比较大,安全性能也好,就是耗油量有些大。我心里犯起了嘀咕,不是需要钱看病吗,为什么还买车呢?但是反过来一想,也许他们是对的,对于绝症患者而言,重点是活着的人。如果倾其所有去看病,那么一家人的日子都会陷入灰暗。如今买了一辆车,结果就不同了,起码活着的人活得更好了。

我正想着呢,他的老婆从外边回来,在床上支起了餐桌,摆出一顿丰盛的晚餐。他老婆埋怨说,糖尿病人呢,死活要吃这么多大鱼大肉,真是不要命了!他像自言自语,这是死刑犯的上路饭呀,你还能管我吃什么?

我真有点佩服他的老婆,和其他家属不一样,她显得十分轻松,似乎不是住院,而是在住宾馆。她从塑料袋里拿出一件棉袄,是黑色的,告诉男人,吃完饭试一试,明天路上风大,得穿暖和一点。她又拿出一件外套,是深绿色的,在身上比画着,说刚刚买的,八十五块钱,问贵不贵,颜色是不是太艳了。大姐说,一点都不贵,这么绵乎的料子,颜色也好看着呢。她得到夸奖,就咋咋呼呼地说,来西安一次不容易,你们也趁机转转去吧,尤其回民一条街,镜糕、果子、蜜饯,好咥的太太,还有不少清真寺,对面的鼓楼和钟楼,简直像画出来的一样。

整个晚上,爹的病情没有加重,倒也没有什么起色。毕竟是大医院,医护人员都是二十四小时值守的,尤其对重症病人照顾得非常仔细,还有一台心电监护仪,心率,血压,呼吸,血氧饱和度,除了一个个数字,还有一条条曲线,把病人的生命体征在屏幕上一目了然地显示着,一旦出现异常就会报警。我本来要找宾馆,和姐轮换看休息一会儿。但是爹每次睁开眼睛,就会搜寻我们,似乎看到我们,他就踏实了,如果有人不在,他就非常迷茫。

大姐说,爹怕他一口气上不来,我们不在身边,尤其你这个儿子。

这就是送终。在农村人的心里,他哪怕受了再多的磨难,忍受了一生的孤独,但在临终的那一刻,只要儿女们守在身边,他就算有福气的人,就心满意足了。

第二天早晨,我下楼去取化验单,顺便又买了一些早点。当我回到病房的时候,另一张病床上换成了另一个人,那个放弃治疗的男人已经被接走了。我无法想象,他坐在儿子新买的汽车里,看着楼房、树木、池塘、田野都在迅速地后退,全世界只有他一个人在迅速地向前,提前冲向生命终点的时候,他是什么样的心情呢?

奇迹

爹转院之后,定时排尿,用开塞露通便,擦洗红肿的下身,这些非常难堪和不舒服的事情,仍然由大姐这个女儿承担着。大姐为了避免尴尬,总以吃饭呀交费呀,尽量把我支开,惹得大家纷纷地说,现在看来,还是养个女儿好,养个儿子关键时候是指望不上的。有人故意嘲笑我,你不是娶了个大上海的媳妇吗?你把媳妇叫来伺候几天吧。我媳妇不算千金大小姐,但是在家里从来不下厨,依靠洗衣机洗洗衣服可以,收拾收拾杂物可以,帮儿子清理清理屎尿可以,如果让她来照顾几天爹,倒水喂药都没有问题,让她和大姐一样,去擦洗爹的身子,那肯定不行,不是她不愿意,而是忍受不了如此的尴尬。

爹原来脾气非常好,大姐从小到大没有受过他一根指头。但是由于被病痛折磨,他显得十分暴躁。有一次,大姐端水让他喝药,他一把把水打翻了,说自己解不下手,都是被大姐坑害的;还有一次,大姐放开塞露的时候,估计不小心弄痛了他,他一脚出去踢在大姐的脸上,踢出一大块瘀青。大姐经常抹着眼泪说,什么时候才是头啊?到底造了什么孽啊?我就会安慰大姐,爹肯定会好起来的,我们尽力就行了。我的心态,确实慢慢恢复了平静。作为儿子,把爹送到医院,唯一能做的就是对治疗方案进行选择,承担由此带来的所有风险,然后把钱源源不断地存进医院的账户。

第四天黄昏,迟迟不见下雪的西安城,下了这年冬天的第一场雪,虽然雪下得不大,很快就被消化掉了,但大家还是乐坏了,见面就问,你晓得吗?外边下雪了!似乎老天不是下雪,而是一次深呼吸,或者撕碎了阎王爷的生死簿,让人吐出了郁结在胸口的一股闷气。我的情绪受到了感染,趁着去银行转账的机会,在大街上走了走。那零零落落的雪花,像一只只小精灵,要安慰我似的,伸出舌头轻轻地舔舔我的脖子,偷偷地碰碰我的脸,痒痒地揪揪我的耳朵,趁我还没有反应过来就躲起来了,躲进我的皮肤,躲进我的内心,留下一丝冰凉的梦幻的气息。

我买了两个烤红薯,这也是爹最爱吃的;又给大姐买了一件橙色的羽绒服,大姐身上的棉袄袖子已经烂了。回到医院的时候,爹看到红薯有些高兴,但是放在嘴边咬了咬,还是放下了。大姐也连连地夸奖说,棉袄不仅好看,而且暖和。但是在身上试了试,就脱下来装进柜子,意思是等到过年的时候再穿。

最艰难的时刻,在那天晚上十点左右,爹突然睁开眼睛,死死地盯着天花板,惊慌地说,有鬼。我朝着天花板看去,除了一盏灯,什么都没有。我说,那是灯,怎么会是鬼呢?鬼怎么可能发光呢?爹又盯着病房的门,惊慌地说,那是鬼。我走出门看了看,不时地有病人或者护士从楼道里穿过。我说,都是人,这个世上哪里有鬼呀?即使有鬼,你儿子我在这里,你还怕什么啊?

爹轻轻地嘟哝了一句"那是你妈",眼睛就恍恍惚惚地闭上了,旁边的心电监护仪随之叫了起来。

爹陷入了昏迷。大姐真是太累了,已经几天几夜没有好好休息了,本来躺在楼道的条椅上眯瞪一会儿,但是听到动静,立即冲过去把医生们叫了过来。在抢救的时候,大姐隔着玻璃窗使劲地抹泪,我则望着远处的大雁塔,在心里默默地祈祷着。也许是菩萨显灵了,也许是医生们医术高明,经过一个多小时,各种数字爬上了正常值,只是非常不稳定,像坐过山车一样,一会儿冲上顶峰,一会儿滑入低谷。爹勉强地恢复了意识,但是已经不认识我们了,他像刚刚睡醒一样,蒙蒙眬眬地问,这在哪里?我说,在医院。爹说,在医院干什么?我说,你生病了,我们在给你看病。爹说,我要回家收麦子。爹的季节错乱了,大冬天的呢,竟然说麦子黄了,要收了。

助理医生再次把我叫到了办公室,语气沉重地告诉我,你爹估计不行了。我说,不行了是什么意思?他说,就是不治了。我说,大概还能坚持多久?他说,我们的判断过不了今晚。我说,现在十二点了,离天亮还有几个小时,你们的意思是等不到天亮?他说,除非出现奇迹。

我情绪有些失控地说,我有个大堂兄,出家当了和尚,或者是道士,他掐指算了算,预言我爹活不过今年。你们是医生呢,不能和他一样神神道道的吧?奇迹是什么东西?奇迹不就是希望吗?既然还有希望,我们就得尽最大努力。

主任医生赶了过来,向我解释,从感情上来说,希望还是存在的,现在还有一个选择,送进ICU重症监护室,赶紧做气管切开术,就是从颈子上切一条口子,插一根管子进去,帮助病人进行呼吸,而且那里有更好的药品,也有最先进的设备,比如呼吸机。我说,什么是呼吸机?医生说,它是一种帮助呼吸的机器,我看你也是拿工资的,要不要送进ICU,首先还是考虑费用,每天需要七八千块朝上,在医保范围内的,还可以报销一部分。

我像在黑暗的尽头看到了一线光亮,又问了一句,在ICU大概需要待多长时间?医生说,这可说不清,少则一周,也有大半年的。刚刚有一个病人,儿子是开公司的,家里经济条件好,花了六十多万。

我忽然想起来,我认识一位作家前辈,前段时间去医院看望他,他躺在病床上,身上插满了胶管,有两根管子非常凄惨,其中一根就是呼吸管,插在喉结的位置;另一根插在鼻孔里,护工正在用注射器,向管子里注射营养液。那是他的午餐,像稀饭一样的液体，不再是色、香、味、形俱全的美食。这意味着，他的鼻子和嘴巴已经成了纯粹的装饰，鼻子不是用来呼吸的，嘴巴不是用来吃饭的。他的生命是靠着外力维持的，不是靠自己维持的，这样的生命还属于自己吗？

我回到病房，把大姐叫到了楼道，对利害关系进行了认真商量。大姐说，关键还是钱，你在外边挣点钱也不容易，受了多少苦遭了多少罪我们也是晓得的，而且在上海喝口水呀上个厕所呀，处处都是花钱的地方，现在把爹送进 ICU 住几天，豁出去花费七八万就算了，如果一头半月好不了，不放弃吧，费用承受不了；放弃吧，良心上又过不去，而且从颈子上切个口子，插根管子，如果那根管子拔不掉，那还像人的样子吗？

我告诉大姐，这是最后的办法，不然爹就过不了今晚。大姐抹着眼泪说，刚刚听护士说，家属不准进 ICU，爹万一在里边走了，我们都不在他的身边。

我和大姐的想法是一致的，我们着重考虑的，其实并不是病人，而是病人的家属，只不过我们被一种力量紧紧地绑住了。这种力量，一部分来自远古时代，一部分来自现实世界；一部分是道德，一部分是物质。我说，如果这里逼着出院，我们就返回县医院，反正就算不进 ICU，也不能回家等死。大姐说，估计县医院也不收了，原来住着的时候，人家一直想撵我们。我拨打了县医院医生的电话，医生果然说，县医院不仅没有 ICU，连一台呼吸机也没有，病情这么重，他们哪里敢收啊，不行看看市医院吧。我又联系了几位朋友，转了好大一圈，找到一位远房亲戚，依着辈分叫我舅舅,他是商洛市医院的外科医生,二十分钟后,回复我说,已经联系好了,随时可以转过去。

我放下电话的时候,有个小光头凑上来说,我劝你还是放弃吧,我看你也不是什么大款,花这么多冤枉钱,无非让老人多受几天罪,还不如拿这些钱,给家里添几件家具,你们同病房的,儿子买了一辆新车,那样多好啊。小光头递给我一张小卡片,说他不是病人,是跑长途运输的,专拉病人也拉遗体,在这里待了五六年,把什么都看透了。

我说,去商洛,一百二十公里,需要多少钱?小光头说,我就收你两千五百块吧。我说,你车上有氧气瓶吗?小光头说,不是回家准备后事吗?你要氧气瓶干什么?我说,我们不是回家,我们需要转院。小光头愣了一下说,你们还不放弃?我说,他还有一口气,说句不好听的,如果是你的亲人,你把他拉回家等死,良心上过得去吗?小光头说,我看你是孝子的面子上,开一辆真正的救护车给你,就收你两千块,你如果决定了,二十四小时随时打我电话。

我把后路安排好之后,再次来到医生办公室的时候,医生已经把ICU的专家请过来了,他们会诊的结果基本相同。医生说,你们商量得怎么样了?我说,我们商量好了,不进ICU了。医生说,这是对的,好多家属倾家荡产,来治这些无力回天的病,其实是做给别人看的,每个人应该量力而行,建议还是收拾收拾,回家准备后事去吧。

我说,我们也不想出院,我们必须坚持到最后一口气。医生着急地说,你们不赶紧出院,到时候连老衣都穿不上去了。我说,这你放心,我马上派人,打一辆出租车,把老衣送过来。

我向医生解释,这么做的原因有两点:第一,我们不为老人着想,我们给老人看病的过程,也是自己修行的过程,上天安排我成为他的儿子,安排他成为我的爹,这是一种荣幸,也是一种缘分。他生这么一场大病,都是因为老天从来不露真容,而是打扮成这么个老头,前来度我,化我,检验我们之间的关系。第二,医生在治病方面比我专业,但是我比医生更了解爹。他种了一辈子地,受过太多的苦,吃过草皮、树根、苞谷芯,甚至还吃过石头粉。有一次山林发生大火,在灭火的时候眼睛被烧伤,他竟然用酒精去洗眼睛,你们给他检查的时候已经看到了,他的身上布满了各种各样的伤疤,他的骨头比石头还硬……我说,他的生命力非常顽强,已经超过了你们的想象,我隐隐地觉得,这一次,他会扛过去的。如果人间真有奇迹,它只能发生在苦难者的身上,所以请你们行行好,再想想办法吧。

总之,我想告诉他们,爹只要还有最后一口气,我们绝对不会把他拉回家。如果拉回家,放在那张床上,不给他扎针,不给他吃药,闻不到浓烈的药水味,看不到任何医生护士的身影,这不就是等死吗?对爹而言,这种见死不救的感受简直太绝情、太麻木了……

感谢上天,医生们商量了一下,同意让爹继续留在病区,让我以个人的名义,从 ICU 借一台呼吸机过来再做最后的努力。医生委婉地告诉我,他们也有一个条件,万一抢救无效的话,在爹出院的时候,挂着吊瓶,打着点滴,装成还活着的样子,以免影响了死亡率。我满口答应,而且签字画押,无论出现什么意外,我们只有感激不尽,绝对不会找医院的任何麻烦。

我打了一张借条,交了几千块押金,推着那台乳白色的机器,大义凛然地从人群中穿过的时候,像一名士兵推着刚刚研制成功的导弹,自信极了,骄傲极了,神圣极了,全身注满了力量。护士们刚刚还十分沮丧,如今也受到了鼓舞,很快就把呼吸机调试好了。大约半个小时之后,心电监护仪屏幕上显示的数据,尤其是血氧饱和度,慢慢爬上90%,稳定在正常值的范围内,旁边的几条曲线像一条条冬眠过后的蛇,慢慢地扭动起来了,活跃起来了。

时间已经凌晨三点了,呼吸机像巨人的脚步有节奏地运行着,整个病区都能听到呼哧呼哧的呼吸声,希望随之一步步靠近。爹的脸慢慢地舒展开来了,爹的眼睛又微微地睁开了,爹的意识慢慢地清晰了。天再次亮了,西安也晴了,阳光明媚而温暖地照射着,远处的大雁塔和古城墙又恢复了血色,显得更加雄伟壮观了。

爹抬起手指了指我,大概意思是说,这不是他的儿子喜娃吗?他的表情有了几分生气,多了几分色彩。看到爹的样子,大姐又开始抹眼泪,这一次像下了一阵太阳雨,夹杂着一丝宽慰的笑。

在爹的身上,奇迹出现了。

爹的老衣是被小姐的女婿化了六百块钱,连夜赶了几百公里,在天亮的时候送到医院的。我害怕爹看到了伤心,偷偷地藏在病床下边。后来,大姐把老衣重新带回家,重新挂在阁楼上,常常把它们拿出来,挂在院子里,晒晒太阳,吹吹风。

虽然爹的情况一再好转,毕竟是靠着呼吸机在维持的,我担心爹对呼吸机产生依赖,建议逐步调整呼吸机的压力。但是遇到了周末,主任医生不在,值班的助理又不敢贸然做主,我就去请求一名实习护士,她说自己得听医生的,万一出事了她负不起责任,不过可以悄悄地教我一下使用方法。进入后半夜的时候,整个医院都安静了下来,每过一个小时,我就像提心吊胆的小偷一样,把呼吸机的压力向下调整一次,然后静静地盯着心电监护仪,观察着那些数据和曲线的变化,90%,80%,70%,到天亮查房的时候,医生看到呼吸机已经被调整在了50%,而且各种数据都很正常,于是开心地叫来护士,把呼吸机给撤走了。

爹摆脱呼吸机之后,并没有出现什么反复,不几天肺积水也逐渐消失了。我得意地告诉大姐,我是不是有当医生的天份?大姐也开心地说,你忘记了吗?你本来就是学医的,学的不过是兽医而已。

医生们也都感受到了希望,想尽一切办法来照顾爹。有一位博士,发现爹严重缺钠,如果不赶紧补钠的话,可能会再次引起昏迷。于是,我就突发奇想,从外面买回一些空壳胶囊,把盐装在胶囊里,自制成了药,每天给爹口服两粒,这样吃了几天,效果竟然十分明显。由于各种各样的配合治疗,慢慢地,除了肺功能基本恢复之外,爹喉咙里的浓痰减少了,爹腹部的鼓胀消失了,爹腰部的紫色褪去了,爹下身的两个气球像遭到针扎一样瘪掉了。唯一让人头痛的,是拔掉导尿管之后,爹小便一下子失禁了。这一次是我突发灵感,给爹买了许多成人纸尿裤。

爹一天天好起来了,不仅仅可以吃饭了,还可以坐起来和我们简单地聊几句。爹和我们聊的,无非是家里的粮食怎么样了,村子里几个生病的老人怎么样了,这世上对他最好的是大姐,这次把大姐给累坏了,明显都瘦了。大姐开玩笑地说,那你把身上的钱掏出来给我花花行不行?爹从怀里掏出一个塑料袋,摸出五百块钱,数了两遍,递给大姐。这是爹对大姐最大方的一次。大姐说,太少了。爹说,嫌少算了。然后又装进了怀里。

爹不管聊什么,聊多长时间,最后都会强烈要求回家,有一次竟然一着急,把针管子都给拔下来了。

爹真正重新出现在村子里的时候,村子里的人几乎都围过来了。爹在人群中没有看到老杨和舅妈,一打听才晓得,老杨从树上摔下来,送到县医院治了几天就走了,舅妈卧床不起好多年了,至死都没有送过医院,这两个人都还年轻,却在爹住院的这些日子相继去世了。大家唏嘘不已地说,你命真大啊。爹笑着说,不是我命大,是我的福气好。

爹摸了摸自己的头发和胡子嘟哝着说,以后只好自己给自己剃头了,因为老杨不仅是当时的杀猪佬,还是村子里的剃头佬。

仔细回想一下,爹在住院的时候,那么多人好意相劝,还是放弃吧。他们的理由无非三点:第一,八十多岁的人了,不管怎么样都活不了几年了。第二,这样一个土农民,多活几年少活几年都差不多。大家还有一个理由,爹的几万块积蓄如果被花光了,爹的一辈子就等于白活了。对于这一点,在出院的时候,爹心疼地问,这次看病花了不少钱吧?我骗他,总共花了七八万,不过都被国家报销了,我们个人分文未花。我塞给爹两千块,爹推让了一会儿,最后蘸着唾沫数了数,认真地装进了自己贴身的那个口袋。

爹又可以开玩笑了,说住了一个多月的医院,还赚了这么多钱,太划算了。

爹回家已经三年了,虽然各种各样的毛病不断,药物也从未间断,但是如果真要算算账,确实是太划算了。每次看到从老家传来的照片,爹有时候坐在门前晒太阳,有时候坐在炉子前烤火,有时候还去庄稼地里转转,扶一扶苞谷,捉一捉虫子,拔一拔草,我都会会心一笑。我就这么个爹,这世界上唯一的爹。他的生命太轻了,太卑微了,还不如一棵树。一棵树死了,还可以燃烧。如果他死了,能干什么呢?但是,他只要活着,我的故乡就是活着的,那一片土地就是活着的。

如今又是冬天了,大姐刚刚告诉我,老家下大雪了,大雪已经覆盖住了整个屋顶……白花花的屋顶上应该又是炊烟袅袅。

炊烟活着,故乡的那片天空就是活着的。

无根之病

花开的两个方向

  每朵花都有两个方向,开,或者不开。似乎是仓央嘉措说的,不开,比开还要累。在上海,我常去西南偏西的青浦,理由多数是为祭祀我的岳父。我的岳父就埋在那块土地上,那块土地上有中国最美的坟地,坟地里有玉兰树有太阳花有清水河。这块坟地叫福寿园,福寿园给很多人的印象,其实那不是一个坟地,而是一个高尔夫球场。我认定,我的岳父在那里,正在进行着一场永无结局、无比奢侈的高尔夫运动。

  每次去福寿园看到自己的名字,雕刻在一块黑色的石头上,而且一半被埋在草丛中,我就觉得是扎根的了。无疑,这是一种错误的想法。因为每次去青浦,不管冬至清明还是别的什么日子,除了去坟地之外,更多时间还要去朱家角,去淀山湖,去佘山,去东方绿洲。去这些地方我们得到的更多,因为在那条路线上,除了故人安息之外,还是一个个风景秀丽的地方。

我过去几年写了十六部"进城"系列,基本是写城市化进程中的人性,写农村人与城市人之间的冲突。我曾经说过不止一次,一个农村人要在城市里安家,无异于是重新建造一个故乡的过程,这个过程不仅有人出生,关键是要有人死去,要有人埋在那里,化为泥土的一部分,那才是我们的根。经过一段时间的反思,我现在需要校正我的目光,我的目光无疑是斜视的或者是短视的。因为在这个以生命为主色调的世上,有死,就有生;有地下,就有地上;有冷漠,就有温暖。我不能选择一个方向,而放弃另一个方向,因为生是生动的,地上是光明的,温暖是含着火焰的。生动的东西才附得住灵魂,光明的东西才有深意,火焰才可以让人去飞翔。

我是农民出身。我承认我对庄稼的爱和对土地的敬,这是一个的农民伟大之处,也让一个农民带有偏见。我的这种偏见虽然引起了许多人的共鸣,但是共鸣并不一定就是希望。《墓园里的春天》是我"扎根"系列的第一篇,首先拿出来的都是自己认为最漂亮的。我可以这么说,如果我的"扎根"系列与"进城"系列有变化的话,最大的变化就是对待这个世界的态度,具有了某种温暖的力量。这种温暖像在打铁,只有把两块铁,放在炉子里,不停地加热,给予足够的温度,两块铁才能被焊接在一起,甚至是熔化在一起,大家共生在一起,铸成一把镰刀或者一把斧头。在温暖面前,再深的隔阂都会轻而易举地弥合。

对于埋在地下的东西,不见得都是死亡,而应该还有更加美好的、充满想象空间的、具有生机的、温暖无比的东西,那就是根或者种子。只有埋下这样的东西,你的东西才会一生二,二生三,三生万物,这就是我转型"扎根"系列的主要方向。我扎根的方向是朝上的,而不是朝下的。朝下只有一片漆黑,而朝上除了有一个明媚的世界,还有一个美好的天堂。像一滴水,沉沦下去是什么,我们是弄不清楚的,但是朝上的话,肯定是雾,是雨水,是飘飘的白云。

树是一个人的宗教

爱山者仁,乐水者智,种树者为真善人。有人积德行善是想下辈子托生为人,有人吃斋念佛是想下辈子修道成仙,唯有我爹敬树尊树喜欢树。他总告诉我说,他下辈子既不想上天,也不想入地,唯独想做一棵树。树把根扎在地下,最接近魔鬼的地方;树把叶伸入天空,最接近神仙的地方。所以只有树是跨界的。

其实在这个世上,所有生命之中,唯有树是善的,是踏实的。我带八个月大的儿子逛动物园,他见人与动物都不停地躲,表现出万般的恐惧,唯有见到大树小树,他均不哭,很高兴,想攀爬。在他眼里,到处乱跑的,能说话的,全都不是善类,唯有树长在什么地方,五十年,一百年,它仍不言不语,守在原有的地方,随风摇晃而已。我相信,如果小草有眼睛的话,它们应该也会这么看待万物。

还有证据可以证明树是善的。比如一只小麻雀,它从不敢在我肩头落脚,即使我一动不动地站着,装成一棵美丽的树,它也不愿降落在我的肩头,而对于树,哪怕再婆娑,再繁茂,再弯曲不定,它仍信任它,不但把巢筑于其中,而且还在上边跳动与鸣叫。

《我有一棵树》里讲述的,其实是我爹一个人的宗教,他的宗教与大多数人的宗教不同。我爹是有信仰的,他一生信仰的都是树,他把万物中最善的东西,作为自己前世的因,今世的缘,来生的果,寄托肉体,附上灵魂,予以敬重和善待,这才是大修,是真信仰。

我在写这篇文章的时候,始终带着一颗虔诚之心,每一个字都不像在写小说,而是在记录我爹念过的经文和圣行。每写一段,我就朝窗外看去,那些正在发芽的,随着春风醒过来的,不是别人,正是幻化的老爹。他虽为人,却早就修成了一棵棵树。

仅有一粒麦子是孤独的

刚刚整理家务的时候,发现了一粒麦子。我突然想,在这个城市,有两千万张嘴巴吃饭,恰恰没有一个人在种麦子,很多人甚至不认识麦子只见过面粉。

这粒麦子应该是我爹进城小住时夹带而来的。这么大个城市,我爹一走就空空荡荡的,就放着一粒麦子,这是多么孤独和无力。我如果把这粒麦子送回乡下去,那里有成千上万的麦子,它一下子就不稀奇了;把它放在嘴里嚼掉,根本不能充饥;我拿它去喂麻雀,应该很有意思,但它不如一只虫子,喂完之后我也不知道它做了哪只麻雀的早餐。独自漂泊在外,我与这粒麦子的经历很相似,甚至它就是另一个自己,值得我把它当宝贝一样藏着。但是在别人眼里,它根本不算什么,所以是很容易弄丢的,太容易失传了。怎么办呢?我只能在这个城市,就地找个干净的角落,把它作为一粒种子埋起来。

如果没有农村生活经历,他不一定如此敬重一粒麦子,关于一粒麦子的文章光靠想象,怕是断断写不出来的吧?《父亲进城》是我"进城"系列第一篇,刊出后有好几个读者给我留言,说是看哭了,问我是不是真的。刘震云最近在与崔永元对话时说,一介书生,手无缚鸡之力,编"瞎话"可能比写真话更接近真实。每个打动人心的作家,都有自己的独门武器。回看自己的小说,我恐怕做不到像刘震云那样,到自己的笔下去找知心朋友,在小说里与他们谈话。我的创作倒是比较切合高尔基的说法:我们的感觉,都是用皮肉熬出来的。

在《父亲进城》里,从人物塑造,到情感宣泄,到细枝末节,基本动用了我的整个皮肉,再大的磨难,都替读者事先经受过了。也就是说,《父亲进城》所讲的故事,完全靠想象恐怕是写不出来的,它在我身上实实在在地发生过,之中的碰撞甚至还要激烈,经过艺术的再加工,用血肉的文字呈现了出来,这恐怕才是触动读者神经、引发读者共鸣的所在。

我们正在消失的故乡

《后妈的后事》写出来以后,与我同样漂在上海的一位江西老表他姓虞,他提笔写信给我,满满三页,白纸黑字,不是电子的。恐怕他觉得,关于故乡,必须写在纸上才比较合适。然后他就约了一帮子人,有江西的,有江苏的,有安徽的,反正都来自天南海北。小聚时是天黑后的灯火阑珊处,地方叫江西野味馆,喝四川酒,吃江西菜,讲自己的家乡话。菜单上有一道菜是香熏大雁,可能被点空了,也可能是骗人的。我当时就想,自己好久没看到过咿呀咿呀的"人"字,难道大雁被人们摆上了餐桌吗?后来再想,"云中谁寄锦书来"稀少了,或许是大雁们也彻底失去了故乡,无须再来回奔走了。小聚中另一个江西老表问,你们春节还回家吗?我是一定要回去的,不过前几年回家是探望父母,如今回家只有一件事,就是去上坟,对我来讲故乡就是一座坟。

前些日子,有位叫春暖花开的网友留言安慰我,你在哪里,你妈的心就陪着你在哪里,你的自在生活你妈都能分享。我妈去世几十年了,早就化为一股风了。对于风而言,是没有故乡的,树在哪里,叶在哪里,它们就在哪里,一草一木就是它们的故乡。我两年没回故乡了,但是过年过节少不了一个仪式,那就是给我妈上坟。我会带着纸钱与香火,找一个大一点的十字路口——大一点的路口一般风都比较大——给我妈烧纸,下跪,磕头。我回复春暖花开,我最大的不孝是,让生前没有来过上海的我妈,在死后却要跟着我,跑到这个陌生的地方来。

秋天时,我儿子落地了,我给他上户口,他身份证号前几位是"310107",出生地是上海,而我身份证号开头还是"612523",出生地永远都是陕西。我半截身子都埋在上海了,却还不能称自己为上海人,但是我把自己一点点埋在上海以后,如果别人问儿子,你的故乡在什么地方?他可以理直气壮地讲,他的故乡在上海。我陈氏的血脉仍在延续,香火仍然不灭,只是延续的地方变了。

《后妈的后事》讲的就是留守老爹的晚年生活。我天天在祈祷,让我的老爹长寿,他多活一天,我的故乡就多存在一天。但我爹不会长生不老,等他离开的那一天,不就如江西老表所言,我的故乡只剩下一座坟了吗?我每年回故乡一次都难,到儿子这辈人,他们多久才回去呢?到儿子的儿子,他们还会回去吗?

深冬时,从塔尔坪传来消息,又下大雪了。这一小片岌岌可危的土地,又开始在我的脑海里使劲地摇晃。如果把故乡比喻成村头的一棵大树,我爹就是挂在树梢上的最后一片叶子。他的摇晃让我十分担心,我担心有一天这片叶子被风吹落了。没有叶子的树还能不能叫树呢?文章结尾,大雪封住了塔尔坪。有人问,我爹那一次有没有跟我进城呢?在这里,我不能告诉你,因为拥有不同故乡的人在心里都有自己的答案。

埋在心里的炸弹

前几天,朋友小叶说自己身体不适,去医院验了血。漂亮的女大夫,笑起来很迷人,她含蓄地对他说,他身体里埋了个定时炸弹,少则三五年,多则十来年,就呜呼哀哉了。原以为知道自己病情,他会更加烦躁,奇怪的是,他不安了几十年,竟然一下子安静了。小叶说,原来开车是横冲直撞的,在花前月下散步,也是大步流星,总一副赶路的样子;吃饭是狼吞虎咽的,好像后边有一群狼逼着;一旦天黑出行,手握半块砖头,以防遭遇劫匪。从医院出来,他把车开得像出殡似的严肃缓慢,遇到红灯绿灯从来没有过地规矩,路过一家陕西菜馆,不再违章停车,花二十块停车费,享受一顿久违的羊肉泡馍。掰馍,喝汤,细嚼慢咽,吃了大半个小时,多年来从未有过的满足和过瘾。

小叶说,在单位,遇到写匿名信的那个人,他对他笑了笑;看到总跟自己过不去的那个人,他还是笑了笑。好像过去从未发生过什么,一切都已经释然,一堆破事,忽然一下子失去了意义,回头窗外,阳光明媚,鸽子很白。他开始写遗书,把这么多年欠下的一一罗列了下来——小学时,邻居家晾晒的天麻,承认是自己偷的,希望给人家道个歉;初中时,答应一个女同学,考上大学后一定娶她,希望抽空找到她,看她过得是否幸福;工作第一年,借过一位朋友五百块钱,希望把二十年的本息一起还清。小叶说,当天下班的时候,踏着夕阳走得有些散漫,看到一群蚂蚁在搬运一只果核,原来匆匆忙忙,会无视它们,自己一脚上去,它们就粉碎了。但是这一天,他绕行了。

《兔子皮》之前,我的"进城"系列多在城乡间徘徊,从这一部开始,我把讲述的重心放在城里。我在城里生活了二十年,让我用几个词来反映,比如冷漠,比如浮躁,最想说的是"不安"。不安是一种常态,正如女大夫所言,像有一枚炸弹。不过,这枚炸弹,不是埋在身体里的。埋在身体里的炸弹,像病人小叶一样,随着死神的靠近,就会一点点排除;而埋在心里的,说不清什么时候,触动了哪根神经,就会一下子爆炸了,而我们永远不知道排爆方式是什么。

我是学了点中医的人,对于埋在身体里的炸弹,可以开个方子,柏子仁、远志,煎服便可。但是埋在内心的炸弹,正如文章结尾,我照样非常迷茫,去寺庙里烧个香下个跪,似乎是无法得到宽恕的。这种忏悔只求得了一时心安,真正的心安如果像小叶一样,需要在最后一刻靠死神来兑现,以抵命的方式平复自己,显然是不是有些悲催了?

保持空白的状态

《麦子进城》里的陈元是个光头,而现实中的我也是个光头。我着笔的时候,脑海里不时闪现着我自己,从塔尔坪刚进城的那些日子,我不知道什么是口香糖,不知道什么是按摩,我的字典里没有"情人"。虽然有"小姐"这个词,但是大家千万不要误会,她是我血水相连的亲人。特别是碰见那些灯光幽蓝的店铺,看到它们一直开到深夜,我非常非常迷惑,不知道它们在干什么。有朋友说这是理发店,于是在需要理发的时候,我就带着一头长发走进去。我走进去仅仅是理发,但是理发的时候,令人十分慌乱和恐惧的是,一个娇艳的女人百般地说服我洗头。我统统地拒绝了,我认为那是不纯洁的,让异性给自己洗头,那绝对是不纯洁的。后来,朋友说,我请你洗头吧。朋友神秘一笑,解释所谓的洗头,不过是肮脏的交易罢了。

《麦子进城》里有我的影子,任何作家笔下都有自己的影子,哪怕仅仅局限于内心的善恶。可以这么说,我现在不是一个绝对干净的人,随着岁月老去,人生进入倒计时,我开始在反思中进行回归,我相信我能回到没有进城以前,起码可以回到空白的状态。按照开始的构思,麦子进城后会遵照已有的轨迹,受到这样那样的污染,而这种污染是致命的,是她能感受得到的,也是看得见的。比如说,那个被猥亵的小女孩,开始设想的不是别人,正是刚刚进城的单纯的麦子。但是写着写着,我开始心痛,甚至流泪,我就用另外一个看似无关的孩子,把麦子给取代了。我希望这种间接的伤害,能够减轻人们的痛苦,我想让父爱在这里有所作为,不要显得无能为力。如果父爱真是那样无力,那我们就活不下去了。

归根到底,城市是没有问题的,它给我们提供了多姿多彩的可能,真正出了问题的还是爱。如果有爱存在,这无疑是一道防火墙,许多病毒都是很难入侵的。正是有了爱的存在,小说的结尾就被改变了,我希望我不仅仅改变的是一个小说的结尾。

如果我们改变不了什么,我们可以多一点爱。这就是美丽的人生,幸福的生活。当有人问麦子上海怎么样的时候,麦子仍然发出这样一句感慨:上海很干净啊。麦子的这句话,让我一颗悬着的心落地了,相信也让许多读者安慰了很多。

一颗石头有话要说

我常去陕西路逛逛。我是陕西人,去逛陕西路,像是流淌在亲人的一根血管里;而且陕西路上散落着怀恩堂、马勒别墅等历史老建筑,逛起来就别有风味。那天黄昏,再去逛时,在与南京路交叉的十字路口上,我碰到了一颗石头,脑袋圆圆的,不含金不带玉,也不是一个雕塑。有人踢了一脚又一脚,有条泰迪冲上去闻了又闻,一个捡破烂的人跑上去,拿在手中掂了掂,大家都失望地离开了。

如果这颗石头在陕西老家,它可以靠着另一颗石头,旁边的小草黄了又绿,河水哗哗啦啦地潺潺流过,我可以用它打水漂、垒石链、烧石灰、盖房子、起墓。但是现在,我不知道它从哪里来,为什么跑到了上海,跑到了一个没有石头的世界。这颗石头,在上海没有兄弟,似乎百无一用,显得那么唐突,被夕阳一照就有一些刺眼,所以别希望有人来认同它融入它。

那个认同你融入你的地方,也许就是你的故乡。上海绝对不是石头的故乡,水泥是石头的亡魂,钢筋是石头的骨头,上海只是钢筋与水泥的故乡。我有一首诗叫《两个碑》,希望死后把我运回故里,不至于在陕西建一个灵魂墓,在上海建一个肉体墓,让一个人撑起两个碑,这是无比沉重的。每个背井离乡的人,其实都有两块碑,碑上雕刻着完全不同的墓志铭。

那天黄昏,我穿过车水马龙,把那颗石头拾了起来,带回了我的新家。《女儿进城》就在那天晚上,在一片爆竹声中动笔的。写作的过程,我不停地出现幻觉,感觉自己就是这颗石头,又感觉这颗石头有话要说。我只是代替它,用文字的形式,道出了一群离乡别土者的内心。

"无根"是一种病

我又做梦了,梦见自己在深山中采药时迷路,于是使劲地呼喊着"爹",向他求救。但是爹终究没有听见,与已经去世多年的哥哥一起隐没于山林。这时的梦里,我看到了一座寺庙,绝望地向寺庙扑去,希望在寺庙里住上一晚,然后等着天亮后继续回家。

年轻时梦多,如今进入不惑,梦就更多了。我的衣食住行喜怒哀乐,基本是在上海实现的,上海是经常让我头痛脑热的地方,但是这么多年总有一件无法解释的奇事,那就是无论什么时候做梦,在哪里做梦,春梦或者噩梦,场景无一例外,都是那几间破屋子,都是那个群山包裹着的小山村,都有已经进入耄耋之年的老爹。

开始觉得,日有所思夜有所梦,恐怕自己太想家了,后来就不这么认为了,因为有时候我是不想家的,不想家的时候我仍然还做这样的梦。我仔细想了想,或许因为它是我的故乡,我是在那里出生的,而且我妈、哥哥都埋在那里。如一株麦子或者是苞谷,无论它们被运到哪一座城市,被人们加工成麦片还是面粉,它们基本的味道是一样的,营养成分是一样的。

这是一个大移民时代,陌生人见面了,如今问得最多的,就是"你家是哪里的",大家基本都明白,这个"家"所指的,不是你如今住在哪里,而指你的故乡在哪里。我特意查了一下字典,"家"是"家庭或者住所","家庭"是指"以婚姻和血统关系为基础的社会单位",故乡是指"出生或者长期居住的地方"。

我的感受是"故乡"一词的定义不准确,起码是有偏差的。"出生的地方"没有什么问题,问题出在"长期居住的地方"。如果这样定义的话,我起码有四个故乡,这么多年我在四个地方长期居住过,塔尔坪、西安、广州,然后就是上海。在我心里,除了塔尔坪之外,其他几个城市还不够格,即使我在上海有了房子,娶了个老婆,生了个儿子,但是它的分量仍然与故乡无法相比,充其量只能是我的"家"。《百年孤独》里有言,没有一个亲人埋在这里,就不能称之为故乡。

马尔克斯的这句话解释的是根的问题,我同样感觉它的不足。在《空麻雀》里,我企图对"根"进行一些修订,那就是"死与生"——不仅要生在这里,还要埋在这里。对于人,我们无法像春种苞谷秋种麦子那样,因为我们没有太多的种子,有的只是一次性消耗的生命,所以生命诞生与安放的地方,那才是故乡。

乡愁是一种病,"无根"更是一种病,《空麻雀》意在给"进城"的人们寻找一服良药。但是,月亮是这味药吗?繁衍是这味药吗?好像统统都不是,它只能治表,而不能治本。小说里有一句话:"人生最幸福的就是,在哪个地方出生,在哪个地方做梦,然后再在这个地方死去,埋在这里。"这就是我给一群离乡别土者找到的一个出路,不是叶落归根式的回归,无论是麦子还是苞谷,从开始把种子播下去,就要在这里耕种,就要在这里收获,就要在这里被磨成粉,最终还要在这里被搬上餐桌。

一切传奇都不在墓碑上

《我想去西安》所写的叔叔,因为去西安坐了一次牢,成了一个令人敬仰的英雄,这个形象是有原型的,这个原型就是我的亲叔叔。

不过有几点要声明一下:一是现实中的叔叔不在西安坐牢,而是在商州一个砖瓦厂劳动改造;二是叔叔确实是因为贩粮票而被定罪的,不过那是一个在割资本主义尾巴的时代,我们一直不明白他的尾巴在哪里,所以从来就没有把他等同于坏人,反而他因为坐牢而进了城,成为孩子们心目中的偶像;三是叔叔不是因为坐牢才学会写对联与起墓的,他自小就是很有文化与智慧的,如果我们家族的成分不是地主,他恐怕早就事业大成,如果不是个大官,起码也是个大款;四是叔叔对我的影响非常大,如果没有叔叔,我可能还在农村种地放牛,更可怕的还是一个文盲,不可能用小说来书写一个村庄的历史。

叔叔叫陈先甫,几年前得肺癌去世了。他去世的时候,前来吊唁的人,在我们塔尔坪这条山沟里,排了几里长的队伍,花圈从沟底排到了沟脑,这种壮观场面可谓是第一次。有人把这归结为他养出了一堆有出息的儿女,是儿女们的面子大,我对此是不赞同的。他的儿女一个在县城任职,一个在石家庄谋事,一个在西安城经商,还有一个在老家农村。他的儿女不可能是他的纪念碑,与我一样却是他忠实的祭奠者。回乡参加丧事的,有归隐多年的大堂兄,有已经出了五服的后辈们,按说他们完全有理由不去。

我就没有回去，不是因为对叔叔没有感情，而是人生中确实有比"死"更大的事情，对应的就是"生"，我的儿子那时候正怀胎腹中。在叔叔生病住院的最后时光，正好是我这部小说发表的时候，我多么想回去看看他，与他见上最后一面，再把这部小说送他一本。因为在我们塔尔坪，我是一个孤独的人，已经走出大山的同辈人。他们与这个时代一样，对文化人是持漠视态度的，特别是我的两个姐姐和家族成员，他们多数都是文盲半文盲，一辈子都没有看过一篇小说一首诗，不知道何为诗词歌赋，在他们眼里写文章不如回家种洋芋。

我的父辈中，我爹当然与我最亲，他也是一个彻底的文盲，写自己的名字都勉强，有一个大伯与三叔，勉强能识几个字，已经去世多年了。我的叔叔是唯一可以阅读我文字的人。早几年，我回家，顺便带了一本诗集《诗上海》，但是离开村子之前都没有可送的人，于是忐忑不安地把它留给了叔叔。我以为他不会在乎，还不如给他买的那盒中南海香烟，这本诗集很有可能变成他糊天花板的墙纸。但是后来，再回去的时候，我送他的那本书，已经被他读完了，并传给了他的孙女。他怀疑地问我，你是记者？我拿出记者证证明给他看，他终于一脸欣慰地对我说，我们陈家出了个文化人，你可以好好写写我们塔尔坪。

所以，在老家，在塔尔坪，几百户人家，不到一千人中，他是唯一读过我作品的人，他就是我的知己。如今，塔尔坪这个在地图上都查不到的小山村，因为我的原因而被许多人所熟知了，有很多人对我说,得抽空去塔尔坪看看。事实上,除了几间破败不堪的房子,一条时干时流的无名小河,你去是看不到什么的,因为一切传奇都不在墓碑上,塔尔坪的墓碑更简单,除了名字与生卒年月,再不会雕刻其他的文字。

血脉不见得是红色的

窗外秋雨时断时续,风异常地凉爽,凉爽得有些阴冷。我要写《木马记》这篇创作谈的时候,我的怀里正抱着我十一个月大的儿子,他没有缘由地啼哭着,显得毫无节制,只有钻进我怀里的时候,他才能安静地入睡。我抱着儿子,内心里不停挣扎着的,却是《木马记》中的奶妈张小泉。她怀里也抱着一个孩子,与我不同的是,我抱的是自己的血脉,因为父子之间与生俱来的血肉相连,使我在辛苦与狼狈中升起一股幸福感。而她呢?抱着的,却是与自己几乎无关的人,她与他之间如果说有联系的话,那就是乳汁,白色的乳汁。

其实,不知从何时开始,奶妈这一看似民国以前才有的职业,却突然又重新回到了我们的视野。几年前,我只知道为了生计,有出卖肉体的小姐,有出卖苦力的保姆。虽然法律已经禁止卖血,仍然有人在暗中卖血。直到有一天,我接触到一个陕西老乡,我问她在上海干什么的时候,她说,她在给人家当奶妈。我说,奶妈不就是保姆吗?她似乎有些气愤地说,这你就曲解了,两者当然不一样,保姆是没有奶水的,而我是有奶水的,我要给别人的孩子喂奶。看着我吃惊的样子,她又给我打了一个比方,奶妈的奶与血是一样的,只不过一个是红色的,一个是白色的。当着她的面,我没有忍心问她,她的乳汁是从何而来的?她自己的孩子当时又在何方?但是我相信,这白色乳汁与红色血液是不一样的,红色血液人人都有,而白色乳汁只能来自一位妈妈生产后的身体。

从此,这个陕西老乡就一直在我内心跳动,她有时捧着一对充盈的乳房,有时则茫然地看着窗外。直到我儿子出生之后,我才明白,并不是生你的那个人才值得叫一声妈,那个用白色乳汁把你一点点养大的女人,同样值得你深情地叫一声妈。这个奶妈的身影,终于在我内心中变成了一场地震,让我有了书写她的冲动。最初,我写了一首长诗,诗中我说:"有乳就是娘,看到孩子冲着我笑/我说,钱就不要了/等孩子会说话了/记得喊我一声妈。"我觉得这还不够,几乎在儿子的屎尿中,我一口气完成了这部作品,那几乎是一天一夜的事情。

正如小说中张小泉一样,她如果为了钱,绝对不会当奶妈。与小姐卖身,与女人卖血,与保姆做苦力,奶妈最不一样的地方,她其实什么也没有卖。能卖的东西是可以生产的,是毫无节制的,所以从她体内源源不断地流出来的,恐怕只有温暖的母爱。所以说,这部小说不是一个外乡人的血泪控诉,而是在"进城"这个大背景下,对所有定义下的妈妈吟唱的一曲赞歌。

一只动物的两种解剖

小时候,天天出去打猪草养猪, 年到头最盼的就是杀猪。

不是喜欢听一只猪的号叫,而是杀猪的那天,可以吃杀猪饭,一般的杀猪饭,也就一只猪腿煮一锅萝卜,在那个吃草根树皮的年代,这是人间少有的美味了。

我的童年是不幸的,因为我几岁的时候我妈就去世了,每次看到有婴儿叼着乳房,在幸福地吃奶的时候,我都天真地幻想着,自己也会等到我妈回来的那一天。稍微长大了,幻想就彻底破灭了,明白人死是不能复生的,这辈子不可能再有妈妈了。特别是小伙伴们放学回家,都有妈妈在门口接着,出门的时候都有妈妈千叮咛万嘱咐,我知道自己永远不可能享受这样的关照了。每每碰到想念妈妈的时候,我是没有人倾诉的,但是我自小并不孤独,这是因为我自小就是一个小牧童。对城里孩子来说,有几只牛放着,有几只羊吃喝着,像是逛动物园一般,应该比有一个妈妈更加幸福了。做个小牧童应该是很浪漫的,可以在草地上打滚,在蓝天下奔跑,坐在山头吹笛子。事实并非如此,放牧是很苦的,把牛羊赶到山上后,冬天就得去砍柴,秋天就得去挖药,夏天就得去割草,这些都是要爬山的。每次从山上回来,都被荆棘划得遍体是伤,然后再遭到汗水一浸,那种疼痛比在伤口上撒盐要难受一百倍。

不过,当个小牧童,也有别人不明白的好处,那就是有个说话的人。饿了,我就对牛说,我饿了,怎么办,把你的肉割一块给我啃啃吧?一旦想妈妈了,我就对牛说,你不会就是我妈托生的吧?妈呀,太想你了怎么办啊?你什么时候再托生成我妈呀?在冬天里放牛,那是最冷的,我就会躺到牛的旁边,抱着牛的大腿说,牛啊,我好冷啊,你给我暖暖行不?

所以说,在农村的时候,虽然孤苦伶仃,但我并不孤独,真正让我孤独的是进城之后。因为在城里,无论是猪,还是牛,还是羊,骨头是骨头,血是血,肉是肉,甚至连肉的肥瘦,都得分个清清楚楚,已经被分门别类地摆着了,你很难看到一只完整的动物。有人说,为什么说城里没有动物?那些摇着尾巴的狗,那些半夜叫春的猫,难道不是动物吗?说实在话,我不承认它们是动物,因为它们的生活已经违背了自然规律,已经违背了动物的天性,已经脱离了它们固有的宿命。比如猫已经不再捕鼠,狗已经不再狩猎,你说它是什么动物呢?

严格地说,宠物不是动物,是玩物,是活着的玩具而已。爱人就养过一只宠物,叫贵宾狗,它着实聪明,能给人直立,能和人握手,能给人磕头,前提是你必须给它一根骨头,这哪里是动物了?动物也是有尊严的,它们的尊严是要靠野性体现的。这些充满奴性的东西,它们已经失去了天性,所以人们宠着它们,其实是宠着自己。这与知己是有严格区分的,知己该咬的时候就得咬,该扑的时候就得扑,之间应该是平等的,是有交流的,是可以分享的。

《猪的眼泪》是对一只猪的解剖,意在分析什么是知己,什么是宠物。在我看来,把一头猪养大,把一头猪杀掉,大家再来吃肉,这就是知己。如果你养一头猪,就为了让猪来承受你的苦,就为了让猪长命百岁,这是伪善的。故事的结尾,一头猪流泪了,它们流出的,恐怕不是泪水,是对人类的悲悯。

没有知音的世界是悲哀的

题目是《羊知音》,其实不是讲知音的,而讲的是背叛。是人背叛了羊?是羊背叛了人?是羊背叛了自己?连我自己也说不清道不明。

在西安的时候,我有个朋友叫老侯,与我经历差不多,都属于文化流浪者,他可能比我更像个文化人。他五十不到的时候,头发就脱落了大半,关键是他除了写点文章,还会拉二胡。流浪者最怕的,就是天黑以后。天黑以后,大家心里就空荡荡的,所以常会聚在某个人的出租屋,不管男女都钻进一个被窝,谈天说地。那时候不太谈女人——年轻的时候反而不太谈女人——大家谈得最多的,还是文学与人生。某月某日晚上,几个人喝了酒,决定一起去爬城墙,等我们爬上城墙,坐在秦砖汉瓦上,才发现老侯带着一把二胡。

那真是一个奇妙的夜晚,大家脚底下车水马龙,头顶上彩云追月,静静地听老侯拉二胡,他开始拉流行歌曲《十五的月亮》与《血染的风采》,最后他只拉《二泉映月》。我是第一次听老侯的二胡,那声音如泣如诉,感觉不是从弦上发出的,而是从老侯的肺腑里发出的,或者是汉唐时的坟墓中发出的。后来才知道,老侯的二胡是祖传的,手艺也是祖传的,他开始在一个剧团里做伴奏,剧团不景气后来就解散了,他只好跑到西安城里打工。老侯闭着眼睛拉完一曲《二泉映月》,起初大家还嘻嘻哈哈的,等到大家再看老侯,发现老侯扑扑嗒嗒地直掉眼泪。有个小说家老卢说,老侯你哭啥呢?是不是想老婆了?一会儿我在城墙根给你叫一个临时的不就得了?另一个散文家老方说,老侯你是不是想家了?抽空回去一趟不就行了?老侯仍不吱声,从头再拉《二泉映月》,更是如哭如诉、苍茫万里。

大家一时有些凝重。因为大家背井离乡,跑到西安城里追梦,追的不是发财梦,而是文学梦,唐诗宋词时的文学梦。恰恰时代变了,文学被边缘化了,不仅仅遭到冷落,而且被人歧视,无论在单位还是在大街上,若说自己是一个作家,还不如说自己是一个拾破烂的,拾破烂的比起作家来说,恐怕让人更有想象的余地,起码拾破烂的还有做富翁的可能。大家都不知道自己的路到底在何方,所以心里一片茫然是自然的。

老侯不知拉了几遍,然后睁开眼睛,呵呵一笑说,我明天就回山里了。老卢以为他回山里只为看老婆,也呵呵一笑说,原来真是憋不住了,回家交公粮去了。老方说,你啥时回来呢?给咱捎点水煎包子吧,我倒是更想水煎包子。老侯抬头看了看行云流水的月亮说,恐怕再也不回来了。老侯说完,不知是失手,还是故意的,那把祖传的二胡就从城墙上落下去了,一直滑落到护城河里,沉入了水底。老侯不去追,很平淡的样子,然后拍了拍屁股,起身离开了。这就是与老侯的最后一面。随后我才明白,老侯之所以离开,原因是被炒鱿鱼了,一个吹拉弹唱能书能写的人,在一个文化单位里竟然敌不过一个只会卖萌的小丫头。

这就是我写《羊知音》的起因。在这部小说里,一只平淡无奇的羊成了人们的偶像,一个苦苦寻梦的人成了人们的笑柄,由于从农村到城市生活场景的变迁,各自的境遇却完全不同,一个人敌不过一只羊,人性敌不过畜生,这不得不说是一个意外。所以说,一个找不到知音的世界,灵魂是无法寄托的,应该是畸形的,也是悲哀的。

死神也是值得尊重的

漆黑而寂静的夜晚,蛐蛐的叫声都没有了,以至于要时不时地咳嗽一声,以证明我并没有离开这个世界。我有些疑神疑鬼,不时地听听门外的动静,或者是看看天花板,确定并没有人破墙而入的时候,我才能接着讲述这个故事。说实话,完成这部小说的那几天,开始我头发直竖,不敢一个人入睡,等我真正进入了角色,或者可以证明灵魂存在的时候,我就不再这么害怕了。

写完《影子进城》,我发给几个人读过。第一个仍然是我的爱人,她是一个常看恐怖片的人,所以她并没有被吓着,而是感动于其中的一种孝心;第二个我发给了白连春,他是一个与我有着相同经历的诗人与作家,他情绪十分激动,立即推荐给了某杂志,他在推荐函中说,这是他读过的关于父亲的最好的一个小说;第三个是某杂志的编辑,他不愧是专业的,他退稿给我的理由是,不能确定这个"背尸"的故事的真实性。

说一句希望谅解的话,无论赞赏也罢,怀疑也罢,对我都是没有说服力的。我写这个小说是动了真感情的,开始根本没有想着去发表,仅仅为了某种纪念而已。写完之后,我才意识到这部小说让我喜欢的所在:第一,行孝只是一个借口,看似在弥补儿子的遗憾,而真正想表达的却是死亡;第二,这完全是有现实基础的,在这个冷漠得连生都很艰难的社会,有几个人会关注死呢?而且在一个光怪陆离的世界,有谁会较真自己的身边是身体还是尸体呢?第三,从另一个角度去看,之所以"背尸"事件没有穿帮,可以理解为大众的善良,对于有违常理的善行,他们只是不想揭穿而已。

没有人体验过死亡,哪怕仅剩最后一口气的人,或者是回光返照的人,他仍然是一种活着的状态,真正的死亡是没有办法体验的。我经历过一次车祸,被人从乱石之下救起之前,我不知道过去了多久,也没有任何生命意识,包括疼痛和窒息,即便这样也仅仅是一片空白,这与死亡还是有极大差距的。所以说,在这部小说里,无论是观景,还是与人交往,因为有死亡的相伴,人与人之间一下子变得和谐起来。儿子的行为变得光明正大了,遇到受伤者他会免费搭载一下,遇到检查门票他不再托关系,在排队的时候也不再插队。这所有的变化,都是与死亡有关的,是死亡让人性恶,转化成了人性善。百善孝为先,到故事的后半部分,直接转化成了"入殓式"般的孝行,说破了这是对死亡的一种尊重,而不是对死亡的怨恨和追索。

对死亡经验一片空白的人类,这是一个"借尸还魂"的故事。故事的结尾,因为死亡得到了尊重,灵魂就回家了。整部小说其实很简单,它就是一种招魂术,这才是我对它爱不释手的真正原因。

如何界定一株秧苗的身份

有几位读者写信给我，不约而同地问我，在你眼里城市与乡村的差别是什么？我说，城市是一个不断膨胀的气球，是变幻着的，是飘浮着的。你遇到的人基本是陌生的，你不知道他的根在哪里，不明白他想干什么，他来这里与你有什么关系。生活在农村呢？你看到一个女人，即使不是你的亲戚，也肯定与你是有瓜葛的，她娘家是谁，儿女又是谁，你知根知底。就是一只喜鹊站在树梢上，你也明白它的巢在哪里，它为什么叽叽喳喳地叫。

初夏时，在一条朝九晚六的路边，我发现了一株植物，巴掌形的叶子，管状的茎，欲抽蔓的样子。它是南瓜秧子，北瓜秧子，还是丝瓜秧子？是谁无意中丢下的？是谁有意种植的？最为关键的是，在一个打着饱嗝的欲望都市，它的身份到底是什么？我应该叫它庄稼，还是应该叫它杂草？如果在农村呢？看到一株秧苗从泥土中钻了出来，你还会有这么多的惊疑与猜测吗？

《上海不是滩》里那个"流水落花"的女人，其实与路边的秧苗无异，她是一个疯子？是一个桃色陷阱？连作者自己也没有答案。说实话，这个人物是有原型的，她如今在什么地方，到底是一个什么角色，是不是还潜伏在我们身边偷偷地注视着我们，一切都显得不那么确定。每个人在城市里的身份都显得十分可疑，这也许就是城市的魅力所在吧？

等我准备把那株路边的秧苗移栽到我家阳台，当成一株花卉来养育时，这个夏天超乎寻常的高温却把它给活活地晒蔫了。

明年的夏天,它又会从哪个神秘的地方,以什么样的身份冒出来呢?

充满怀疑的社会没有浪漫

老实交代,《小妹进城》中的那个女孩子她并不姓黑,她实质上告诉我她姓游,我认为姓黑比姓游更具有不确定性。我确实在回家过年的时候遭遇了一场暴雪,不得不返回上海的途中搭载过她,从信阳到固始是部分真实的,甚至比我描述的更富戏剧性,而从固始之后直到一对陌生男女同床异梦共度新年,差不多就是一个作家浪漫的想象了。

我搭载的这个女孩子,她长得很漂亮,苹果脸,白皮肤,身材也不错,当时穿着一件橘黄色的棉袄。因为多年再无联系,我只记得她姓游,不记得她具体叫什么名字。她家住312国道边上,村庄外边有一条小河,河边有一个大大的花圃。我们在固始分手时,我说我会把她写到小说里去,她说写好后一定给她看看。事隔多年我一直没有动笔,因为我在现实中一直没有找到生活的逻辑,不了了之的结局到底应该归罪于谁?小说写好后,我发在博客上,再打电话给她,她已经关机了,后来就停机了,重新消失在茫茫人海。

我一直在假设,我和她之间,如果放在20世纪30年代的民国,或者是20世纪80年代的中期,这段旅途中的相遇也许算得上一个美丽的邂逅,接下来肯定有一个接一个的惊喜等待着我与她。比如说,我不再回到孤苦伶仃的上海,而是陪她去了固始的某个村庄,我与她坐在屋顶上,背靠背迎来新的一年;我与她一起在春天的细雨中奔跑,直到假期结束时我与她再也无法分开,于是我与她走进了神圣的婚姻殿堂,在一个童话般的地方养育了一对可爱的儿女。但是一个爱情故事的结尾,主人公往往是没有办法做主的,真正可以主宰一切的,只有人们身处的这个时代。

我与她之间的这段旅途,真实情况是我们彼此没有多语,没有太多地交心,除了她的名字与电话号码,我并不知道她是干什么的,年龄到底是多大,家里还有什么人。当我把车开到固始这个陌生的地方,停在一条陌生的小河边的时候,她留下几十块钱就下车了,我们彼此之间的防备战就正式结束了。所以说,非常可惜的是,我与她并没有生活在一个彼此信任的年代。我要怀疑她是不是骗子,她要怀疑我是不是图谋不轨,我们甚至还要怀疑这个人到底是不是人,不幸就是这样产生的。

之所以人们需要怀疑,是因为在这个大变迁的社会,不安定的因素太多了,人们太没有安全感了,每个人都需要伪装自己,也需要防备别人的伪装,只有充满怀疑我们才能减少伤害。所以,在一个充满怀疑的社会,不可能有浪漫的故事发生,正如这个小说所说的,人与人之间的关系是脆弱的,就连一只猫都可以轻易地破坏一桩已经躺在床上的爱情。

爱情离我们如此之远

没有单纯地谈过一场恋爱的人生是有缺陷的人生。记得在学生时代看过很多琼瑶电影,不仅仅是我喜欢,同学们几乎都很喜欢,常常为电影里缠绵的爱情而伤感落泪。琼瑶热不是没有理由的,因为那个年代还是相信爱情的,年轻人几乎都渴望着能谈一段浪漫的爱情。而且那时候谈恋爱,大家谈论最多的,是理想,是追求,是人生,是事业,谈恋爱的场景基本选在花前月下。我们学校里,有一片泡桐树林,那里就成了大家的伊甸园,无论清晨或者是夜晚,总有成双成对的人,两人围着一棵树,依偎在一起聊天,看星星或者看日出。但是不知道什么时候起,爱情与亲情、友情一样,都被物质化了,谈恋爱的主题变了,大家讨论最多的是房子,是车子,是金钱,恋爱的场景也搬到了商场与酒店,有些人恋爱的内容干脆直接变成了购物。

前一阵子,有人随机访问了一些年轻女孩,问她们还相信爱情吗,多数人已经是摇摇头了。问她们什么是谈恋爱,几个小青年说,谈恋爱就是大家一起消费。再问她们为什么要和对方谈恋爱的时候,其中有个90后,她的话恐怕具有代表性。她说,之所以要谈恋爱,就是为了花他的钱,如果不花他的钱,我为什么要和他谈恋爱呀。

这就是时代。亚当与夏娃、崔莺莺与张生、梁山伯与祝英台、弗朗西斯卡与罗伯特、贾宝玉与林黛玉,每一个时代有每个时代的爱情。不过,上下五千年,无论是战乱还是瘟疫,没有哪个时代的爱情,会像现在这样离我们如此之远,甚至当人们谈到"爱情"这个词的时候,都有点难以启齿了。为什么呢?一是没有时间谈爱情,二是没有实力谈爱情。因为要谈爱情,大家必须先赚钱,然后再去花钱。

没有单纯爱情的社会是一个无趣的社会。写《上海十日谈》的时候,其实我是有私心的,我开始不是写给大家看的,而是写给自己看的,我把这场只有十天的爱情,当成了一个有趣的亲身体验。特别是女主人公留下的那封遗书出现在我眼前的时候,我终于忍不住哭了。我确信在这个世界上有一个情投意合的女子,她给我留下过这么一张纸条,而且她仍在某个地方某个时间等着我。《上海十日谈》说白了,意在满足自己的一个愿望,弥补自己人生中的一个缺憾。我相信大多数人都在内心里暗藏着某个完美的对象,在夜深人静的时候与其私会于某个虚拟的世界。

萧伯纳说人生有两大悲剧,一个是没有得到你心爱的东西,另一个是得到了你心爱的东西。用在这部小说上,更是十分贴切的。我们设想一下,在男女主人公仅仅只有十天的交往中,从第一夜的同床共枕,到最后一夜的生离死别。如果她把自己的肉体,很轻松地交给了他,而他很自然地得到了她,再通俗一点说,就是他们发生了性关系,那么这个故事还有如此凄美的结尾吗?就目前的情节而言,他们彼此得到了心爱的灵魂,同时又没有得到世俗的肉身,所以关于这是一个悲剧的说法,完全是不成立的。

怕鬼其实是敬畏之心

《如果没有鬼》里描述的,除了两个骷髅一样的鹅卵石是我添加的道具之外,其他情节与情绪大体都是真的。在 2015 年夏天,进入鲁迅文学院 504 室的前几天晚上,我可以说是整夜整夜地不敢入睡,开着灯,睁大眼睛,恐惧地盯着窗外,听着门外的声音。这比失眠要痛苦一百倍,失眠是想睡睡不着,恐惧是能睡不敢睡。我一方面希望太阳尽快升起,一方面又希望突然有人敲门,哪怕是隔壁的老男人。但是时间一天天过去了,夜晚还是那么长,什么也没有发生。在几夜未眠之后,终于引起旧病复发,于是住进了医院。正是在医院度过的那几个小时,同学们的温情出场,让我对那个陌生的环境,对那个陌生的城市,突然感觉熟悉了起来。于是我不再怎么怕鬼了,或者说怕得已经不那么严重了,因为每次当我上床入睡的时候,我就在想,我的隔壁或者对面就住着我掌握的人。

我一直怕鬼,不仅仅怕生鬼,也怕熟鬼。虽然我没有见过鬼,也从来没有被鬼伤害过,但是无论如何我都解决不了怕鬼的心理。如果追踪起来,必须说到我的童年,正如小说里所描述的一样,我妈去世的时候,躺在床上吐了一天一夜的血水,她的嘴像一个小喷泉一样汩汩地流着,成为我妈留给我唯一一个印象,除此之外,我不记得我妈是什么样子,到底是什么性情,从哪里来的又去了哪里。

我对她的这一印象与小时候反复听到的鬼非常相似。在童年的时候,我们那里没有几个人读书,更没有任何人会讲童话,大家冬天的夜晚围着炉火,夏天的夜晚坐在院子里,反复讲着的都是鬼故事,而且这些鬼有名有姓,有地址有经历。他们的描述并不生动,但是十分真实,谁谁在什么岭上,遇到了什么什么鬼,他被吊在一棵大树上,砍掉了头扒掉了肠子;谁谁在什么什么山里,遇到三个人在打牌,邀请他一起玩,他玩了几圈,发现三个人都没有下巴,天亮的时候一声鸡叫,鬼都被吓跑掉了,他手中赢到的钱立即变成了树叶子……反正那时候大家没有什么娱乐,任何一桩离奇的死亡都要归纳于鬼而呈现出来。

听大人以自身经历讲鬼故事,晚上我被吓得不敢睡觉,但是又十分喜欢听他们讲鬼,有点像是吸烟,明明知道会上瘾,还是忍受不住吸那么几口。既爱又怕才是鬼的魅力所在。其实怕鬼,那是喜欢鬼,为什么喜欢鬼呢?总之鬼不是鬼,有时候是自己,就像手中拿着一面镜子照着,里边一个,外边一个,虚实难断,相互凝视,相互模仿。怕鬼在某种程度上,那是一种孤单无奈的反映,正如文章里所说的,在人越多的地方越怕鬼,越怀疑从自己身边经过的到底是人还是鬼。

我过去以为,随着年龄的增长,随着自己对生命的体验,随着一步步靠近死亡,那就是一步步靠近鬼,也许自己就不会怕鬼了,反而很有可能会与鬼之间产生某些纠葛。但是离开妈妈几十年了,从一个荒凉的小村庄来到繁华的大城市,怕鬼的心情从来没有减轻过。因为怕鬼,有时候我都害怕出外旅游,即使住在美轮美奂的风景区,仍然基本是通宵不睡的。按说旅馆里没有死过人,没有一点恐怖的气息,应该是没有鬼的。但是后来慢慢地发现,鬼都是从陌生的地方生出来的,是从夜色中分离出来的,如果每个人死后都变成了鬼,那么这些鬼都在什么地方呢?

它们并不在地狱里,而是仍然在这个世界上,仍然以夜色的名义存在着。是否可以这样想,是鬼聚在一起形成了夜色,夜色其实全是形形色色的鬼组成的。

《如果没有鬼》的目的是相当清楚的——看似繁华热闹和人海茫茫的生活,其实人们更加孤独,更加陌生,更加麻木,更加恐惧,更加渴望被关心和爱,甚至是某种情绪意义上的出轨。关心和爱是除鬼的最行之有效的方法,所以在连自己妈妈都怕的情况下,生病住院之后受到一些关照,那些鬼立即被清除了,也可以说是被替代了。

对于怕鬼这件事情,在很多人嘲笑我的时候,我一直给出这样的解释——怕鬼是幸福的,起码说明我的身边还有鬼相伴,我的内心还有恐惧存在,说明我是不麻木的,不冷漠的,甚至是有追求的。怕鬼和信神信佛一样,我们如果连鬼都不怕了,到底还怕什么呢?一个什么都不怕的人是单薄的,是孤独的,灵魂是没有依靠的,甚至可以说是没有信仰的。其实,怕鬼是我的一种信仰,我会把怕鬼这件事情以失眠的方式继续下去,除非最后修成了正果,把那些鬼统统地复活成了人,有人陪伴着我自然就不会怕鬼了。我真心地期待着那一天。

每个人都想拥有一座寺庙

《地下三尺》的灵感是用一碗羊肉汤和两个大饼换来的。这恐怕比小说本身更有启发性,也就是说,有时候你得大方一点,有事没事就请朋友出来吃一顿,不见得要吃蟹粉鱼翅清炒虾仁红烧乌参冰糖燕窝，关键是一个"请"字，还要把菜单谦让地递给对方让他来点菜下单，看他好意思专挑那些又贵又不对胃口的东西不？

那天还不算冬天，但确实有一些阴冷，上海的冷不是以下雪结冰来衡量的，北方下雪结冰的时候其实上海已经冷了，因为上海人的含蓄优雅决定了他们不会把任何不舒服不体面的事情明白地摆出来，即使下雪了结冰了他们也会把它捂在胸口。我开着车去一个地方办事，办什么已经不记得了，反正这事儿不太要紧。办不太要紧的事儿的时候，我习惯了在大街小巷随意乱窜，我十分享受这样一种迷路的状态。那天一迷路我竟然发现了一座寺庙。在上海闹市区发现寺庙并不奇怪，普陀区的玉佛禅寺、静安区的静安寺、虹口区的三观堂、徐汇区的龙华寺，它们要么金碧辉煌，要么都是黄墙绿瓦。但是我遇到的那座寺庙着实让我十分意外。它与我平时遇到的寺庙有所不同。凡是遇见寺庙我基本会进去，一方面观赏一下景色，另一方面怕无处不在的神灵降罪于我，我上一炷香许一个愿求菩萨保佑我平安吉祥万事顺心。那天并不例外，我进入寺庙下跪磕头进香祈祷，等我起身抬头再仔细打量之时，我当时是非常疑惑不解的，虽然感觉它应该位于闸北区如今归并为静安区，仍然在一个寸土寸金的繁华地段，可是偏偏这个院子非常空旷，空旷得有些奢侈和令人恐慌。

但是，不知道什么原因这么好这么大一个院子竟然没有一个像样的围墙，也没有刷成黄色的，更没有写上"南无阿弥陀佛"字样;院子四周堆放着许多垃圾,有生活垃圾也有朝拜之后产生的垃圾,那种烟火缭绕从远处看还以为是一个没有扑灭的火灾现场,或者进入了《聊斋志异》布置的人鬼转换的场景。在我进去之前和出来之后,它给我的印象就是一块空地——一块等待发迹而暂时沦落民间的空地,天下所有宝贵的空地都是如此的形状。恰恰在中间放了四排十分巨大的香炉和烛台,香火之兴盛可以说是超过了名刹古寺。我分析下来,恐怕那些高大上的寺庙类似于高档商场,而这么个半开放式的寺庙相当于超市,甚至就是一个信仰的农贸市场。我发现许多前来烧香磕头的并非专业信徒,有像我一样的迷路者,有手提菜篮子的居民,还有一些是在附近上班谋生的人,我们在很大程度上忽视了这个院子的环境,眼睛里只有那座寺庙以及寺庙中慈悲为怀的佛。

从这座寺庙出来,我忽然想到了住在附近的那位朋友。这位朋友叫赵武,是一位导演,也是一位唱念做打功夫深厚的京剧票友,目前在上海一所大学里教授戏曲表演。于是我给他打了一个电话,表达了我要请他出来聊一聊的想法。他欣然答应了,选择的接头地点是离这座寺庙不远的一家饭馆。这家饭馆除了能喝羊汤吃羊肉之外,在那个阴冷的季节并没有其他什么对两个漂泊异乡的人更有吸引力的了。高兴地坐在这家饭馆里,分明可以看到那座寺庙的塔顶,于是他向我讲起了这座寺庙的身世。至今我也不明白他讲的是真的,还是他自己猜测出来的。反正在分手之时,他告诉我说,如今建什么都不如建寺庙。

他的话深深地刺激了我。长期以来,我设想有一天,假如白己一夜暴富之后,应该如何支配自己的财富的时候,建几座寺庙确实列入了我首先要实施的计划。其中有一座寺庙是建在我的老家陕西塔尔坪,那个地方原来有一座寺庙,但是后来被拆掉了,盖成了戏楼;戏楼后来被拆掉了,盖成了学校;学校后来被拆掉了,被一个暴发户盖成了楼房。如今塔尔坪是没有一座寺庙的,乡亲们有灾有难了是没有地方祈祷的,只有对着死去的亲人——哪怕是自己年轻的后代,并没有护佑他们的法力。第二座寺庙就在上海,我多么希望在这座城市有一座自己建成的寺庙,让那些充满欲望和失去寄托的人有一个可以求得灵魂安妥的地方——哪怕这个地方处于一个荒草连天的空地上。

于是这样的念头在《地下三尺》里不停地出现:你看着它是垃圾,它就是神灵,你看着是神灵,有时候却是垃圾。直到结尾,主人公陈元问,寺庙还没有建好呢,出什么家呀?焦大业回答,难道只有在寺庙里才能出家吗?我觉得这块空地本身就是一座寺庙。其实我力图表达的就是,我们不要把一个信仰缺失和灵魂动荡的罪责全部推到他人头上,或者说推到社会与时代的身上,这明显是非常不善良的,也是没有道德追求的。每一个企图修为向上的善人其实都是一座行走的寺庙,无论他身处何时何地何种苦厄之中。

《地下三尺》开始叫《一块空地》,后来在责任编辑徐则臣的指导下才改了过来,我对这个名字是非常满意的,不仅仅因为中国有句古话"举头三尺有神明",还因为这篇小说是我的"扎根"系列第五篇。这一篇无疑是在向深处发展着的,因为我过去提出了一个"回不去"的问题,要想回去就面临着再造一个故乡,再造一个故乡的条件之一,是有亲人埋在地下三尺的地方。扎根无疑是"回去"的一种有效途径,但愿我提供的这种途径可以让那些迷茫的漂泊者找到皈依。

自然法则是最公平的法则

首先,请相信我,在小说里反复出现的摩擦取火的镜头都是科学的。那是二十年前,我去看守所接一位朋友出来,他的第一个要求就是抽烟。我给他买了一盒羊群烟,因为没有打火机,他蹲在看守所门口,在水泥地面仅仅摩擦了几分钟,像玩魔术一样就把烟给点着了。么年五六月份,《芒种》预付了一笔稿费,这比拿着刀子追在我背后还要惊心动魄,一直拖到今年夏天,我几天几夜未睡,从动笔到发表出来,前前后后还不到半月时间。也就是说,这篇小说写得非常顺,发得也非常顺。也可以说,它的命非常好。

说到命,我就想到自己。我认为自己的命非常好,在每一个十字路口都有恩人出现。对于好命,常常有人问,看你长着一副和尚样子,上辈子应该是一个做了很多善事的和尚。人的灵魂是可以转世的,人的相貌是不是也可以同时转世呢?反正,我上辈子有没有皈依佛门我不清楚,但是这辈子肯定没有故意伤害过任何一只蚂蚁。在马路上遇到蚂蚁的时候,我都是要绕道而行的。当然,我也没有伤害过一只老虎,哪怕老虎整天张着血盆大口想把我吃掉,因为我知道生为一只老虎,你不让它吃肉难道你要让它吃草吗？无论是蚂蚁卑微地活着,还是老虎天天想吃肉,都是它们的使命,是上天注定,是自然法则。

我信佛,信神,信上帝,甚至信鬼,见什么拜什么。反过来说,我什么都不信,只信自然,自然是由生命组成的,自然法则是最公平的法则。遇到一草一木,我就觉得它们非常了不起,它们站在那里摇摇晃晃,但是它们活得有滋有味,红红绿绿,问心无愧;遇到一只鸟一条虫,我也觉得它们非常不容易,它们不知道从哪里来到哪里去,但是它们可以上天入地。在我眼里,任何一条生命都是神,都是为了化我而来的。

在这个世界上,我没有一个仇人,全部都是恩人。哪怕打过我、骗过我、诬陷过我,甚至想灭掉我的人,他们以为他们是我的仇人,但是我不承认他们是我的仇人。一是我无论如何不想记仇,我小小一个心脏,连热爱的东西都放不下,哪有空间放仇恨的东西呢?二是我从来没有报过仇,我有太多自己喜欢的事情要做,何必把精力与时间花在报仇上边呢?其实做一个善人有很多好处,上可以通神,下可以通鬼,因为三界之中共用的语言就是善;善是一种福气也是一种运气,人们常常讲因果关系,也就是种豆得豆种瓜得瓜,但善是一颗万能种子,如果你处处行善,世界就会变着样子回报你,你的福气就来了,你的运气就特别好。

《摩擦取火》看似在讲因果报应,其实并非在讲因果报应,而是想给多灾多难的人们再开一个药方,在这个药方里,仍然有一味药,仍然还是善,不过更多的是宽容,是悲悯。像小说里的陈元，面对天大的冤枉，面对无形的屈辱，面对五年的牢狱之灾，面对家破人亡的沧桑，他应该选择报复吗？答案是显而易见的，无论是当事人，还是旁观者，所有人的生命轨迹都在冥冥之中开始拐弯，这是心魔的力量，也是上天的力量，更是时间的力量，大家都在这种力量的作用下走向各自的归宿。而被投入大牢中的陈元，却意外地躲过了尘世间的杀戮，竟然成了过得最好的一个人，这就是他选择原谅整个世界原谅所有人的生存逻辑。

我家曾经失窃过一次，小偷很快就被抓住了，储存在手机、电脑中的许多电话号码和文章都再也找不到了，抓住小偷肯定是有益的，对我个人而言又有什么呢？法律不是善恶标准而是生存规则，它起到的多是惩戒作用而不是救赎作用，在这个世界活着，谁也不能保证你不是陈元。如果你一旦沦为陈元，我认为，终极的救赎还是宽容，还是悲悯，还是善待。何况上天创造万物的同时，正在帮助我们清除它们的阴影。

为自己料理后事的人是孤独的

我爹捎话来说，他欠我了。欠，是当地方言，意思是非常想念。我爹一辈子很少流泪，这时候竟然流泪了。正好有一个纪录片要拍，我赶紧放下工作，从上海赶了回去。我爹见到我，特别高兴，精神一下子振作起来，尤其我临走的时候，他有一点感冒，喝了些药以后迷迷瞪瞪的，但是他坚持着不睡，一会儿睁开眼睛看看，一会儿睁开眼睛看看。我知道他害怕我的离开，所以我就在他的床边坐了一个多小时。

我爹是世界上最孤独的人,像一个人独自生活在另一个星球,没有任何娱乐,没有任何交际,和地球没有任何瓜葛,连自己的后事也要自己操办。因为他是文盲,看不了书读不了报;因为他是聋子,听不了收音机看不了电视;因为他没有手机,上不了朋友圈刷不了视频打不了电话;原来家里还养着猪和鸡,他可以和畜生们嘟哝几句,但是如今畜生也一个个地消失了;原来村子里还有几个和他一样的留守老人,舅妈、叔叔、剃头的老杨、小卖部的老方,大家默默地坐在一起,看看几只麻雀在树梢上跳动,看看指头蛋子大小的飞机从天空飞过,但是如今他们一个个地去世了,我爹没有一个可以说话的人,天长日久就慢慢地变成了哑巴……春天夏天秋天可以种种庄稼,土豆、麦子、苞谷,那么寸草不生的冬天,我爹是如何打发时间的呢?

五年前的夏天,有一位著名的编辑向我约稿,我就把这个疑问说给了她,她当时非常震惊,希望我尽快写出来,就写我爹一天一夜二十四小时是怎么度过的。但是,我一直没有动笔,因为我爹的生活我爹的孤独,实在是超出了我的想象。直到去年疫情期间,我终于动笔了,灵感自然来自我爹。大姐无意中吐露,老爹不仅为自己准备好了棺材,为自己挖好了墓,而且准备好了寿衣。寿衣就挂在家里的阁楼上,他有一阵子还拿出来晒一晒,而且在自己身上比试比试。他活着的时候,其实是在一天天地预演着自己的后事。

所以,中篇小说《桃花铺》是以我爹为原型的,很多细节都是在我爹身上发生过的。比如,我回家的时候,他会提前把家里的十五瓦灯泡子,换成三十瓦的灯泡子,他说儿子要看书,家里必须亮堂一些。因为他特别心疼电,我前脚刚走,他又会把十五瓦的灯泡子换回去。比如,每次听到我回家的消息,他为了迎接我,总会顺着小路朝着山外走,有时候会爬上最高的那座山顶,希望更早地看到儿子的身影,哪怕早见到几分钟。今天是腊月十二,从这一天起,他就要开始迎接我了,但是他已经走不了几步了,下床都有些吃力了,虽然他知道因为疫情,今年春节我回不去了,他仍然躺在床上静静地听着门外,仔细地辨别着那熟悉而又陌生的脚步声。比如,有三个女人,年轻的时候无缘在一起,等她们都成了寡妇,自己已经苍老。比如,半夜三更睡不着,就喂喂那些老鼠,就试试自己的寿衣,就躺在棺材里。在泥石流发生的时候,由于自己睡在棺材里,才成为唯一的幸存者……而且,我的老家还真发生过一次泥石流,把一个村庄夷为平地,现在那里种上了万亩桃花,变成了旅游景点。所以,《桃花铺》写得非常快,几乎两天时间吧,眼睛一睁一闭,还没有回过神呢,就已经写完了。

三年前的冬天,我爹得了重病已经陷入昏迷,医院已经下了回家料理后事的驱逐令,由于我一再坚持,他又活过来了。朋友听到这些故事后,说我爹的命不错,大概意思是他养了个孝顺的儿子。我回答她,他是我的福星,我要好好对他。中国有句古话,父母在,儿不远行,从这个层面上来说,我其实是不孝之子,他在这个无依无靠的世界上多活一天,就多了一些独孤和苍凉。

后记

非常不幸的是,以写父亲为主的这本书获得第八届鲁迅文学奖的时候,我的父亲被抢救过来以后又活了好几年,还是于2021年11月22日去世了。那天是二十四节气中的小雪,从此我回故乡的直接理由没有了,故乡真正成了一个回不去的故乡。

父亲在世的时候,有一位导演根据我写的父亲,专门拍了一个名为《父亲》的片子,在片子里配了我的一首名为《两个碑》的诗:"我漂泊的一生需要两个坟墓/一个要用故乡的黄土掩埋我的影子/一个要用他乡的火焰焚化我的肉体/我在此立下一份遗嘱,在我死后/仅剩下一把骨头和几朵白云的时候/请不要让我自己和自己分开/我这世上最弱小的一根杂草/经不起凌厉的风,撑不起两个碑……"

我的父亲去世以后,又一位朋友将片子重新进行了剪辑,在最后配上了我新写的另一首诗《父亲》——

    父亲用一生
    为自己写下的墓志铭
    只有短短的三个字
    这就是他的名字
    陈先发
    而我
    为他写下的更简单
    只有一个字
    爹……

  我曾经说过,优秀的文字不是写出来的,都是用肉皮熬出来的,也就是活出来的。所以这本书不是我写出来的,而是父亲活出来的。我的父亲现在还没有一块像样的碑,我们就把这本书当成他的碑吧!而其中的千言万语不都是父亲的墓志铭吗?
  我必须说明一下,收入集子里的文章,都是真正的散文。我确实都是按照散文写的,这些故事都是真实的,我的感情也是真实的。但是有一篇之所以以"小说"行世,甚至成了我的小说成名作,这只是一个美丽的误会。比如你生了个爱贪玩的野丫头,本来当成小家碧玉来养的,人家却以多情浪漫的大家闺秀娶回去了。
  这种误会从一开始就出现了。我当年是写诗写散文的,根本不懂什么是小说。有一年,父亲从秦岭山区来上海过春节,我那时候有记日记的习惯,就把他在城市里遇到的点点滴滴如实地记录了下来。他离开上海之后,我把日记整理成了一篇散文,三万字左右,向杂志投了出去。开始寄给了几个熟人,他们都告诉我,写得十分好,但是除非名家,散文很难发表这么长。无意之中,我遇到了《花城》杂志,他们里边有个栏目叫《家族记忆》,所以我就打印出来,眼睛一闭寄给了他们。在投稿的时候,我并没有标注文体,直到半年左右,接到样刊的时候惊奇地发现,竟然以小说的形式发表了,而且记得非常清楚,头条是残雪的长篇小说《新世纪爱情故事》,第二条就是我的这篇文章。

当时,我像惹事的孩子一样,十分忐忑不安,生怕给编辑带来什么不好,但是意外的惊喜接二连三地出现,这篇文章被许多重要的选刊纷纷转载了,还受到了许多评论家的加持,他们认为再次彰显了"小说的情感力量"。收到最多的是读者来信,他们告诉我,我所写的故事令他们流泪,像完完全全发生在他们身上一样。我才意识到编辑以"小说"发表这篇略显笨拙的散文,需要多大的勇气和多么锐利的眼光,是一个明目张胆的非常英明的美丽的误会。

尝试到甜头之后,再有人问我,你"小说"里写的,到底是真是假的时候,我就脸不红心不跳地实话实说,情节、细节、地方、人物都是真的,我也把它们写成了真的。有研究者还好心地提供了理论依据,把小说写得不像小说是伟大的,认为我运用了散文化的笔调,没有小说那样"拿腔拿调",因而"接地气,通人性,感人心"。

  其实，我可以告诉大家，自从写作以来，每次下笔之前，我从来没有计较过我要写的是什么，因而我的文章有点"四不象"，还往往夹带着诗。按照贾平凹老师的说法，像老家秦岭的山风，既硬又柔，多种气味、多种味道都在里边。我从《红楼梦》里给自己找到了范本，我们试着想一想，如果《红楼梦》没有写民间习俗，删除全部的诗，这部世界经典还有多少味道呢？

  另外，我的文章也从来没有认真地构思过，我只是心里有话要说的时候，就按照生活原本的色调，把它们和盘托出而已。我一直秉持着一个理念，最好的文章大概是跨文体的，一定是非虚构的，创作最大的技巧或者技术也不是写出来的，甚至不是想象出来的，包括语言、故事和思想在内，都是"活"出来的。

  我提到的这篇被美丽误会了的散文，就是《父亲的风月》，我无法猜测这篇文章，如果当初真正以散文的形式发表出来的话，到底会引起什么样子的后果呢？现在，我必须让祝英台或者花木兰这些为了个性解放而男扮女装者，恢复她们本来的身份。我相信，它们到底是散文还是小说，对于读者而言，应该是无关紧要的吧？

  像此时此刻，我看到一只飞舞的蝴蝶停靠在我的窗前，我不知道它属于何种纲目，从哪里来又去向何方，到底是不是梁祝化来的，但丝毫也不影响我感受它的美妙。

2022 年 8 月 29 日修订